Diário De Um Exorcista

RENATO SIQUEIRA E LUCIANO MILICI

DIÁRIO DE UM EXORCISTA

generale

Presidente
Henrique José Branco Brazão Farinha

Publisher
Eduardo Viegas Meirelles Villela

Editora
Cláudia Elissa Rondelli Ramos

Projeto gráfico de miolo e editoração
Camila Rodrigues

Capa
Fabio Vido

Ilustração de capa
Fabio Vido

Montagem de capa
Listo Estúdio Design

Primeiro cartaz do caderno de cartazes e fotos
Fabio Vido

Demais cartazes e fotos
Renato Siqueira e Claudio André

Preparação de texto
Gabriele Fernandes

Revisões
Vitória Doretto
Fabrícia Carpinelli

Impressão
Intergraf

Copyright © 2014 *by* Renato Siqueira e Luciano Milici
Todos os direitos reservados à Editora Évora.
Rua Sergipe, 401 – Cj. 1.310 – Consolação
São Paulo – SP – CEP 01243-906
Telefone: (11) 3562-7814/3562-7815
Site: http://www.editoraevora.com.br
E-mail: contato@editoraevora.com.br

DADOS INTERNACIONAIS PARA CATALOGAÇÃO NA PUBLICAÇÃO (CIP)

S632d

Siqueira, Renato

Diário de um exorcista / Renato Siqueira, Luciano Milici. -

São Paulo : Évora, 2013.

256p. ; 16x23cm.

ISBN 978-85-63993-72-4

1. Ficção brasileira. I. Milici, Luciano. II. Título.

JOSÈ CARLOS DOS SANTOS MACEDO   BIBLIOTECÁRIO -- CRB7 N. 3575

Mas o arcanjo Miguel, quando contendia com o diabo, e disputava a respeito do corpo de Moisés, não ousou pronunciar juízo de maldição contra ele; mas disse: O Senhor te repreenda.

Judas 1:9

Agradecimentos de Luciano Milici

> Monstros são reais e fantasmas são reais também. Vivem dentro de nós e, às vezes, vencem.
>
> Stephen King

A Renato Siqueira pelo convite para participar deste projeto que inclui um filme, este livro, muita pesquisa e investigação em livros, gravações de vídeo e horas de entrevistas. Obrigado por confiar a mim algo tão importante para você.

Muito obrigado à Sheila, Larissa, Bruno e Clara pela paciência de suportar minha ausência de corpo presente e a minha presença mal-humorada. Obrigado ao Floppy, o segundo cão que tenho com esse nome, pela fofura e trapalhadas. Dalva, Andrea e Marcelo, apenas por existirem, e meu saudoso pai, José Roberto Milici, por ter deixado algumas informações importantes a respeito do sobrenatural que garimpei para escrever este livro.

Ao time sempre inovador da Editora Évora, selo Generale, que materializa minhas loucuras e coloca à venda.

Aos leitores, fãs e *stalkers* que apoiaram e apoiam meu projeto anterior, *A página perdida de Camões*, e encorajaram (lê-se cobraram) a entrega deste livro que levou madrugadas frias e assustadoras, fins de semana solitários e feriados esquecidos para ficar pronto.

A todos que trabalharam como se estivessem possuídos para que o mercado conhecesse a história verídica, porém romanceada, do padre Lucas Vidal.

Muito obrigado e lembrem-se: *audaces fortuna iuvat*.

Luciano Milici
www.lucianomilici.com

Agradecimentos de Renato Siqueira

> Existe um plano para todos nós. Tive de sofrer muitas vezes para perceber isso. É como o livro diz:
> – Deus age de formas misteriosas. Algumas pessoas gostam. Outras não.
>
> Renato Siqueira

Em primeiro lugar, agradeço a Deus por tudo, pois sem Ele nada disso seria possível.

Ao meu amigo e parceiro Luciano Milici, que me deu a honra de trabalhar ao seu lado, contribuindo com seu magnífico talento para a escrita, no desenvolvimento da história do livro e do filme. Foram dois anos de muita batalha e pesquisa até conseguirmos chegar à realização desta fantástica obra literária e cinematográfica.

Muito obrigado à minha esposa Tatiana, que, desde o início, me deu apoio, incentivo, amor, carinho e muita força para continuar lutando pelos meus ideais, me segurando e me levantando nas horas mais difíceis. Te amo demais.

Aos meus pais e ao meu irmão mais velho agradeço com todo o meu amor pela educação e pelos sábios ensinamentos que ajudaram a me transformar no homem que sou hoje, e também por terem acreditado no meu potencial, me apoiando nas minhas ideias mais malucas que, às vezes, ultrapassam a barreira da realidade.

Aos profissionais da Editora Évora, Selo Generale, que nos receberam de braços abertos, nos dando a oportunidade de colocar à venda esta obra literária de suspense feita com amor e muita dedicação.

Ao meu querido mestre e amigo Ewerton de Castro, que me ensinou parte do que sei hoje sobre direção e interpretação para cinema e TV.

Aos meus amigos Ruben Espinoza, Beto Perocini, Wagner Dalboni, Edu Hentschel. Enfim, agradeço a todos os envolvidos que acreditaram e trabalharam duro no projeto.

Agradeço de coração aos padres Armenio Rodrigues, Carlos Ribeiro, ao meu tio padre Renato Scano e ao meu querido avô Gastão de Oliveira

Scano, que contribuíram com suas experiências de vida para esta obra literária e para o filme.

O que seria de mim sem vocês, né?

Muito obrigado.

Renato Siqueira
www.diariodeumexorcista.com.br
www.jrstudiosactors.com

ALERTA

> Então o diabo o deixou; e, eis que chegaram os anjos, e o serviam.
>
> Mateus 4:11

As páginas a seguir trazem à tona o que a ficção já muito explorou e romanceou. Não se recomenda a leitura a quem é facilmente impressionável. E é necessária extrema cautela para evitar perturbações ao longo da história.

Essa obra só foi possível graças ao material manuscrito cedido pelos familiares do padre Lucas Vidal[1] e pelas horas de gravação em vídeo disponibilizadas pelas famílias dos jovens Renan e Bruno[2].

Como é de conhecimento público, até o presente momento da publicação deste livro, um dos rapazes segue desaparecido.

---

[1] O nome real foi preservado por solicitação da família.
[2] Os nomes reais foram preservados por solicitação da família.

Sumário

Introdução I
Prólogo 3
O padre Lucas Vidal 6
Anos dourados 10
Primeiro encontro com o mal 13
Cicatrizes de um pesadelo 15
Olhos de gato 21
O vale das sombras e da morte 24
Danação 34
O dia seguinte 37
A missão 40
Recordar é morrer 43
Doce inferno diário 48
Prenúncio da tempestade 50
Batismo de fogo 55
A igreja de satã, o menino e o cachorro 60
Pedro Biaggio 66
Onde fica a alma? 74
Seu apocalipse pessoal 81
Tragam biaggio! 85
A existência de deus 87
Hierarquia infernal 93
Interlúdio 96
Falta um 98
Thomas Biaggio 105
Pedro e a cruz 108

Linhas tortas	110
Lúcia e o inimigo	114
Chamado familiar	124
Inimigo pavoroso	131
O exorcismo de Paula Vidal	136
Angélica	145
Tambores de guerra	147
O exorcismo	152
Sob domínio do medo	157
Privilégio de general	169
Eu sou Alus Mabus	178
O casebre	181
Um oásis no deserto de perturbações	190
Final feliz	192
O diabo está nos detalhes	195
O inimigo	197
Mistérios revelados	211
Chave para o inferno	214
O pequeno quarto de exorcismos	216
Tema pela humanidade	218
Epílogo	219
Notas finais	220

Introdução

> E disse-lhe o diabo: Dar-te-ei a ti todo este poder e a sua glória;
> porque a mim me foi entregue, e dou-o a quem quero.
>
> Lucas 4:6

Quando escrevo ficção, planejo tudo do começo ao fim de maneira holística. Gosto quando a história é completamente amarrada e sem pontas em aberto. Admiro, mas não chego a entender escritores que conduzem suas histórias de maneira errante e solta, deixando os caminhos de suas personagens à mercê dos humores variantes do dia a dia do autor. Acho que sou inseguro demais para escrever assim.

Ao assistir ao trailer do filme *Diário de um exorcista*, pensei: "Puxa, o livro deve ser muito bom também". Qual não foi minha surpresa ao saber que não existia o livro? Meu amigo, o cineasta Renato Siqueira, produtor e diretor do filme, a quem devo o maravilhoso *booktrailer* de *A página perdida de Camões*, me informou, na época, que tudo o que ele coletava de informações era transformado diretamente em roteiro, já adaptado às condições técnicas de produção.

Imediatamente, sugeri que a história fosse trazida às letras por alguém. Renato, então, me convidou para fazer parte do projeto, incluindo no filme minhas descobertas e até algumas partes ficcionais desenvolvidas por mim para o livro. Assim, mais do que um *ghost-writer*, tornei-me o *demon-writer* da versão literária de *O diário de um exorcista*.

O grande desafio, em se tratando de uma obra baseada em fatos reais, é que a vida real não é completamente amarrada. Deus, o Autor Maior, deixa muitas referências, entrelinhas e citações para Ele mesmo e nós, meros personagens no *The Sims* divino, não enxergamos com facilidade. Como, então, adaptar ao meu processo criativo uma história real?

Após uma coleta de dados pertinentes, inseri o máximo possível de informações verdadeiras e relevantes para, em seguida, pincelar com "literariedades", se me é permitido o neologismo. Assim, mantive o cerne da narração e fiz, ao mesmo tempo, um texto ficcional.

Procurei não pensar na figura do demônio como personagem, porque ouvi a história de homens. Não vou dizer que não presenciei acontecimentos estranhos e logicamente questionáveis no processo de pesquisa e produção do livro, mas evitei, ao máximo, atribuir fantasia onde não me era permitido. Criamos mais onde não afetaria o sobrenatural.

Ainda assim, já espero ser questionado sobre o que é verdade e o que é ficção na obra e estou pronto para revelar. Sobre a forte presença religiosa no texto, asseguro que, apesar dos meus treze anos de colégio jesuíta, não sou católico, o que me trouxe isenção suficiente para premiar as vitórias e lamentar as derrotas dos padres guerreiros nas páginas a seguir.

Mais do que um livro de terror, *O diário de um exorcista* é uma viagem no tempo e o ingresso de um homem diferente, corajoso e muito nobre na batalha contra forças destrutivas, impiedosas e mortais.

Pegue o crucifixo, a água benta e sua edição *Rito Romano*. Não confie em ninguém e junte-se ao padre Lucas Vidal na batalha espiritual que começa nas páginas a seguir.

Excelente leitura.

Prólogo

> Então tivemos um sonho na mesma noite, eu e ele; sonhamos,
> cada um conforme a interpretação do seu sonho.
>
> GÊNESIS 41:11

As primeiras imagens das gravações realizadas por Bruno e Renan foram captadas por uma câmera de mão. Nela, o primeiro está, imprudentemente, dirigindo seu carro enquanto filma a si mesmo:

– Bom dia. Hoje é sábado, meio-dia. Era para eu ter acordado cedo, mas a festa de ontem foi muito, muito boa. Cheguei em casa às quatro da manhã e, como era de se esperar, levantei atrasado para o compromisso que tenho agora.

Essas imagens iniciais são interrompidas pelas manobras que o rapaz faz com o automóvel. Bruno tem 22 anos, é moreno, magro e ostenta um sorriso simpático, quase debochado.

Na gravação, Bruno conta que se dirige à casa de seu melhor amigo e colega de faculdade, Renan. Juntos, irão realizar uma entrevista documental para o trabalho de conclusão de curso com algum indivíduo muito importante.

– Combinei de encontrar o Renan na esquina da casa dele. Como ele também foi à festa ontem, tenho certeza de que está tão cansado quanto eu que, praticamente, não dormi.

Mais adiante, pouco antes de encontrar o amigo, Bruno diz:

– Por falar em dormir, tive um sonho esquisito. Eu estava todo de branco, descalço, caminhando por um longo corredor todo branco também. De repente, uma voz grossa, duplicada, horrível, falou atrás de mim: "Você é bom para pregar coisas, martele para mim". Quando me virei, vi, no início do corredor, um balão de gás vermelho subindo até o teto. Minhas mãos estavam cheias de sangue e eu segurava um martelo. Ao olhar para frente novamente, vi um cavalinho de pau, desses feitos de cabo de vassoura com a cabeça de plástico. Os olhos do cavalinho acenderam em um vermelho horrível e eu ouvi uma risada. Acordei tremendo. Foi terrível, mas é o preço que se paga pela quantidade exagerada de bebida que consumi ontem.

A gravação mostra que, assim que Bruno termina de contar seu pesadelo, o amigo Renan aparece no carro. A conversa prossegue um tempo com assuntos amenos relacionados à rotina dos jovens:

– E ontem? Você ficou com a Flavinha? – perguntou Renan.

– Nada. O ex-namorado dela apareceu. Apesar disso, fiquei com uma caloura linda.

Depois de alguns minutos, Bruno aparece no vídeo entregando a câmera a Renan e pedindo que ele detalhe o que farão. O amigo, sem muita vontade no início, explica:

– Vamos entrevistar um velho.

– Que velho? – perguntou Bruno. – Dá mais detalhes! Nem parece cineasta...

– Como somos exagerados e precisamos de notas altas, estamos indo à casa do conhecido padre Lucas Vidal para que ele nos fale alguma coisa sobre exorcismos – respondeu Renan, que aparentava ter a mesma idade de Bruno, mas era um pouco mais alto e tinha cabelos claros.

Na cena seguinte da gravação da câmera de mão, o carro está parado em um posto de gasolina. Bruno, do lado de fora, parece estar pagando o combustível enquanto Renan o filma de dentro do veículo.

– Lá está o Bruno, senhoras e senhores. Quando ele assistir a essa cena, saberá que eu o filmei passando o cartão de crédito do pai no posto para encher o tanque. Que coisa feia, meu caro Bruno.

Na sequência, Renan aponta a câmera para si mesmo e completa:

– Vou aproveitar para contar o pesadelo que tive esta noite, mas é segredo. Sonhei que estava em um parque de diversões. Então, uma garotinha linda olhou para mim e disse que havia algo no meu rosto. Quando passei a mão para limpar, sujei as pontas dos dedos de sangue. A menininha sorriu e falou com uma voz horripilante mesmo: "Seu rosto está apenas meio estranho, apenas meio esquisito. Apenas meio..." Olhei para um pequeno espelho que surgiu como mágica e percebi, pelo reflexo, que realmente faltava metade da minha cabeça. Gritei. A menina soltou uma bexiga de gás que subiu voando. Em seguida, olhei para o carrossel do parque e todos os cavalos eram daquele tipo de madeira, que as crianças brincam. E esse foi meu pesadelo de hoje, senhoras e senhores. Daria um excelente curta europeu, não acham?

Quando Bruno retorna ao carro, ele chama a atenção de Renan:

– Ei, não é para gastar o espaço do cartão de memória. Essa câmera é para fazermos as cenas de bastidores.

– Então... é exatamente isso que estou fazendo.

– Você captou aquela velha feia que falou comigo agora, lá no caixa do posto?

– Velha? Não vi nenhuma. Eu estava me filmando. Desculpe, perdi essa. O que ela fez? Era gostosa?

– Longe disso! Ela tinha uma mancha peluda e nojenta perto do olho. Não fez nada de especial. Apenas me disse para voltar para trás que na minha frente há um abismo e eu estou prestes a cair nele. Antes que eu a mandasse para o inferno, o frentista a expulsou do posto.

– Nossa, que mulher maluca! Pena que não a filmei.

– Nem me fala.

Mal sabiam os rapazes que, naquele momento, com aquelas palavras, a estranha mulher não captada na câmera havia dado o melhor de todos os conselhos.

Infelizmente, eles não deram ouvidos.

O padre Lucas Vidal

> Então o SENHOR disse a Satanás: Donde vens? E Satanás respondeu ao SENHOR: De rodear a terra, e passear por ela.
>
> Jó 1:7

O padre Lucas Vidal, reconhecidamente um dos mais bem-sucedidos exorcistas do mundo, caminhou lentamente da cozinha à sala vazia. Trazia em sua mão uma fumegante xícara de café. Aos setenta anos, ostentava gestos firmes e decididos. Olhos cansados valiam-se de grossas lentes para facilitar a leitura. Magro e disposto, cultivava hábitos saudáveis que prolongavam sua qualidade de vida, mesmo em avançada idade.

As diversas velas espalhadas pelo ambiente – bruxuleantes – iluminavam irregularmente livros antigos e valiosos, papéis variados e, paradoxalmente, o moderno teclado do computador à espera da digitação. Na parede oposta, um pequeno altar sustentava as imagens de Jesus Cristo, Nossa Senhora Aparecida, Santa Teresinha[1] e Santa Irmã Faustina[2]. Assim que posicionou o monitor e preparou-se para escrever, foi interrompido pela bondosa irmã Lúcia. Na faixa dos sessenta anos, grisalha, de aspecto gentil e generoso, a religiosa atuava como fiel escudeira do padre. No meio da mão esquerda, de ambos os lados, irmã Lúcia trazia cicatrizes profundas e arredondadas, como estigmas[3].

– Padre Lucas, dois jovens estão parados aqui no portão de casa. Eles disseram que são estudantes de cinema e que marcaram uma entrevista com o senhor.

– Ah sim, é verdade, Lúcia. Falei com eles ontem pelo telefone. Por favor, deixe-os entrar.

---

[1] Religiosa carmelita francesa nascida em Lisieux no século XIX.
[2] Polonesa a quem foram atribuídos inúmeros milagres.
[3] Estigmas são um dos cinco possíveis sinais que aparecem no corpo dos fiéis, nas mesmas regiões do corpo onde Jesus Cristo sofreu as feridas da crucificação.

— Como quiser, padre — disse irmã Lúcia, dirigindo-se à porta da frente, deixando o padre Lucas solitário em frente ao computador. Segundos depois, o religioso tirou os óculos, esfregou os olhos e lembrou-se de um episódio terrível de sua vida que, todos os dias, voltava à sua mente em flashes. Uma memória de gritos, dor, trevas. Um verdadeiro mergulho no inferno.

— Padre Lucas, aqui estão os dois rapazes que o senhor esperava — anunciou a freira. Assim que a dupla surgiu pela porta, irmã Lúcia voltou aos seus afazeres em outro cômodo.

— Obrigado por nos receber, padre Lucas — agradeceu Renan. — É uma honra conhecê-lo.

— Qual é mesmo a graça de vocês? — perguntou o velho padre.

Os jovens tomaram fôlego, mas nada responderam. Não haviam entendido a pergunta. O padre foi mais explícito:

— Os nomes... queria saber os nomes de vocês.

— Ah, desculpe... Eu me chamo Bruno e ele é o Renan.

— Prazer em conhecê-los. Por favor, sentem-se. Ontem, pelo telefone, vocês me disseram que estão fazendo um documentário sobre exorcismo e possessão, correto?

— Sim, é isso mesmo. — concordou Renan.

— E como posso ajudá-los?

— Então, Padre, nosso trabalho é de conclusão de curso, ou seja, falta só esse projeto para a gente se formar. A maioria da sala vai explorar temas como pobreza, sexualidade e violência. Farão documentários em branco e preto com depoimentos de moradores de comunidades e usuários de drogas como todos os alunos de cinema fazem todos os anos. Um professor nos confidenciou que ninguém mais aguenta esse tipo de documentário, por isso, decidimos fazer algo diferente. Algo que assuste, mas também informe. — argumentou Bruno.

— Ninguém nunca fez algo assim lá na faculdade. Captar uma narração verdadeira sobre um tema não convencional. — completou Renan, que envaideceu-se com o elogio do padre:

— Interessante.

— Fizemos uma pesquisa breve sobre o assunto e não há como falar de exorcismos reais sem citar o senhor. — continuou o jovem.

— Na verdade, até tentamos conversar com outros ditos exorcistas, mas eles não convenceram nem a gente, quanto mais uma plateia crítica.

Agiram como charlatães com narrativas tendenciosas e, para piorar, pediram dinheiro para que divulgássemos suas histórias. – completou Bruno.

– Meu jovem, nesse meio, há muita enganação. Vocês não imaginam como isso prejudica quem verdadeiramente trabalha no ofício do Senhor. Ainda assim, não os condeno, quem sou eu para isso? Acredito que cada um tenha uma razão para fazer o que faz, seja certo ou errado.

Bruno e Renan não tinham o discernimento para entender as palavras sábias do padre Lucas. Apesar disso, fingiram compreensão.

– Ah, sim, sem dúvida, é verdade. Bem, padre, felizmente encontramos o senhor. Eu e o Renan tomamos a liberdade de pesquisar sobre sua vida e confesso que o pouco que vimos nos encantou. É uma história de vida fantástica!

– Aquela entrevista que o senhor deu há alguns meses para a televisão foi incrível. Mais de noventa exorcismos confirmados pela igreja com dezenas de autoridades científicas e médicas atestando seus feitos. Não encontramos nenhuma fonte melhor para nosso trabalho, por isso, queríamos saber se o senhor poderá nos contar sua história e, além disso, autorizar a divulgação. Seria uma entrevista diferente, sem perguntas, na qual o senhor teria a liberdade de conduzir a narrativa de acordo com sua memória, sem se prender a tópicos. Claro que não queremos tomar seu tempo e nem incomodá-lo, mas...

– Claro, sem problemas. Eu ia começar agora mesmo a escrever um livro sobre minha vida. Poderei usar nossa conversa como uma maneira de rememorar tudo ordenadamente e, após a edição final, usarei uma cópia do filme de vocês como guia para o meu livro, o que acham?

– Fantástico! Pode contar conosco, padre.

– E então? Mãos à obra? – convidou o religioso, ajeitando-se em sua poltrona. Atrás do padre, a tela do computador apresentava apenas uma página em branco, alva como os ralos fios de cabelo daquele experiente homem.

Renan e Bruno armaram rapidamente o equipamento que haviam trazido. Era algo simples: uma câmera, microfone direcional, luz e um rebatedor para manter a iluminação adequada.

– Padre Lucas, o senhor está pronto? – perguntou Bruno, atrás da câmera.

– Quando vocês quiserem.
– Ótimo. Foco ajustado. Áudio?
– Áudio foi. – confirmou Renan.
– Um... dois... três... gravando.

O padre Lucas Vidal tomou fôlego e começou sua narrativa espontaneamente. O que, a princípio, poderia parecer a maçante história de um idoso, tornou-se um mergulho de corpo inteiro no mais profundo, real e apavorante terror.

De uma maneira saudosista e até exagerada nos detalhes, o padre falou:

– Meu nome é Lucas. Padre Lucas Vidal. Sou um padre especializado em exorcismos. O único do Brasil autorizado pelo Vaticano e um dos cinco servos de Cristo da América Latina com carta branca e total liberdade para encarar o maior inimigo da humanidade com todas as armas possíveis. Minha profissão é incomum. Para os crentes, sou a salvação. Para os descrentes, uma farsa. Nasci no dia 28 de abril de 1942, no interior de São Paulo, em uma pequena cidade chamada Santa Bárbara das Graças[4].

Ninguém, naquela sala, notou a sutil queda de temperatura. Forças profanas pareciam querer acompanhar a história, como se desejassem ouvir o padre falar do passado delas mesmas ou, pior, como se ansiassem por uma oportunidade de reescreverem o capítulo final da mais terrível maneira.

---

[4] Conforme solicitação da Câmara Municipal, o nome real da cidade do padre Lucas Vidal foi substituído pelo fictício "Santa Bárbara das Graças", para preservar os munícipes da época em que ocorreram os acontecimentos descritos neste livro.

Anos Dourados

> E num dia em que os filhos de Deus vieram apresentar-se perante o SENHOR, veio também Satanás entre eles.
>
> Jó 1:6

Os meados da década de 1950 do século XX foram magníficos em muitos aspectos. Eu, com meus doze anos, não ligava para o segundo mandato de Getúlio Vargas nem imaginava que o presidente chamado de "Pai dos Pobres" – uma referência clara ao Livro de Jó, capítulo 29, versículo 16[1] – se mataria naquele mesmo ano sem completar seu governo. Recordo que nesse mesmo ano, também tentaram assassinar Carlos Lacerda, o que me fez concluir que política era algo realmente perigoso.

A atenção de um menino como eu dirigia-se aos filmes de aventura que passavam no precário cinema de minha cidade, como *20 mil léguas submarinas*, que vi naquele ano. Crianças não podiam assistir às produções de Hitchcock, como *Disque M para matar* e outros filmes interessantes que, vez ou outra, eram projetados para a felicidade dos fãs de Kirk Douglas, Humphrey Bogart, Ava Gardner, Grace Kelly, Mickey Rooney, Gene Kelly, Cyd Charisse ou dos brasileiros Jardel Filho e Cacilda Becker.

As rádios não tocavam Elvis Presley, como se pensa. O chamado "Rei do Rock" mal havia iniciado sua carreira em 1954. Nossas estações eram palco para Dick Farney, Nat King Cole, Nelson Gonçalves, Angela Maria, Doris Day, Dolores Duran, Cauby Peixoto, Dorival Caymmi, Irmãs Galvão, Trio de Ouro e Frank Sinatra.

Eu adorava praticar esportes e, mesmo com a derrota do Brasil para o Uruguai na Copa do Mundo quatro anos antes e a vitória da Alemanha Ocidental no campeonato daquele ano, nada me afastava da bola de futebol e da paixão pela Seleção Brasileira. Nem mesmo as aventuras do

---

[1] "Dos necessitados era pai, e as causas de que eu não tinha conhecimento inquiria com diligência." – Jó 29:16

Capitão 7 – um tipo de super-herói – que passavam na televisão e eram febre entre os meninos da minha idade.

Eu era um garoto interiorano, feliz e com uma família aparentemente normal. Vivíamos em uma cidade pequena, calorosa e unida. Minha melhor amiga e, às vezes, maior rival, era Paula, minha irmã, dois anos mais velha. Jonas, meu pai, era meu modelo maior. Com ele, ocorriam as mais incríveis brincadeiras de caubói e cosmonauta.

Minha mãe, Júlia, era a mulher mais amável e bela de toda a cidade. Carinhosa e um exemplo de força e caráter, nos educou por meio da brandura, da suavidade e dos bons conselhos.

A rotina em casa consistia em estudarmos muito pela manhã, voltarmos da escola e ajudarmos minha mãe nas tarefas domésticas para, em seguida, brincarmos durante o resto do dia até que, no fim da tarde, nos escondíamos atrás da porta para esperar meu pai chegar do trabalho. Assim que ele punha o pé na sala, gritávamos:

– Olha a baleia, Jonas![2]

Ele ria, nos abraçava e, erguendo um em cada braço, ia até a cozinha cumprimentar minha mãe e falar sobre seu dia. Sempre com muito respeito e otimismo.

Nossa total liberdade para brincar pela cidade era limitada pela pouca presença de crianças de nossa idade em nossa rua. Nosso círculo principal de amigos estava na escola, no parque ou na igreja. Em nosso bairro, os meninos eram mais velhos e se interessavam por brincadeiras mais agressivas, talvez influenciados por filmes, músicas e revistas sobre gangues e motoqueiros.

Nossa família, como todos na cidade e a grande maioria no país, era católica fervorosa e praticante. Cultivávamos uma vida social intensa, baseada nas reuniões e festividades da igreja. Todo início de noite jantávamos juntos, não sem antes orarmos de maneira unida e convicta:

– Agradecemos a Deus pela comida farta, por nossa família maravilhosa e pela saúde de todos. Que São Miguel Arcanjo nos proteja de todo o mal. Amém.

---

[2] Referência ao episódio bíblico do profeta Jonas e o grande peixe, sempre presente nas aulas dominicais na igreja frequentada pela família do, então menino, Lucas Vidal.

Especificamente, para mim, as orações começaram a parecer vazias e simples repetições naquele ano. Sentia-me culpado por pensar na comida enquanto orava. Na verdade, eu era muito jovem para perceber que o círculo familiar estava perdendo força por conta de uma influência externa. Algo muito sutil para ser notado naquele momento por um menino que ainda estava descobrindo o mundo.

Primeiro encontro com o mal

> Põe sobre ele um ímpio, e Satanás esteja à sua direita.
>
> Salmos 109:6

Assim caminhava nossa rotina aparentemente feliz. Cercado por amor, jamais imaginei o terror que se iniciaria em minha vida nos dias que se seguiram.

Certa noite, despertei assustado, como se alguém houvesse gritado meu nome. Sentado na cama, concluí ter imaginado o som, possivelmente sonhando. Abri, então, a janela do quarto e admirei a enorme lua cheia que reinava soberana no céu. A presença do belo satélite prateado me acalmou o suficiente para considerar um retorno ao sono, mas, quando me deitei novamente, ouvi uma assustadora voz chamando por mim:

– Luuuucaaaas!

Desta vez, porém, pareceu um sussurro e não um grito. Corri à janela para ver de onde havia partido o grotesco chamado. Sem identificar a princípio, olhei diretamente para a parte escura do quintal, onde árvores densas criavam uma massa negra e quase tão impenetrável quanto o pensamento de um jogador de pôquer.

Apertei os olhos em direção aos galhos e vi, próxima a um tronco, uma grande e ameaçadora coruja. Estranhei que seus olhos não eram amarelos, mas negros. A ave parecia estar em transe, pois exalava uma personalidade inexistente em animais. Havia uma inteligência secreta em seu olhar. Quase um deboche.

Teria aquela ave emitido um som parecido com o meu nome? Não esperei para ter essa certeza. Tranquei a janela e corri em direção ao quarto dos meus pais com meus instintos infantis aflorados e o corpo todo arrepiado.

Antes, porém, de eu entrar no quarto, vi, pela porta entreaberta, minha mãe despertando assustada. Sem notar minha presença no corredor, acendeu o abajur e chamou meu pai:

– Jonas, Jonas, onde você está?

Meu pai surgiu de perto da janela e a assustou. Estava completamente nu, o que me embaraçou ainda mais e impediu que eu invadisse o quarto impulsivamente. Abraçando minha mãe, sussurrou em uma língua desconhecida por mim naquela época:

– Και λέγει προς αυτόν, όλα αυτά τα πράγματα θα σου δώσει πάνω, κάτω και λατρεία μου.

Assim que meu pai, que apesar de esperto não detinha muita cultura, pronunciou a frase que, hoje, sei ter sido dita em grego, um trovão altíssimo retumbou e as luzes se apagaram por segundos.

Quando a energia voltou, mamãe permanecia em pé ao lado da cama. Meu pai, porém, estava agachado próximo à cortina, tremendo e chorando, com o rosto virado para a parede.

– Amor, estou com medo, muito medo. Não me sinto bem.
– O que foi, Jonas? O que está acontecendo?
– Aqui é ruim, escuro, cheira mal...
– O que está dizendo? Vem deitar, homem, deve ter sido um pesadelo...
– Dói estar aqui, Júlia. Vem, fica comigo aqui.
– Aqui onde, Jonas? No chão?
– Não, cadela, aqui no abismo! – gritou meu pai com os olhos arregalados e um sorriso exageradamente escancarado. Um guincho agudo vibrou em sua garganta como a derrapagem de um pneu.

Com o susto, minha mãe deu alguns passos para trás, tropeçou e caiu ao lado da cama. Antes que eu pudesse fugir, meu pai, completamente transformado, olhou para mim como se sempre soubesse de minha presença na porta do quarto e pronunciou em voz grave e rouca:

– Lucas, vai dormir, seu rato de sacristia, futuro comedor de hóstia!

Corri como nunca havia feito antes. Em meu quarto, tranquei a porta e me joguei embaixo do lençol. O sono parecia um refúgio confiável. Lancei-me decidido aos braços do esquecimento noturno sem entender exatamente o que havia ocorrido.

Após orar dezenas de vezes, o cansaço me venceu e adormeci sem saber que, naquela madrugada, havia presenciado algo terrível que mudaria para sempre minha vida e que aquele traumatizante acontecimento não seria nada comparado ao que estava por vir.

Cicatrizes de um pesadelo

> E, se Satanás expulsa a Satanás, está dividido contra si mesmo; como subsistirá, pois, o seu reino?
>
> Mateus 12:26

Para a minha surpresa, na manhã seguinte, tudo parecia muito bem. Fui o último a levantar. Todos já tomavam café e me receberam com o costumeiro bom humor e as esperadas provocações:

– Bom dia, dorminhoco! – meu pai brincou. Sim, era meu pai. A mesma personalidade, os mesmos carinho, amor e atenção costumeiros.

– Que olhos inchados... – comentou Paula, minha irmã, entre goles de achocolatado.

Minha mãe estava quieta e, apesar das insistentes perguntas que fizemos, ela manteve-se evasiva durante toda a manhã. Não consegui, naquele momento, decifrar o motivo de sua tristeza. Mesmo o animador convite feito por meu pai não a tirou daquela incomum depressão:

– Pessoal, que tal irmos ao parque andar de bicicleta hoje à tarde?

– Eu quero! – gritei.

– Oba! Eu também, papai! – disse Paula.

Mamãe sorriu e continuou comendo lentamente seu pão com requeijão.

– Júlia, o que você tem?

– Nada não. Tive um pesadelo horrível nessa madrugada e acordei com um grande mal-estar, mas já vai passar.

– Pesadelo? Como assim? Eu, pelo menos, dormi como um anjo essa noite. Por que você não me chamou, querida?

Naquela hora lembrei-me dos detalhes do terror noturno que havia presenciado. Claro que desde o despertar já havia recordado de alguns pequenos fragmentos, porém, após mamãe – com toda a sua doçura – citar que tivera um pesadelo, um véu fora arrancado de minha memória trazendo cinematograficamente toda a situação à minha mente. Aquele acontecimento macabro havia mesmo ocorrido? A coruja chamara mesmo por mim? Meu pai havia mesmo agido daquela maneira transtornada e agressiva?

– Eu também tive um pesadelo, mamãe. Com você e com o papai. – afirmei à mesa.

– É mesmo, Lucas? Não se preocupe filho, no meu pesadelo não estavam nem você e nem o papai.

Aquela resposta trouxe grande alívio. Nada havia acontecido e meu pesadelo estava completamente desvinculado do de mamãe. Acreditei nisso não pelo fato de ela não ter me visto em seu sonho, afinal, eu estava escondido, mas sim por ela reforçar que papai não estivera presente.

Horas depois, após o almoço, nos preparamos para ir ao parque. Na época, não havia um traje completo de ciclista e muito menos o costume de se usar capacete. Muníamo-nos apenas de nossas roupas comuns de brincar, sapatos ou sandálias franciscanas de couro e muita sede de aventura.

Minha bicicleta era uma *Raleigh* 1950 azul-clara que um mecânico vizinho havia deixado com meu pai antes de se mudar da cidade. Já minha irmã pedalava em uma *Hermes Sport* toda vermelha trazida de Santa Catarina. Dediquei alguns minutos checando a corrente, o selim e os pneus, como se eu fosse um piloto profissional. Coisa de menino, acredito. Assim que saí para o quintal, papai e Paula me aguardavam impacientes:

– Estava dormindo de novo, preguiçoso? – provocou minha irmã.

– Pai, onde está a mamãe? – perguntei.

– Ela não vem com a gente, filho. Está indisposta.

Insatisfeito com a resposta, retornei correndo para dentro de casa. Mamãe estava na cozinha folheando um catálogo de compras com a leveza de suas mãos carinhosas que pareciam duas pequenas borboletas. Apesar do gesto ritmado, era evidente que ela não estava prestando atenção aos revolucionários anúncios de aspiradores de pó, fortificantes, batedeiras ou da moderna *Leonam* – a máquina de costura mais popular da época.

– Mamãe, vem com a gente.

– Não quero, Lucas. Estou com dor de cabeça.

– É por causa do pesadelo que a senhora teve?

Ela riu.

– Claro que não, filhinho. Foi só um sonho bobo sem significado. É que estou um pouco cansada.

Fui para trás da cadeira de minha mãe e brinquei:

– Vou tirar sua dor de cabeça e aí você vai comigo. – falei, enquanto massageava seus ombros.

— Isso, filho, joga a dor de cabeça da mamãe no lixo.
— Onde dói, mamãe?
— Atrás da cabeça, quase perto da nuca.

Fui apalpando atrás da cabeça de minha mãe, investigando todo o couro cabeludo, até que ela contorceu-se, como se sentisse dor.

— O que foi?
— Estranho... aperte aí novamente. — pediu e eu fiz. Havia um galo enorme.
— Nossa, acho que a senhora bateu com a cabeça em algum lugar.
— Será? Não me lembro disso... vai ver que...

Mamãe silenciou por segundos, como se não acreditasse na própria conclusão. Mesmo sem me dizer nada, compreendi sua desconfiança e senti um arrepio. Antes que conversássemos sobre nossas desconfianças, Paula e papai entraram na cozinha e me arrastaram para o parque.

Deixá-la em casa soou como abandono. Meu coração apertou, minhas mãos suaram. Quase pedi para que papai me deixasse lá também, mas Paula, minha irmã, com sua chatice característica e seu antagonismo perturbador diário, mudou minha ideia. Por alguma razão, vi em minha irmã uma miniatura de mamãe. Eu sabia que implicarmos um com o outro era um esporte praticado entre todos os irmãos saudáveis, pré-adolescentes e felizes. Não havia raiva real entre nós. Vi uma pequena Júlia em Paula e aquilo me tocou. Era meu dever protegê-la, ainda que eu fosse o irmão mais novo. Meu amor por mamãe era infinito, porém, sabia que — em algum ponto de nossa vida — seríamos apenas Paula e eu.

Segundos antes de mergulhar completamente na diversão e deixar de lado pensamentos tão dramáticos, lembrei uma última vez de meu pesadelo da noite anterior e concluí:

"Parece que o sonho bobo e sem significado deixou uma grande e dolorida marca na cabeça da mamãe".

Breviário[1] do padre Bórgio Staverve sobre exorcismos

† Tomo I †

Meu nome é Bórgio Staverve. Já não mais posso ser chamado de padre, desde que caí em desgraça. A história de minha vida não interessa no momento, mas posso dizer que pequei contra os céus e a Terra, contra Deus e o homem, ao furar os meus próprios olhos em nome de um amor profano.

Os terrores que presenciei são indescritíveis e inacreditáveis. As pessoas normais gabam-se da tecnologia e da segurança que a razão lhes dá, mas não sabem a real natureza do mundo.

O mal existe, está encarnado e quer destruir a raça humana.

Escrevo, auxiliado pelos gentis enfermeiros desta clínica de estrada, este que é meu terceiro livro, o qual chamarei de *Breviário sobre exorcismos*. Minhas duas obras anteriores *Livro negro da criptozoologia* e *Das criaturas de Cruzeiro das Almas* estão sob análise de um editor e, independentemente do veredicto, seguirei registrando todo o meu conhecimento de ciências ocultas até que Deus me ceife desta Terra ou meus inimigos inumanos me encontrem.

Neste breviário, contarei um pouco do que aprendi, nestes anos, sobre a expulsão de demônios, entidades malignas, espíritos e almas invasoras. As informações não serão extensas, mas úteis, e darão aos

---

[1] Breviário é um livro tradicional de orações e leituras da religião católica.

jovens estudiosos as chaves iniciais para estudos aprofundados da batalha espiritual contra o mal.

Começo, abaixo, explicando o que é, realmente, o ritual de exorcismo:

Exorcismo vem do latim, *exorcismu*[2], que significa "ação de fazer jurar".

O exorcismo é um ritual realizado por uma ou mais pessoas que intentam expulsar ou destruir demônios, espíritos malignos, entidades estranhas ou espíritos nefastos que possuem, influenciam ou atormentam pessoas, locais ou objetos.

Para realizar esse ritual, o exorcista realiza rezas, orações, conjurações, esconjuros e ações cerimoniais de acordo com sua cultura e religião, a fim de causar o efeito desejado no ser malévolo.

Aos padres católicos, não é permitido que se creia levianamente na possessão de uma pessoa sem que um bispo autorize. O bispo, por sua vez, segue determinados padrões de avaliação para afastar hipóteses variadas antes de assumir que o caso se trata, realmente, de uma possessão demoníaca.

Durante o exorcismo, é essencial que o sacerdote mais experiente invoque a proteção dele e de todos os presentes, para que não ocorram novas possessões. O padre também deve, por meio de suas fórmulas, anular os poderes dos demônios sobre qualquer um dos presentes. Independentemente do grau da possessão, é essencial que o possesso esteja devidamente imobilizado. Eu mesmo já presenciei crianças ou moças de estatura frágil quando possessas assassinarem meia dúzia de homens fortes.

---

[2] Também presente no grego como *exorkismós*.

Caso haja conhecimento por parte dos sacerdotes, é permitido que ele anule os poderes das entidades e as encarcere por meio da grafia correta das Chaves de Salomão[3].

Após todas as medidas necessárias serem tomadas, há que se comunicar de maneira imperativa com os demônios, levando-se em consideração as numerosas mentiras e ameaças que serão ditas, até que se determine por meio da insistência e da imolação do espírito maligno o seu nome.

A imolação se dá com orações e contatos físicos com objetos sagrados, principalmente água benta. Não há resultado nenhum, ao contrário, traz apenas consequências desastrosas, agressões físicas infundadas e emotivas.

Uma vez que o nome do demônio ou dos demônios seja conhecido, deve-se, então, invocar o nome de Deus, de seu filho encarnado Jesus Cristo, da Mãe Amantíssima e de todos os anjos e, assim, ordenar que o espírito liberte o possesso.

---

[3] As Chaves de Salomão ou Clavículas de Salomão compõem um livro atribuído ao Rei Salomão com 36 pantáculos que ligam o plano físico ao plano espiritual de acordo com conhecimentos da cabala e do Talmud.

Olhos de Gato

> Mas os fariseus, ouvindo isto, diziam: Este não expulsa os demônios senão por Belzebu, príncipe dos demônios.
>
> Mateus 12:24

Eu já sabia derrapar, empinar a bicicleta e soltar ambas as mãos do guidão. Não tinha reflexos desenvolvidos para frear, mas, com doze anos, o que eu menos queria era diminuir a velocidade.

– Devagar, Lucas, cuidado! – pedia papai a cada manobra nova que eu arriscava na pista do parque. Minha irmã, mais comedida, contentava-se em dar voltas constantes, apreciando o dia ensolarado e cumprimentando outras crianças.

Estas, para mim, nem existiam. Gostava de ultrapassar outros meninos e fechar algumas garotas que se assustavam com minha ousadia em duas rodas. Naquela tarde, em especial, havia poucas crianças no parque e uma menina destacou-se na pista.

Pedalava atrapalhada em uma bicicleta cor-de-rosa que não pude identificar o modelo, mas que parecia bem moderna. Em seu vestido branco de fita, meias longas e sapatilhas, tentava se equilibrar. Aparentava ter oito anos. Seus longos cabelos castanhos desciam retos e imóveis até a cintura ao mesmo tempo em que eram interrompidos em seu rosto por uma simétrica franja que antecedia, por um dedo, os mais azuis olhos que eu já havia visto.

– Fica longe, menino. Não sei andar direito. – alertou-me.

– Calma. Não mexo com novatos. – brinquei, com certa soberba. – Você mora aqui na cidade? Nunca a vi.

– Meu pai e eu estamos aqui já faz um tempo. Eu me chamo Angélica.

– Angélica, meu nome é Lucas. Aquela tonta ali é a Paula, minha irmã e, naquele banco, meu pai.

– Tá, Lucas, depois a gente conversa. – sugeriu, esforçando-se para não cair.

Concordei e saí soltando poeira, exibindo minha destreza e deixando clara a superioridade que eu acreditava ter nos pedais. Em certo momento, minha imprudência infantil somada à imperícia para frear fez com que eu atropelasse uma mulher que atravessava distraidamente a pista. Assim que o pneu frontal da bicicleta acertou-lhe a panturrilha, caímos. O impacto foi tão grande que fui jogado por cima dela.

— Lucas! — gritou meu pai, correndo em nossa direção.

Meu cotovelo sangrava, mas estávamos bem. Levantei-me rápido e tentei ajudar a mulher que também já se colocava em pé.

— A senhora está bem? — perguntou meu pai à acidentada que aparentava ter cinquenta anos e estava preocupada comigo.

— Você se machucou, menino?

— Não, senhora. Por favor, me desculpe. — disse, arrependido pelo acidente.

A mulher, cujo rosto era marcado por uma grande mancha próxima ao olho, sorriu.

— Ora, não se preocupe. Sei como são os meninos, meu jovem. Tenho um filhinho também e entendo. Só peço para que, da próxima vez, preste mais atenção, está bem?

Ainda tenso, mas um pouco menos preocupado, concordei. Meu pai reforçou a pergunta que fez quando se aproximou:

— A senhora está mesmo bem?

— Sim, sim, estou. Eu divido minha culpa com esse lindo menino. Atravessei desatenta... — respondeu, sem olhar para meu pai, enquanto arrumava o vestido.

Levantei minha bicicleta e fui, mancando, sentar no meio-fio. Papai me acompanhou. Recomposta, a mulher acenou-nos na intenção de se despedir:

— Até mais, garoto. Cuide-se e... — repentinamente, interrompeu a frase e encarou meu pai como ainda não havia feito. Por alguns segundos, estranhamos aquela mulher petrificada no meio da pista de bicicletas observando papai como se estivesse congelada. Em seguida, ignorando-o, ela se aproximou de mim e agachou para alcançar a altura de meus olhos.

— Menino, quem é ele? Você o conhece? — perguntou, indicando meu pai com a cabeça.

Antes que eu respondesse, papai disse:
– Sou Jonas, o pai dele, não se preocupe.
Sem considerar resposta, a mulher tornou a perguntar:
– Você sabe quem é ele?
Tomei fôlego, mas a estranha continuou a falar:
– Menino, me escuta, é muito importante o que vou dizer: afaste-se disso o mais rápido possível. Essa menina é sua irmã? Leve-a para casa, pegue sua mãe e vá o mais longe possível disso aí.
– Do meu pai?
– Isso aí não é mais seu pai. – respondeu, apertando o meu braço com força e desespero. Papai percebeu a situação e a empurrou.
– Está maluca? Afaste-se do meu filho ou eu chamo um guarda aqui do parque.
Assustada, a mulher com a mancha no rosto pareceu sentir repulsa e medo ao toque. Evitando olhar para ele, dirigiu seu apelo a mim de maneira ainda mais enfática, implorando:
– Menino, afaste sua família disso. Isso não é seu pai, não é seu pai!
Papai puxou-a pelo braço. Esse outro contato trouxe terror ao olhar da estranha. De assustada, sua feição mudou para enojada quando voltou a encará-lo como a presa que acusa o predador:
– Você condenou toda a sua família ao participar daquele ritual.
– Ritual? O que isso tem a ver com... Como sabe? Quem lhe contou?
– Certas portas não devem nunca ser abertas. – disse, misteriosamente, enquanto livrava seu braço das mãos de papai e se afastava rapidamente, olhando para trás a cada dois passos.
– Pai, deixe-a ir. Deve ser doente. – sugeriu Paula.
Papai concordou e se aproximou para examinar meu cotovelo. Vez ou outra, erguia o olhar para a mulher que se afastava. Quando me levantei para ir embora, senti um odor terrível de podridão. Atrás de um arbusto, vi um gato morto, já putrefato. Sobre ele, outro gato, faminto, devorava suas entranhas.
Os olhos do gato eram completamente negros e malignos.

O VALE DAS SOMBRAS E DA MORTE

> O inimigo, que o semeou, é o diabo; e a ceifa é o fim do mundo;
> e os ceifeiros são os anjos.
>
> MATEUS 13:39

Os acontecimentos recentes, em minha mente pré-adolescente, formavam um cenário estranho e assustador. Suspeitei estar tendo alucinações. Era comum ouvir os adultos criticarem a péssima influência da televisão e do rádio nas mentes mais jovens e, confesso, torci para que fosse apenas isso. Mas, no fundo, a alma sempre sabe de todas as coisas. E a minha, naqueles dias macabros, sentia que um grande mal rondava minha vida. Algo antigo, poderoso e impiedoso.

Ao voltarmos do parque, papai pareceu muito nervoso e apreensivo. Relatamos a mamãe sobre o passeio, o pequeno acidente e a mulher louca. Para diminuir o clima ruim, mamãe propôs um jantar especial, seguido da sobremesa preferida de cada um. Paula e eu festejamos a sugestão sem, porém, sermos acompanhados em empolgação por nosso pai.

– Mas só vai ter sobremesa se vocês limparem e guardarem as bicicletas. – alertou mamãe, impondo pacificamente uma rotina de higiene e disciplina.

– Combinado! – gritei e corri para a porta, acompanhado por Paula em uma disputa de velocidade. Antes, porém, de sairmos pela porta, avisei minha irmã:

– Pode deixar que eu limpo e guardo a sua.

– O quê? Está com febre, Cabeça de Minhoca?

– Nada disso. Não posso querer cuidar um pouco da minha irmã mais velha?

Paula concordou com certo estranhamento e, enquanto voltava para a cozinha, ouviu minha inevitável resposta à provocação anterior:

– Melhor ter cabeça de minhoca do que mão de baleia!

No quintal da frente, as bicicletas aguardavam deitadas sobre a grama, abandonadas como havíamos deixado. Salvo alguma lama nas rodas e no aro, estavam limpas. Peguei o balde com sabão e um pano seco para dar brilho aos quadros. Em quinze minutos, estavam como novas.

Enquanto apoiava as bicicletas no muro coberto próximo à garagem, notei uma agitação incomum na rua. Os garotos arruaceiros corriam em direção ao quarteirão lateral rindo e gritando. Acompanhei-os tomado por curiosidade.

Próximos à esquina, brincavam de algo realmente perigoso. Enchiam um tubo de ferro com alguma pólvora e jogavam um fósforo aceso em seguida. O cano disparava fogo tal como uma espingarda. Segui observando por algum tempo as variações dessa imprudente brincadeira. Às vezes, tapavam o tubo com uma pedra para vê-la lançada muitos metros para o alto após a explosão. Além de mim, outras crianças observavam a estúpida diversão. Entre elas, Gilson, um menino especial que apresentava certa dificuldade de aprendizado.

Gipipi, como era chamado contra sua vontade, passeava pelas ruas do bairro sempre simpático e sorridente. Não falava uma única palavra e contentava-se em acompanhar a movimentação dos demais garotos em qualquer que fosse a atividade. Era pacífico, exceto quando chamado pelo apelido do qual não gostava. Nesses momentos, perseguia seus ofensores e sinalizava que iria os punir. Nunca se soube de uma única vez em que tenha pego alguém e agredido.

– Ei, Gipipi, quero dizer, Gilson, quer brincar com a gente? – convidou o líder dos rapazes. Gilson aproximou-se empolgado e curioso para saber onde se encaixaria naquela perigosa atividade.

– O que vai fazer com o doido? – questionou outro, cujas costeletas eram maiores que as do meu pai.

– Veja só. – respondeu o líder e, virando-se para Gilson, prosseguiu. – Gilson, quer fumar com a gente? É assim, vamos preparar esse cigarrão para você, que tal?

Gilson não manifestou contrariedade, apenas aproximou-se ainda mais.

– Está louco? Vai explodir a cabeça do doido. – comentou outro do bando.

– Calma, colocarei pouca pólvora. É só para ver o que acontece. Eu acho que vai ficar saindo fumaça da boca do moleque por uma semana.

– E se ele morrer?

— Ele é doido mesmo. Ninguém vai ligar. Eu li em algum lugar que gente doida morre logo.

Assistindo àquela movimentação, não pude permanecer passivo. Imaginei mamãe me perguntando "Como você pode deixar judiarem daquele pobre garoto?" Pensei em Jesus e nos ensinamentos dominicais. "O que Jesus faria?", repetia a professora da escola da igreja. Observei um pouco mais, enquanto os rapazes combinavam de fugir, cada um para sua casa e de só se verem no dia seguinte, assim que a pólvora explodisse na boca de Gilson.

— Pega a pólvora. — ordenou o líder que foi servido de imediato.

— Colocou muito! — alertou outro da turma.

— Escapou. — justificou o líder.

Eu era mais baixo que o menor deles. Estava sozinho e nunca havia brigado na vida. Minhas únicas armas eram minha indignação e coragem. Esta segunda, por sinal, estava intermitente. Ia e voltava sem muita convicção.

Acenderam o fósforo e, algo em mim, acendeu também. Aquilo era injusto, abominável e errado. Não podia deixar uma maldade daquelas ocorrer, nem que eu me ferisse.

"Valei-me, Capitão 7!", disse a mim mesmo e corri em direção ao grupo de peito estufado.

— Deixem ele em paz!

Um dos meninos, mais assustado, correu sem ver quem havia gritado. Os demais viraram-se para mim.

— Quem é esse baixinho?

— Acho que ele mora aqui na vizinhança. O que quer, moleque?

— Deixem o Gipi... o Gilson em paz. Agora! — falei.

— Ele está aqui porque quer. — respondeu um dos rapazes.

— Gilson, vai embora! — falei para a possível vítima que parecia não ter entendido a situação e veio me cumprimentar.

— Quer trocar de lugar com ele, palhaço?

— Se prec-pre-cisar, eu tr-troco. — respondi, sem convicção nenhuma.

— Quem você pensa que é? Algum mártir? Peguem esse santinho. Vou colocar tanta pólvora que a cabeça dele vai parar na Lua.

Rapidamente, dois meninos me seguraram. Tive, porém, presença de espírito, para dizer:

– Podem me pegar, não vou nem gritar. Minha irmã viu tudo da janela e já avisou meus pais. A polícia já deve estar chegando.

Só de ouvir isso, outro menino abandonou a formação. Restavam apenas o líder e os dois que me seguravam. Estavam vacilantes. Aproveitei a situação para provocar ainda mais:

– Quando vocês forem para o reformatório e ficarem presos com bandidos de verdade, que usam armas e não canos de construção, quem será o palhaço? – ameacei.

Ao longe, para meu espanto, Angélica aproximava-se de bicicleta. Estava voltando do parque e parecia alheia a toda a violência que se passava. Tremi só de imaginá-la me vendo naquela situação vergonhosa ou, pior, tive medo de ela se tornar uma vítima da brincadeira violenta também.

Sem notá-la, devido à grande distância, os rapazes pareceram relevar minhas palavras, pois me soltaram. Viraram de costas e demonstraram interesse em ir embora, porém, estranhamente, retornaram mais ameaçadores:

– Eu já vi você na igreja, moleque. É daqueles futuros comedores de hóstia. – comentou um dos malvados meninos.

– O que disse? – perguntei espantado.

Aquele termo, "futuro comedor de hóstia", havia sido dito por meu pai no terrível sonho da noite anterior. Tive a impressão de que os olhos dos três garotos estavam completamente negros, como se fossem órbitas vazias. Não podia ser verdade.

– Peguem novamente. Tive uma ideia muito boa. – ordenou o líder.

Tentei fugir, mas os dois meninos eram maiores e mais rápidos.

– Me deixem!

– Estão vendo aquele portão de ferro em forma de cruz? Vamos amarrá-lo lá. Ele não quer ser o mártir da rua?

Os dois que me seguravam começaram a rir. A violência estava saindo do controle, e o medo, em mim, aumentava, principalmente pela impressão de que os olhos dos três estavam fantasmagoricamente enegrecidos. Gilson apenas observava, sem entender a situação.

Lentamente, fui colocado na grade cruciforme com os braços estendidos. Tentei empurrá-los, mas não havia a menor chance de vencê-los. Lutei com todas as minhas forças em vão.

"Você escolheu isso. Você quis se sacrificar pelo Gilson, agora, vá até o final", pensei e relaxei. Eram cordas e não pregos. Fui amarrado com destreza pelos arruaceiros que, assim que terminaram o serviço, foram se afastando devagar, rindo e caçoando:

– E aí, santinho? Pegaram você para Cristo?

– Gilson, vem cá. Desamarre esses nós. – pedi, com grande desejo de ir embora.

Gilson até veio em minha direção com boas intenções e desejo de auxiliar, mas foi provocado pelos demais propositalmente, para que não me ajudasse:

– Gipipi! Gipipi!

A ofensa fez com que Gilson saísse em perseguição aos rapazes sem me ajudar. Pensei que ficaria naquela situação por muito tempo, mas fui salvo minutos depois por Angélica, que havia assistido tudo a distância.

– Mas você é um menino bobo mesmo, não, Lucas? – sentenciou minha salvadora.

– Angélica? Nã-não, ligue. Aqueles meninos são meus amigos, estávamos brincando. – argumentei envergonhado.

– É mesmo? Não pareceu. Para mim, aqueles são garotos malvados. Deixa eu soltar você. – disse e, então, dedos finos, delicados e perfumados desataram os nós que prendiam meus pulsos ao portão.

– Muito obrigado! Você é um anjo. – elogiei, visivelmente sem graça.

– Obrigada. Não deixe mais fazerem isso com você, Lucas. Você tem que lutar.

– Eu sei, mas estava ajudando um menino. Eles iam estourar a cabeça dele.

– Ajudando? Sei. Meio difícil ajudar amarrado aí. Além disso, alguém sempre estoura a cabeça. É impossível salvar todo mundo. – sugeriu com espantosa sabedoria aquela pequena garotinha de vestido.

– Verdade, Angélica. Puxa, muito obrigado mesmo, viu? Quer entrar lá em casa? Eu moro logo ali.

– Não posso. Já demorei muito e meu pai deve estar preocupado. Até outro dia, Lucas.

– Tchau. – respondi e voltei correndo para casa.

Todo o susto que os valentões me impuseram havia sido dissipado pelo carinho e amizade de Angélica. Decidi não comentar com ninguém o ocorrido. Não só por meu heroísmo, mas também por causa do vexame de ter sido pego e precisar ser salvo por uma garotinha.

†

Horas mais tarde, enquanto o jantar era preparado com a ajuda de todos, alguém chamou no quintal. Paula correu à porta e, em seguida, avisou:

– É um garoto de recados para o papai.

Hoje, pode parecer antiquado enviar meninos às casas com bilhetes, mas, naquela época, asseguro que era um costume comum. Eu mesmo já havia exercido essa função por algum período. Ganhávamos moedas para correr por toda a cidade com papéis, caixas, presentes, peças de roupa e alimentos.

Havia me aposentado dessa profissão por insistência da minha mãe, que achava perigoso correr pelas ruas. Não por causa da violência, mas devido às pedras e buracos que existiam na cidade.

Estava ficando tarde e meu pai não queria que o menino aguardasse muito tempo, por isso, foi logo recebê-lo e dispensou-o igualmente rápido. Assim que desdobrou o papel e leu, empalideceu.

– O que é, querido? – perguntou minha mãe, enxugando as mãos no avental.

Papai hesitou alguns instantes e, em seguida, respondeu:

– Nã-não... nada demais. É um probleminha. Deu um pequeno defeito em uma máquina e o Jurandir precisa que eu corra até a fábrica.

– Agora?

– Sim, imediatamente. Mas vai ser rápido.

– Ele que chame o Carlos. Você é o supervisor, não precisa mais ficar sujando as mãos de graxa.

– Mas, querida, eu respondo pelos resultados do meu setor. E tem mais: eu moro mais perto da fábrica.

– Hoje é sábado, Jonas. E tem nosso jantar, lembra?

– Calma, amor, já disse que não vou trabalhar. É um problema rápido de resolver. Agora são oito horas. Nove e meia estarei em casa, prometo.

Minha mãe voltou à cozinha contrariada, enquanto papai pegou seu casaco e saiu. Meu espírito aventureiro somado à preocupação com meu pai me encorajou a segui-lo. Parecia que a aventura com os valentões havia passado sem traumas. Fingi ir ao meu quarto e, minutos depois, sem ser visto, corri ao quintal para pegar a bicicleta.

Sabia que seria punido se soubessem dessa minha ousadia, mas algo dizia em meu íntimo, que papai estava mentindo. Esperei que ele se afastasse um pouco de casa com seus passos rápidos e, então, fui atrás dele de maneira sutil.

Logo de início, estranhei a direção tomada por papai. De modo algum, o caminho percorrido levaria à fábrica. Seguíamos para as ruas escuras e desertas do bairro dos armazéns, na Vila Industrial, a mais antiga região da cidade.

À medida que avançávamos, comecei a sentir medo. Não podia segui-lo de perto ou seria descoberto, mas, se me afastasse muito, poderia me perder naquela escuridão crescente do único bairro que eu não costumava visitar em minha cidade.

Na verdade, aquela era a única parte da cidade que não era segura nem para os adultos. Para mim, então, era absolutamente não recomendada. À frente, ofegante e em passadas aceleradas, papai soltava palavras e frases desconexas como "amém", "vão desconfiar", "rápido, rápido" e "é a demanda, é a demanda".

Em certo momento, passou a falar como se dialogasse. Estremeci.

– Parem... compreendo... não, isso não... certo, eu sei, eu sei... no sangue... eles não... deixem eles... me deixem... inferno... inferno... vão embora...

Após meia hora de caminhada proferindo frases assustadoras e confusas, papai parou em frente a uma casa. Assim que bateu palmas, foi recebido no portão por um homem conhecido na cidade, o padre Jaime. Encostei a bicicleta do outro lado da rua, próximo a uma árvore e atrás de um carro. Papai e o padre não trocaram palavras, apenas olharam para os lados, para terem certeza de que ninguém os observava.

O padre abriu o portão de ferro e papai correu para dentro da casa que estava com todas as luzes apagadas. Então, o religioso trancou o portão e pendurou um escapulário em uma das lanças, repetiu seguidas vezes o sinal da cruz e entrou na casa.

Foi quando me dei conta de que estava completa e absolutamente sozinho em um lugar muito perigoso. Era hora de voltar para casa. Não seria possível prosseguir em minhas investigações além daquele ponto e, se papai falara ao menos alguma verdade, logo voltaria para casa e possivelmente me veria ali escondido.

Infelizmente, ao dar meia-volta com minha bicicleta, vislumbrei o que mais se aproximava, em minha mentalidade infantil, da descrição de "o vale das sombras e da morte"[1]. Havia muita escuridão, sombras e silhuetas que aguardavam meu retorno. O caminho de volta parecia muito mais assustador que o de ida e ainda pesava o fato de eu não ter meu pai nas proximidades para gritar por socorro.

Não passou pela minha cabeça ser assaltado ou atacado por bandidos. Temia apenas e exclusivamente o sobrenatural. Na verdade, eu temia porque tinha a certeza de que havia me entregado de bandeja e com uma maçã na boca para as tais forças profanas que, nos últimos dias, me assombravam. Dizem que a mente prega peças e que o medo nos faz ver coisas. Talvez essas máximas se apliquem às pessoas normais que não controlam o pensamento e se arrepiam ao andar no escuro ou às que confundem o vento com vozes. No meu caso, além das duas máximas serem completamente aplicáveis àquela situação, existia o agravante da lembrança do pesadelo recente, das visões, dos animais de olhos negros e da estranha mulher no parque.

Mas uma medida poderia ser tomada por mim, o menino corajoso que enfrentara valentões horas atrás: pedalar rápido, como nunca havia feito no parque ou nos quintais de terra de Santa Bárbara das Graças. E foi o que fiz. Evitei olhar para os lados, concentrei-me somente no caminho, nas pedras e buracos. Pedalei muito, com muita força e o mais rápido que pude. O vento gelava meu nariz e as mãos doíam de tanto apertar as manoplas.

Foi quando visões terríveis e sons macabros começaram a aterrorizar minha jovem alma despreparada. Primeiro foram os vultos nas laterais captados pelos cantos dos olhos nas paredes. Sombras dos postes? Não, com certeza. Tinham formas humanas, mas também tinham chifres. Eram grandes, ameaçadoras e, pior, se mexiam.

– Psiu! – ouvi baixinho, vindo de um beco. Ignorei. Jamais pararia para olhar. Então, soou mais forte e alto:

---

[1] Salmos, 23:4.

– Psiiiiiiiu!

Segui em frente. Lágrimas escorreram pelo meu rosto. A coisa no beco percebeu e riu. Foram risadas infantis. Crianças ali? Arrisquei olhar para o lado e vi algumas crianças saindo do beco. Eram pálidas, tristes, apagadas. Algo as havia desbotado. Mesmo acinzentadas, chamavam por mim. Queriam-me entre elas.

"Pai nosso que estais no céu...", sussurrei enquanto tentava pedalar mais rápido. As crianças pareceram perceber meu medo porque começaram a rir. A risada baixa foi se tornando riso alto e, então, gargalhadas. Zombavam. Olhei para trás e as vi apontando para mim. Em seguida, começaram a correr.

Estava amedrontado e arrependido de ter seguido meu pai, mas não desistiria de fugir daquele pesadelo. Ziguezagueei pela rua e percebi que apenas uma quadra me separava da área iluminada e segura da cidade. Investi todo meu peso em cada pedalada e, então, senti um vento delicado em minha nuca, um toque suave. Como se alguém me acariciasse, mas não para me acalmar, apenas para mostrar que minha velocidade de fuga nada significava, que eles podiam me alcançar quando quisessem.

Assim que cruzei a última rua, dois cães saíram de um quintal e passaram a me perseguir. Latiam e rosnavam exibindo os já temidos olhos negros sobrenaturais. As crianças sumiram, mas os cães eram reais e estavam próximos ao pneu.

Tanto pedalei nesse momento que a corrente da bicicleta se soltou.

Não parei, não podia parar. Segui equilibrado, encurvando o dorso para a frente. A rua era plana e eu só perderia velocidade após alguns segundos. Uma boa distância dos cães, nesse momento, seria crucial para garantir minha fuga, caso necessitasse pular da bicicleta e já embalar uma corrida. Olhei para trás e, para minha surpresa, os cães haviam desistido. Estavam parados e me fitavam com seus olhos assustadores e línguas de fora. Por um milésimo de segundo, pareci ter aprendido a decifrar expressões caninas, porque aqueles dois não pareciam derrotados, mas sim, satisfeitos. Por quê? Afinal, eu havia escapado. Ou não?

Quando voltei minha cabeça para frente, o terror! As pálidas crianças zombeteiras se materializaram no caminho como por mágica. Apontavam para mim com suas bocas escancaradas e olhos profundos, negros e vazios. Gritei.

Só deu tempo de virar o guidão, cair da bicicleta e rolar alguns metros pela rua. Quando parei, tentei me levantar, mas notei que as crianças haviam sumido e os cães também. Eu estava sozinho e fora da área de perigo do bairro dos armazéns. Novamente, lágrimas rolaram pelas minhas bochechas, mas o medo já não existia mais. Senti que a intenção daquela força maligna, daqueles fantasmas demoníacos, era apenas me assustar. Eles queriam perturbar minha mente jovem. Eu era a diversão, o aperitivo.

Eu era o rato que serve de brinquedo ao gato antes da refeição.

Arrumei a corrente do pedal e voltei para a casa com o joelho sangrando. Prometi a mim mesmo, naquele momento, de que contaria tudo a Paula e a minha mãe. Delataria meu pai, entregaria os valentões da rua, descreveria meu pesadelo da noite anterior em detalhes a todos, falaria sobre gatos, cães e corujas de olhos negros. Não sofreria mais sozinho e em segredo.

Amaldiçoei profundamente o terror que havia sentido e considerei a possibilidade de estar ficando louco. Uma loucura que, se confirmada, também teria contaminado outros membros de minha família, conforme eu descobriria naquela mesma noite.

Danação

> Basta ao discípulo ser como seu mestre, e ao servo como seu senhor. Se chamaram Belzebu ao pai de família, quanto mais aos seus domésticos?
>
> MATEUS 10:25

Paula e mamãe não haviam notado minha saída. Disfarcei as evidências de meu recente pesadelo e procurei uma maneira de denunciar o verdadeiro paradeiro de meu pai. Guardei a bicicleta, limpei o ferimento no joelho e fingi ter passado todo esse tempo no meu quarto.

– Crianças, papai logo vai chegar. Que tal prepararmos a mesa para o jantar? – propôs mamãe, fingindo uma esperança que não sentia realmente.

Obedecemos e, ao cumprir aquele simples ato doméstico, me acalmei. Posicionamos a louça e os talheres diversas vezes. Paula aproveitava a distração de nossa mãe e lambia a colher destinada a mim, apenas para me irritar. Eu, em vingança, passava seu garfo em meus desarrumados fios de cabelo. Ríamos dessa brincadeira provocativa, mas, da minha parte, confesso que estava sendo falso. A pequena alegria que eu demonstrava era tão real quanto a de um condenado à morte diante de sua última refeição.

Depois de muitas arrumações e brincadeiras infantis, Paula pediu:
– Podemos comer, mamãe? Estou com fome.
– Vamos esperar só mais um pouco. Se o pai de vocês não chegar, jantaremos. – disse mamãe, carregando a voz ao dizer "o pai de vocês".

Sabíamos que o velho Jonas estava encrencado com a esposa, mas não ligávamos. Eu, principalmente, sentia que ele merecia as infinitas horas de reclamação e resmungos que mamãe providenciaria tão habilmente.

Uma hora se passou sem que meu pai retornasse. Os semblantes decepcionados de Paula e de minha mãe aumentaram a raiva contra meu pai e sua mentira. Tentei achar uma maneira de revelar a elas o verdadeiro itinerário de papai, mas fui impedido por um forte enjoo.

Minha garganta pareceu pressionada e um terrível gosto de podridão tomou conta de minha boca. A saliva tornou-se nojenta e abundante. Não conseguia engolir, mas cuspir também não era uma opção, pois minha mandíbula travara.

– Que cheiro horrível é esse? – perguntou minha mãe.

– Lucas, o que você fez? – questionou Paula.

Parte da saliva descia pelos cantos da boca. Outra parte, escorria em filete pelo nariz. O cheiro era insuportável. Corri ao banheiro e, com os dedos, forcei a abertura da boca, enquanto tentava não sufocar, por conta do tempo sem respirar.

A água fétida e escura caiu no vaso sanitário e pude respirar novamente. Tinha certeza de que não estava doente. De maneira alguma. Aquela inesperada e repentina enfermidade surgira no momento em que eu decidira contar a elas sobre meu pai. Era como se uma força sobrenatural quisesse me impedir.

Retornei à sala e encontrei mamãe e Paula fechando a janela.

– Rápido, Lucas, vai começar uma tempestade. – pediu mamãe.

Ajudei-as a trancar essa janela e todas as demais de casa. Um poderoso vento frio soprava por todos os lados. As frestas inferiores das portas começaram a assobiar como chaleiras. Um relâmpago seguido do mais estrondoso trovão apagou as luzes.

Abraçados e amedrontados no sofá, esquecemo-nos de papai ou do jantar. Mamãe apertou nossas cabeças contra seu colo protetor e começou a cantar:

"Que será / da minha vida sem o teu amor? / da minha boca sem os beijos teus / da minha alma sem o teu calor?"[1]

Por mais linda e delicada que a canção da Dalva de Oliveira ficasse na voz de nossa mãe, os ensurdecedores trovões traziam de volta o nervosismo e o medo. Não me recordo quanto tempo durou aquele pavor, mas sei que intermináveis minutos depois, mamãe aliviou a pressão em nossas cabeças e sugeriu:

– Que tal acendermos as velas e comermos?

Concordamos. Qualquer distração que nos movesse daquela situação de horror seria bem-vinda. Sentamo-nos à mesa. Paula pediu

---

[1] Parte da canção "Que será?", de Marino Pinto e Marino Rossi, gravada por Dalva de Oliveira em 1950 no álbum chamado *Dalva de Oliveira*. Essa era a música preferida da Sra. Júlia Vidal, segundo conta o padre Lucas Vidal.

para fazer a oração. Na verdade, orar rapidamente era a melhor maneira de ela garantir que começaríamos a comer logo. Por isso, ela chamou essa responsabilidade para si.

– Senhor, proteja...

– Não! – disse uma voz estranha vinda da escuridão da sala.

Pulamos das cadeiras. O susto foi enorme pelo fato de que a horrenda voz havia realmente dito algo audível a nós três, sem sombra de dúvidas. Não era impressão de uma pessoa, confusão com o som do vento ou da televisão. Era muito real.

A bruxuleante luz das velas iluminou papai que acabara de chegar. Estranhamente, estava seco como se não tivesse passado pela tempestade que castigava nossa cidade.

– Já era hora, Jonas. Da próxima vez, durma fora. Já que não tem consideração por mim, pelo menos tenha por seus filhos. – iniciou minha mãe as suas lamentações.

Ignorando o dito pela esposa, pendurou o casaco no cabide do armário. As luzes das velas pareciam insuficientes para iluminar por completo a imagem de seu rosto, que insistia em oscilar entre a penumbra e as trevas. – Fala alguma coisa, homem. Bebeu?

Papai se aproximou. Um relâmpago repentino revelou seu rosto suado, extremamente pálido e sem esperança. Era a face de quem havia visto a si mesmo ao olhar dentro de um túmulo.

– Perdão, amor. Preciso proteger vocês. – disse.

– Proteger? Como assim? Proteger de quê?

– Perdoem-me. – pediu, respirando profundamente. Em seguida, olhou para mim. – Filho, não perca o entusiasmo, o importante não é para onde a alma vai, mas como ela volta.

– O quê, pai? Como assim?

Rapidamente, papai tirou uma arma do bolso da calça, posicionou o cano na boca e disparou sem hesitar. Seu corpo desabou em câmera lenta e demorou toda uma eternidade para atingir o chão. Minha mãe levou as mãos ao rosto. Não vi como minha irmã reagiu, pois joguei-me sobre o corpo de meu pai imediatamente:

– Pai, não morre! Fica, pai! Fica comigo, pelo amor de Deus!

A tempestade parou, mas seus estragos permaneceram em minha alma para sempre. A luz imediatamente retornou, mas nunca mais iluminou o suficiente.

O DIA SEGUINTE

> Porquanto veio João, não comendo nem bebendo, e dizem:
> Tem demônio.
>
> MATEUS 11:18

O dia seguinte à morte de meu pai, para mim, foi nebuloso. Lembro-me de ter ficado na casa de minha tia Clara com mamãe, meu priminho Rodolfo e minha irmã. Não falávamos nada, apenas chorávamos. Depois de muitas visitas cordiais de amigos, parentes e curiosos, um homem desconhecido bateu à porta.

— Bom dia, meu nome é Carlos. Sou investigador e estou cuidando do caso do marido da dona Júlia, o senhor Jonas. – disse o policial à minha tia.

— Pois não, senhor Carlos, sou Clara, irmã dela. Como posso ajudá-lo?

— A senhora, na verdade, não pode. Preciso fazer algumas perguntas para a dona Júlia. É possível?

O policial Carlos forçava uma atitude respeitosa e eram evidentes sua frieza e distanciamento. Certamente, naquele domingo, preferia estar realizando qualquer outra atividade que não fosse interrogar envolvidos em um caso corriqueiro de suicídio.

— Olha, seu policial, me desculpe mas minha irmã está muito debilitada. Não dorme há mais de vinte e quatro horas, recusa qualquer remédio e só chora. O senhor não pode voltar outra hora?

— Tenho certeza de que a hora não é a mais propícia, mas é muito importante falar com ela. Terei de insistir.

— Entendo, mas infelizmente eu terei de recusar e...

— Pode deixar, Clara. Ele só quer fazer o serviço dele. – disse minha mãe, surgindo diante deles.

Visivelmente contrariada, tia Clara permitiu a entrada do homem que se sentou conosco na sala.

— Bom, eu vou deixar os dois à vontade conversando e vou preparar um café. Ah... O senhor aceita?

– Claro, aceito sim, obrigado. – respondeu o policial.

Notei que o agente da lei estava incomodado com minha infantil presença na sala, por isso, fingi estar alheio à conversa, como toda criança faz ocasionalmente, para participar de assuntos adultos.

– Bom, senhora Julia, eu soube pelo legista como tudo ocorreu, mas queria saber se há algum detalhe, alguma palavra ou carta que seu marido tenha deixado antes de fazer... bem... antes de fazer o que ele fez...

Com os olhos e nariz inchados, mamãe repetiu, segundo a segundo, os acontecimentos da noite anterior. O policial Carlos anotou tudo o que julgou ser interessante.

– Então, foi isso? Não há mais nada de relevante?

– Não, nada, só isso...

– Bom, aparentemente, a senhora não está a par de todos os fatos e, como policial, é minha obrigação contar. Mas, antes, me responda: o seu marido era muito religioso, não?

– Sim, extremamente, como todos da nossa família, por quê?

– Bem, checamos e, na noite passada, ninguém do trabalho contatou seu marido. A realidade não confere com o que a senhora me contou.

– Não? Como assim? O garoto de recados trouxe um bilhete do Jurandir. Logo ele vai estar aqui e pode comprovar para o senhor e...

– Sim, acredito que seu marido tenha recebido um recado, porém duvido que tenha sido do empregado da fábrica. Ontem, seu marido foi visitar um padre aqui da sua paróquia mesmo...

– O padre Jaime?

– Sim, ele mesmo.

– Mas, e o defeito na máquina? Era mentira, então?

– Aparentemente, o bilhete foi enviado pelo padre Jaime.

– Mas... por que meu marido foi até lá e por que mentiu para mim?

– É exatamente o que quero descobrir, senhora Júlia.

Confesso que fiquei aliviado com a revelação do policial. Até então, eu era o único que sabia onde meu pai havia estado na noite anterior.

– Senhor Carlos, logo o padre Jaime estará aqui. Vamos falar com ele e entender o motivo de Jonas ir até a casa dele e as razões de ter demorado tanto e ter chegado tão abalado.

– Receio que seja impossível, senhora Júlia.

– Por quê?

– Padre Jaime teve um enfarto fulminante ontem, mais ou menos na mesma hora em que seu marido cometeu suicídio.

– Deus do céu!

Também me assustei, mas não manifestei nenhuma reação para que não soubessem que estava ouvindo a conversa. Havia algo muito sinistro em tudo aquilo. As visões e o aviso da mulher no parque compunham um cenário terrível e assustador.

– Bem, acho que vou embora. Jamais saberemos o que realmente ocorreu, mas tudo indica que não houve crime nenhum. Obrigado pela atenção nessa hora tão difícil. – disse o policial ao ficar de pé. Nesse instante, tia Clara voltou à sala com uma bandeja de prata e duas xícaras de café.

– Desculpem a demora. O pó estava quase no fim, tive de improvisar com o vizinho.

O investigador agradeceu com um sorriso e tomou todo o café em um único gole.

– Estava uma delícia, Dona Clara. Valeu a pena esperar. Até mais.

A MISSÃO

> E, repreendeu Jesus o demônio, que saiu dele, e desde aquela hora o menino sarou.
>
> MATEUS 17:18

Deve ser estranho ver uma criança vestida com roupas sociais, ainda mais se forem escuras. Eu nunca havia vestido uma camisa preta antes e o calor de Santa Bárbara das Graças cozinhava meu jovem corpo.

Era a missa de sétimo dia da morte de meu pai.

A semana havia sido a pior de toda a minha vida. Minha mãe tentava nos passar uma força que não tinha. Paula não comia praticamente nenhum alimento sólido e eu havia dormido na cama com minha tia Clara todos os dias, temendo pelas visões que, milagrosamente, haviam cessado.

Não houve um dia em que eu não orasse antes de dormir e ao acordar. Minha pequena cartilha de preparação para o catecismo estava amarelada e com as pontas amassadas devido ao intenso manuseio em busca de todas as orações e meditações possíveis.

O psicólogo da escola havia dito que eu passaria um extenso e profundo momento de revolta e ódio contra tudo e todos. Dentre todos da minha família, eu seria, possivelmente, a maior vítima e que cada um deveria dedicar maior atenção às minhas necessidades.

Naquela manhã quente, caminhamos muitos metros em direção à igreja. Grande parte da cidade estava presente para prestar uma última homenagem pública ao meu pai. Os estranhos se aproximavam, passavam a mão em minha cabeça, abraçavam minha mãe e minha irmã. Diziam "sentimentos", "meus pêsames" e outras expressões socialmente recomendadas. Jamais saberei se houve sentimento verdadeiro naqueles atos, mas tinha certeza de que todos os honrados membros de nossa comunidade sentiam muita pena de mim, o filho do suicida.

Sentei-me com mamãe, Paula, tia Clara e outros aparentados nos primeiros bancos. Um outro padre, conhecido por atuar na segunda paróquia de Santa Bárbara das Graças, assumira o posto do padre Jaime e iniciara a missa de maneira brilhante.

— O Senhor opera por caminhos misteriosos... — disse o padre, tentando tocar o coração dos cidadãos com suas palavras.

A princípio, eu não conseguia esboçar nenhuma reação. Estava aéreo e alheio até que algo estranho e maravilhoso ocorreu. Todos na igreja pareceram estar paralisados. Olhei para os lados e me senti cercado por manequins e estátuas.

— ... cada pedra na estrada foi colocada por uma razão... — prosseguiu o clérigo.

As pessoas estavam pálidas e eu podia ouvir o sermão, mas tinha a impressão de que ele não movia os lábios. Até o ar estava estagnado, como preso em um segundo.

— ... os homens comuns são chamados ao rebanho e recebem o pão e a palavra...

Levantei-me. O altar emanava calor e luz anormais. O brilho da cruz e o olhar piedoso dos santos traziam-me uma paz arrebatadora.

— ... mas os homens incomuns, estes terão um destino glorioso...

Caminhei sozinho pelo sacrário. Lá, me deparei com a mais bela imagem de Jesus Cristo. Não era um crucifixo. Era um Jesus vencedor, um Cristo ressuscitado e reluzente.

— ... pois eles não pertencem ao rebanho. Eles são os pastores. São predestinados a guiar os demais, a salvar e proteger seus irmãos...

Meus ouvidos encheram-se de acordes celestiais, como se um coral de anjos cantasse acompanhados por instrumentos divinamente afinados com as orbes cósmicas.

— ...certamente, a palavra da cruz é loucura para os que se perderam, mas para esses homens, que foram salvos, é o puro poder de Deus!

Comovido, caí de joelhos. Lágrimas lavaram meu rosto e, naquele segundo, senti o chamado de Deus para a vida sacerdotal. O psicólogo da escola estava errado. Não haveria extenso e profundo momento de revolta e ódio contra tudo e todos. Haveria, sim, uma longa vida dedicada à resignação e ao amor. Eu não seria a maior vítima dentre todos e ninguém deveria dedicar maior atenção às minhas necessidades. Pelo contrário, eu ajudaria as verdadeiras vítimas dessa e de outras tragédias e colocaria minha vida a serviço sincero das necessidades dos demais.

Decidi, naquela tarde, com 12 anos, na missa de sétimo dia, que me tornaria padre. Dedicaria minha vida a estudar e combater aquelas forças que, nos últimos dias, me rodearam e amedrontaram. Forças que, desconfiava, estavam relacionadas ao suicídio de meu pai.

Deixei todos na igreja e saí à rua vazia. O Sol brilhava como nunca. No fim da rua, uma menina atrapalhada pedalava uma bicicleta cor-de-rosa. Usava um vestido branco de fita, meias longas e sapatilhas. Angélica estava linda como no outro dia. Acenei a ela, que retribuiu tímida.

Ela era, para mim, naquele momento, um pedaço do mundo que eu abandonaria. Recitei, a mim mesmo, a primeira carta de Paulo aos Coríntios:

– "Quando eu era menino, falava como menino, sentia como menino, discorria como menino, mas, logo que cheguei a ser homem, acabei com as coisas de menino".

Recordar é morrer

> E eis que uma mulher cananeia, que saíra daquelas cercanias, clamou, dizendo: Senhor, Filho de Davi, tem misericórdia de mim, que minha filha está miseravelmente endemoninhada.
>
> Mateus 15:22

Visivelmente emocionado pela rememoração, Padre Lucas interrompeu a narrativa. Mãos trêmulas apanharam o translúcido copo d'água na tentativa de empurrarem, com o líquido fresco, a embargante sensação que subia pela garganta.

Perplexos com a criatividade do padre, Renan e Bruno atribuíam as passagens sobrenaturais contadas em detalhes a exageros da idade avançada e a uma não tão inocente tentativa de surpreender. Ainda assim, havia um material interessante ali, uma história a ser explorada e, talvez, transformada em ficção no futuro.

– O senhor quer deixar o resto para outro dia? – questionou Renan, com real sentimento de pena.

– Claro que ele não quer, Renan. – disse Bruno, com olhar de reprovação ao amigo. – Não é mesmo, padre? Dizem que recordar é viver.

Bruno não admitiria interromper os trabalhos antes de gravar, ao menos, um relato de exorcismo. Toda a história do padre contada até ali era interessante, porém pertencia às primeiras memórias da infância de Lucas e não satisfazia aos anseios ambiciosos do jovem.

Irmã Lúcia, nesse instante, saiu por uma escura e pesada porta que ostentava um grande crucifixo.

– Padre, ela está despertando. Devo administrar outra dose do sedativo?

O velho padre, então, balançou a cabeça, como se voltasse à realidade.

– Não, Lúcia, não precisa. Deixe-a despertar por completo.

– Mas, padre, vai atrapalhar a entrevista.

– Lúcia, Lúcia... se tem uma coisa que um homem na minha idade sabe, é calcular o tempo. Terminaremos a entrevista logo e já cuidaremos disso.

Bruno, que aguardava com grande interesse o retorno à gravação e já calculava o quanto capitalizaria com a pantomima sobrenatural, notou uma peculiaridade técnica na lente da câmera.

– Renan, você deixou ajustado para foco automático?

– Não mexi na câmera, Bruno, por quê?

– Acho que essa porcaria está com defeito, então. O foco estava no padre, mas, nesse instante, mudou automaticamente para aquela porta ao fundo, de onde saiu a irmã Lúcia.

– Não faz sentido. A porta está no fim da sala e o padre está em primeiro plano. Arruma aí, então.

– Com certeza, deu algum defeito. O foco permaneceu na porta por alguns segundos e depois retornou ao rosto do padre. Agora está fixo novamente.

Lúcia saiu da sala e padre Lucas Vidal respirou fundo.

– Posso continuar, meus jovens?

– Quando quiser, padre.

– Vamos, então, avançar um pouco na história, afinal, os anos que sucederam a missa do meu pai foram repletos de disciplina, estudo e dedicação na preparação de minha vida sacerdotal. Antes, porém, vamos torcer para que o jovem Bruno esteja enganado.

– Eu, padre? – perguntou Bruno. – Enganado em quê?

– Você disse que recordar é viver. Vamos torcer, ou melhor, vamos orar para que não seja verdade. Afinal, ninguém debaixo desse céu merece reviver os pesadelos reais que relatarei agora.

BREVIÁRIO DO PADRE BÓRGIO STAVERVE SOBRE EXORCISMOS

✝ Tomo II ✝

Há muito tempo as pessoas questionam: o que é exatamente a possessão?

Não ouso explicar detalhes mecânicos de como ocorrem as possessões, porque muitas são as teorias e inúmeros são os estudiosos que tentaram classificar e descrever os tipos de possessão.

Quando um ser maligno sobrenatural e, geralmente incorpóreo, passa a controlar um ser, um local ou um objeto, dizemos que há possessão. Geralmente, a personalidade do possesso se altera e ele sofre desmaios e ataques convulsivos.

As vítimas ganham capacidades até então nunca manifestadas, como conhecimento de segredos ocultos; capacidade de fluência em idiomas estrangeiros; poder de alterar o próprio rosto e a entonação vocal; capacidade paranormal de movimentar objetos a distância pela simples vontade (telecinesia); poder de incendiar objetos a distância (pirocinesia); força sobre-humana; clarividência e telepatia.

Aqui, cabe uma explicação de uma das minhas teorias que, há muito tempo, formulei com base em observações e métodos de pesquisa.

Um homem herda uma casa e, ao morar nela, nota que há um piano, uma espingarda, um machado e uma lareira. Infelizmente, esse homem nunca tocou piano e, para caçar, usa somente sua faca. Para comer, ele vai até a vila próxima e compra seu alimento e, por isso, nunca precisou cortar lenha. Na cidade onde mora, sempre faz calor e, por isso, nunca precisou acender a lareira.

Ele poderia se interessar e, de repente, um dia, tentar aprender alguns acordes no piano ou como atirar com a espingarda, pois ambos estavam lá disponíveis para ele. Apesar disso, ele nunca nem tentou.

Um dia, um homem mau invade a cada desse cidadão para assaltá-lo. Esse homem mau é exímio pianista, sai à noite para atirar em pequenos animais com a espingarda, corta a lenha com o machado antes de amanhecer e gosta de acender a lareira em noites de temperatura amena.

Ao ouvirem o som do piano e os tiros de espingarda, e ao verem a fumaça da lareira que sai pela chaminé e as lenhas cortadas na porta da casa, os vizinhos perceberão que há alguém estranho naquele local. Alguns dirão: "Nossa, nosso vizinho mudou muito", já outros perceberão algo a mais e poderão dizer: "Há mais alguém com o nosso vizinho, alguém muito diferente dele".

Quando o homem mau for embora, o homem poderá retornar à sua rotina ou, talvez, com a convivência, ele terá aprendido a tocar um pouco de piano, a atirar, a cortar lenha e a acender a lareira.

Com as faculdades desenvolvidas na possessão, não é diferente. O ser humano pode, sozinho, desenvolver prodígios inimagináveis como os descritos inicialmente. Apesar disso, esses dons sobrenaturais de telepatia, telecinesia, pirocinesia e clarividência, entre outros, permanecem latentes até que uma visita maligna os invada e as utilize. É necessário que fique claro que esses dons não pertencem às entidades demoníacas de maneira alguma. São características humanas inacessíveis ao homem comum, mas disponíveis a todos.

Alguns exorcistas utilizam-se de ex-possessos que mantiveram tais capacidades para enfrentar pessoas possuídas em pé de igualdade de poderes paranormais. Apesar da excelente ideia, esse recurso ainda é escasso e incontrolável.

Os primeiros povos que se referiram à possessão demoníaca foram os sumérios. Para eles, quaisquer enfermidades vinham dos gidim ou demônios que causavam doenças. Nós, os cristãos, sabemos que todas as possessões são ordenadas por Santanás, de acordo com as muitas referências encontradas na Bíblia.

DOCE INFERNO DIÁRIO

> Mas esta casta de demônios não se expulsa senão pela oração
> e pelo jejum.
>
> MATEUS 17:21

Quinze anos de total devoção à missão e eu me tornei um jovem sacerdote católico completamente dedicado ao ofício. O estudo e a força de vontade me recompensaram com uma pequena paróquia em um bairro tradicional da cidade de São Paulo. Para um padre do interior, com apenas 27 anos, esse reconhecimento foi motivo de grande alegria naquele turbulento ano de 1969.

Desnecessário descrever as mudanças políticas, sociais e culturais que o Brasil e o mundo sofreram naquele famoso ano que jamais terminou. Ouvia falar de perseguidos ideológicos, tortura, militares e protestos, mas, para mim, nada importava mais que o bem-estar dos membros da paróquia. Salvar suas almas era minha obrigação máxima.

Certa vez, me vi tomando uma confissão em uma tarde fria e solitária na igreja.

– Padre, perdoe-me, porque pequei. – pediu o homem, ajoelhado do outro lado do confessionário. Não o reconheci. Era comum frequentadores de outras igrejas confessarem seus pecados a padres desconhecidos que não os dirigiriam olhares julgadores na missa de domingo. Geralmente, esses pecados confessados alternavam-se entre adultério e ações financeiras de má-fé contra sócios.

– E quais foram seus pecados, meu filho? – perguntei ao estranho.

– Não vai adiantar falar, padre. O que eu fiz não tem perdão.

Nessas horas, um padre deve ter cautela. O segredo da confissão não pode ser quebrado e é sagrado em vários sentidos, porém sempre foram comuns casos nos quais bandidos realmente perigosos buscaram absolvição e, em seguida, assassinaram os sacerdotes para não manterem testemunhas. Dessa maneira, cometiam o terrível pecado do assassínio. Chega a ser engraçado, paradoxal e incompreensível, mas é verdade.

– Ora, meu filho, não há pecado seguido de sincero arrependimento que Deus não perdoe. E é muito importante que você não repita mais o pecado. Você está arrependido?

– Claro, padre. Estou muito arrependido e jamais repetirei o que fiz. Ainda assim, não há salvação para minha alma.

– Essa decisão só cabe a Deus, filho. Abra seu coração aflito e me conte.

Visivelmente constrangido e assustado, como se arrancasse de seu âmago uma sufocante pedra, o estranho confidenciou em voz baixa:

– É que eu... eu... eu tirei minha própria vida!

– O quê? Como assim? Quem está aí? Que brincadeira é essa?

A voz mudou de modulação. Tornou-se grave e multiplicada.

– Me ajuda, filhooo... dói demais, me ajudaaaa...

Abri a janela do confessionário e o estranho era meu pai. Sua pele era azulada, ressecada, opaca e escamosa. Seus olhos, fundos e vazios, estavam enegrecidos e, dos cantos de sua boca, filetes esverdeados escorriam pelos sulcos enrugados.

– Ajuda, filhoooo... não consigo pensar, cadê meu cérebro? Cadê? Não consigo pensar...

Apavorado, vi o enorme buraco no topo de sua cabeça, resultado da saída da bala disparada em seu derradeiro ato. Papai esticava a mão tentando me pegar, me puxar.

Gritei e acordei.

Ironicamente, aquele pesadelo me deixara com dor de cabeça. Apanhei o caderno preto e a caneta deixados providencialmente no criado mudo ao lado da cama e escrevi:

"Diário de um padre. Hoje, tive outro pesadelo com meu pai. Cada vez mais horríveis, esses devaneios infernais estão ficando frequentes. Ainda que eu me sinta pleno no cumprimento de meu chamado, também tenho a forte e crescente sensação de que algo ainda falta em meu caminho como servo do bom Deus. Algo está para acontecer. Algo que me colocará permanentemente em minha vocação. Assim espero".

Prenúncio da tempestade

> E, indo ela para sua casa, achou a filha deitada sobre a cama, e que o demônio já tinha saído.
>
> Marcos 7:30

Durante toda a minha carreira de seminarista e meus estudos dedicados de corpo e alma à missão de caridade, eu jamais havia sentido a presença do mal ou do sobrenatural. O Espírito Santo havia me protegido desde a missa de sétimo dia do meu pai, aos doze anos, na ocasião em que eu decidira tornar-me padre.

Por diversas vezes, senti-me inspirado em minhas palavras e ações. A cada sacramento que ministrava, tinha a certeza da presença dos anjos e santos do Senhor comigo. Era belo e mágico, mas, principalmente, era bom.

Naqueles dias, porém, em 1969, a sensação era outra. Como se a graça divina houvesse me privado de sua face de glória. Procurava pela fé e ela estava lá, acesa em meu coração como a tocha dada ao jovem espartano solto na floresta para sobreviver. Portava a luz, mas estava sozinho e indefeso.

O mal me rondava novamente e isso, sim, era muito presente e palpável. Os pesadelos diziam isso e, pior, um estranho calafrio me acompanhava. Algo muito mais assustador e mortal do que eu havia presenciado em minha infância estava para ocorrer e os pesadelos eram apenas os arautos avisando que o exército das trevas estava chegando e era invencível.

Recobrei-me daquele sonho terrível e, após fazer as anotações em meu diário, vesti a batina e fui passear pelo bairro. Um padre não pode esperar que as ovelhas venham até ele. Voltas pelas ruas já haviam me ajudado a prevenir mães sobre atitudes suspeitas dos filhos, a impedir tragédias iniciadas em pequenas discussões, a praticar a indispensável caridade a indivíduos que nem frequentavam a igreja e muitas outras ações impossíveis de serem realizadas de cima do altar.

Após alguns minutos de caminhada, encontrei um grande amigo e frequentador assíduo das missas dominicais.

– Como vai, Gastão? – perguntei àquele homem alto, magro e sorridente.

– Padre Lucas, como está?

– Estou muito bem, obrigado. E sua esposa e os meninos, como estão?

– Os meninos estão ótimos, graças a Deus. Minha esposa, então, está maravilhosa também, graças ao senhor, padre.

– A mim? Por quê?

– O senhor não se recorda? Ela estava com uma dor terrível nas costas e não havia médico ou remédio que a salvasse. Peguei um folheto na sua igreja sobre a novena de Nossa Senhora Desatadora de Nós e agora ela faz até faxina em casa. Isso porque...

Gastão cultivava um tradicionalismo machista comum à época, mas não era má pessoa. Reclamava de como o mundo estava se tornando desvirtuado e sem valores. Era um dos poucos intocados pelos discursos humanistas dos já falecidos Martin Luther King e John Kennedy. Anos depois, quando dei a ele o derradeiro sacramento da extrema-unção já no leito de um hospital, puxou minha cabeça, posicionou meu ouvido perto de sua boca e sussurrou para que não deixasse que seus filhos se tornassem desiludidos como ele. Que a única obrigação do homem, percebida por ele às portas da morte, era a felicidade e que ele se privara dela cuidando das liberdades alheias.

Em 1969, meus assuntos com Gastão eram sobre religião e costumes. Naquele dia, porém, não pude sustentar nossa conversa por muito tempo. Algo estranho atraiu minha atenção para o outro lado da rua, onde uma senhora caminhava pela calçada em passos ligeiros.

Admito que fui grosseiro, pois deixei meu amigo falando aos ventos e corri atrás daquela mulher de idade avançada que me parecia misteriosamente familiar. Não foi fácil atingir grande velocidade com os 33 botões da batina fechados. Além disso, a estranha afastava-se com rapidez e destreza incomuns.

– Senhora, espere, por favor. – pedi, enquanto ela virava a esquina.

Queria muito falar com ela e descobrir de onde a conhecia.

Entrei na rua e a vi seguindo para uma viela.

– Senhora! – chamei mais uma vez.

Antes de entrar na viela, a mulher olhou para mim e, de imediato, a reconheci. Parecia impossível, mas a pequena mancha próxima ao olho da idosa excluía todas as dúvidas. Era a mulher que eu havia atropelado com minha bicicleta aos doze anos, na praça, no dia da morte de meu pai, em Santa Bárbara das Graças.

Nesse instante, me esqueci das limitações da batina e corri o mais rápido que minhas pernas destreinadas permitiram. Eu tinha de alcançá-la e nada me impediria.

– Senhora, por favor, espera. Eu preciso...

Não houve necessidade de completar a frase. Ela havia desaparecido como que por encanto naquela pequena viela vazia e sem saída. Atônito, permaneci parado na entrada da rua. Arfava profundamente de nervosismo e cansaço.

– Padre Lucas, o senhor está bem? – perguntou Gastão, igualmente cansado por me perseguir.

– Ahn? Ah, Gastão, sim, estou.

– Não está parecendo, não. Fiquei preocupado com sua atitude repentina, meu amigo.

– Estou apenas um pouco tonto, Gastão. Você viu aquela senhora que eu estava chamando?

– Senhora? Não vi, não, padre. Não enxergo muito bem. Outro dia, fui ao banco com uma meia de cada cor e já me peguei dando bom dia a árvore. Logo vão achar que estou usando essas substâncias que afetam o cérebro que os comunistas trouxeram para o nosso país.

Exausto e sem paciência para ouvir o discurso reacionário de meu amigo, voltei para casa seriamente preocupado com meu estado mental. A sensação da presença do mal, os pesadelos e a recente visão da mulher colocaram em questão minha real aptidão para o exercício de minhas funções. Talvez devesse me afastar da igreja e procurar ajuda médica, pois tudo indicava que a antiga perturbação sofrida em minha infância estava retornando.

Confesso que desde o dia em que decidi me dedicar a Cristo, não houve um só segundo em que eu não pensasse em tudo o que vi, ouvi e vivenciei naqueles dias atribulados de meus doze anos.

Mesmo dedicado aos trabalhos da vida sacerdotal, todo o terror presenciado em minha infância me levou a colecionar livros sobre demonologia e exorcismo. Eu enchera por conta própria minha biblioteca pessoal com centenas de compêndios sobre o assunto. Alguns volumes, inclusive, eram raros, antigos, apócrifos[1] e multiculturais.

Tudo isso motivado por minha curiosidade sobre o maior inimigo da humanidade e pelas visões da infância.

"Será que estou ficando louco? A influência destes livros e meu passado conturbado estarão minando minha saúde mental?" Sempre aconselhara os fiéis a afastarem de si o mal por vontade e força próprias. Relembrava a eles constantemente a citação bíblica "Se teu olho te escandaliza, arranca-o fora[2]", trazendo para a realidade menos fundamentalista de que a mudança do estado mental é o primeiro passo para qualquer transformação real na vida.

Era hora de eu colocar em prática esse conselho. Mudaria o estado mental e aprisionaria meus próprios demônios. Busquei, então, a distração mais próxima: a televisão.

Os programas mais populares da época eram os da Jovem Guarda; *É uma graça, mora!*, com Ronald Golias e Carlos Alberto de Nóbrega; *A Discoteca do Chacrinha*; *Zorro*; *Diligência para o oeste*; *Show em Si...monal*; *Ronnie Von e os alegres companheiros*; *Repórter Esso* e *A Praça da Alegria*, entre alguns que, certamente, esqueci.

Meus preferidos eram *Adoráveis Trapalhões*, com Renato Aragão, Wanderley Cardoso, Ivon Cúri e Ted Boy Marino; *Os Intocáveis* e, sem sombra de dúvida, *Além da Imaginação* com suas histórias sobrenaturais apavorantes que – naquele momento – estava para começar.

O episódio da semana era *O Cajado da Verdade*, a arrepiante história de um homem que se perdeu durante uma tempestade e encontrou abrigo em um obscuro monastério na Europa. Lá, é abordado por um prisioneiro em uma cela que lhe implora por ajuda. Desobedecendo os monges, o homem liberta o aprisionado para descobrir, no fim, que estava dando liberdade ao próprio diabo. O homem passa, então, a dedicar sua vida a perseguir o "Príncipe das Trevas", pois "É fácil prender o diabo. Difícil é mantê-lo preso", concluía o narrador do episódio.

---

[1] Apócrifo é o nome dado a um texto cuja autenticidade não foi comprovada.
[2] Mateus 18:9

Assim que o apresentador Rod Serling despediu-se do público, o telefone tocou. Era meu antigo professor e amigo pessoal, padre José.

– Como vai meu aluno mais aplicado?

– Bondade sua, padre José. Eu era o aluno mais estranho, isso sim.

– Com certeza, Lucas. Não posso negar que em vinte anos de aula, nunca conheci um jovem tão interessado em esquisitices. Jamais acreditei que você pegaria uma paróquia. Seu futuro, para mim, era trabalhar no Vaticano como pesquisador de originais antigos.

– Eu no Vaticano? Não iria durar um mês... Mas, me diga, padre José, o que conta de novidade? Creio que já não nos falamos há uns dois anos, não?

– Ah, meu filho, pode ter certeza de que você, como meus demais alunos, sempre faz parte das minhas orações diárias. Bem, chega de jogar conversa fora, você poderia passar aqui na minha casa ainda hoje? Preciso lhe falar sobre um assunto delicado e importante que diz respeito ao seu futuro.

– Meu futuro? Como assim?

– Bem, não é o tipo de coisa que se diz pelo telefone. Podemos conversar pessoalmente em algumas horas?

– Hoje? Bom, olha, eu não estava mais disposto a sair nesta noite, mas como é para falar com o senhor, está bem. O senhor ainda mora no centro, certo?

– Isso mesmo, meu filho. Vivo na mesma casa há trinta anos. Você vem?

– Claro que sim, padre José.

– Ótimo, então venha com o espírito preparado e o estômago vazio, as irmãs passaram aqui e deixaram comida suficiente para a Santa Ceia.

Torci para que aquele convite fosse algo alinhado com minha nova postura de manter meu estado mental livre e meus demônios pessoais presos, porém, num daqueles rompantes de profeta, tive a certeza de que nunca um conselho televisivo estivera tão certo: "É fácil prender o diabo. Difícil é mantê-lo preso".

Batismo de fogo

> E, tendo chegado a tarde, quando já se estava pondo o sol, trouxeram-lhe todos os que se achavam enfermos, e os endemoninhados.
>
> Marcos 1:32

Trafegar pelas ruas desertas de São Paulo à noite naquela época não representava perigo como hoje. Um padre, porém, não cultivava hábitos noturnos por conta do exaustivo ofício matutino. Um ônibus e meia hora a pé me separavam da casa de meu amigo.

Minha amizade com o padre José justificava perder algumas horas de sono. Eu respeitava sua experiência o suficiente para saber que ele jamais me convidaria para um encontro repentino e urgente se não fosse por um motivo extremamente sério.

O centro de São Paulo era uma região nobre, elegante e movimentada. Luzes que nunca se apagavam e ruas cheias de cavalheiros e damas da alta sociedade, além de jornalistas e banqueiros. Mesmo sem batina, destoava completamente daquele ambiente culturalmente interessante e moderno. Eu era jovem, mas transparecia reclusão e timidez.

Desci do ônibus e caminhei pela calçada úmida de garoa. Como ocorria pelo menos uma vez por dia, lembrei-me da terrível noite em que segui meu pai e fui assombrado pela criatividade mórbida de minha mente infantil. Desta vez, porém, não fui acometido pelas visões e, logo vi o portão do pequeno corredor que levava até onde padre José morava.

Bati palmas para chamar os donos da casa. Uma voz me avisou do fundo do corredor que o portão estava aberto. Empurrei a pesada peça de metal e entrei. Já não pisava naquele local há alguns anos e foi notória a decadência. O apertado quintal de cinco casas que dividiam o fornecimento de água e luz era escuro e estava invadido por limo. No chão, próximos às paredes, brinquedos velhos e quebrados, um assento de cadeira, uma roda de bicicleta, diversos calçados sem pares, entre objetos desconhecidos por mim, envelheciam ignorados.

A porta de madeira da última casa se abriu e lá estava padre José. Magro como sempre e envelhecido como nunca. Um dos mais inteligentes e otimistas homens que conheci. Rigoroso com alunos egocêntricos e autopiedosos, havia se ligado a mim por conta de meu desprendimento e objetividade. Não suportava reclamações e preguiça. Era adepto da doação total à fé, do modo de vida espartano, sem luxo ou valores materiais. Acreditava que os homens de Deus deveriam trabalhar até caírem de sono.

– Lucas, como vai? O tempo não passa para você?

– E o senhor, padre José? Continua o mesmo também.

– Só perdoo sua mentira porque veio acompanhada de uma gentileza. Entre.

A pequena casa com paredes azul-claro e móveis antigos estava desarrumada. Livros antigos empilhados ao lado de discos e caixas cheiravam a pó e esquecimento. Em uma pequena mesa, dois pratos, talheres, uma garrafa de vinho, pedaços de frango e arroz compunham a ceia que padre José anunciara pelo telefone. Para um homem de poucas necessidades como ele, aquilo era excesso, e isso aumentava minha admiração por meu antigo professor.

Jantamos entre assuntos amenos e saudosistas. Fui atualizado da situação presente e do destino de cada um dos meus colegas de seminário.

– Você é um dos poucos que se mantém nas trincheiras divinas, Lucas. Por favor, não esmoreça.

– A rotina não é fácil, padre José. O senhor sabe que a vocação chegou até mim pela dor e não pelo amor.

– Sim, claro. A morte de seu pai. Lembro-me bem do que contou.

Tomei um gole de vinho, torcendo para que o assunto seguisse outro rumo. Não funcionou.

– Diga, Lucas, você chegou a investigar o que seu pai foi fazer na casa daquele padre da sua cidade naquela noite?

– Não, padre José. Confesso que nunca me interessei em pesquisar. – menti.

Eu havia voltado à minha cidade natal por diversas vezes, atrás de respostas naqueles quinze anos. Todas as viagens foram inúteis.

– E aquele ritual que lhe disseram que ele participou? Acho que uma mulher havia dito à sua família, se bem me recordo.

— Sim, foi isso mesmo. — respondi, na certeza de que não haveria como fugir do assunto. — Uma mulher estranha acusou...

Antes de terminar a frase, lembrei da mulher estranha vista naquela tarde. Era ela, a senhora com a mancha no rosto que eu havia perseguido. No dia da morte de meu pai, ela havia dito algo sobre um ritual.

— O que foi, Lucas?

— Não, nada. É que essas lembranças são muito fortes. Mexem muito comigo. Apesar de nunca ter investigado, tenho o palpite de que meu pai estava abalado psicologicamente e isso o levou a buscar, em segredo, alguma ajuda espiritual. Acredito que não houve ritual nenhum e que aquela mulher era perturbada.

Obviamente, nunca havia contado a respeito das visões, da atitude de meu pai na madrugada anterior e outros sinais importantes que poderiam levar qualquer religioso, de qualquer denominação e fé, a chegar à mesma conclusão.

— O diabo...

— Como, padre José?

— O culpado de tudo é o diabo. Não sei e nem nunca saberei se seu pai esteve envolvido com cultos profanos, creio que não, por conta da forte formação religiosa da sua família, mas tenho certeza de que houve grande influência demoníaca em tudo isso. Soube na primeira vez em que lhe vi, Lucas. Você nunca me contou, mas eu aposto minha batina que você viu ou ouviu algo naqueles dias.

— Padre... eu...

— Foi por isso que lhe chamei aqui hoje. Você já ouviu falar no padre Pedro Biaggio?

— Sim, claro. É um dos padres especialistas em demonologia. Ele lançou mais de vinte livros sobre exorcismo e a crescente influência do diabo no mundo.

— Esse mesmo. Você sabe que ele é considerado louco por uns e visionários por outros de nossa própria igreja, não?

— Sim. Acompanho os passos dele, bem como seus lançamentos literários. Para mim, Pedro Biaggio é um ídolo, mas o que tem a ver comigo?

— Pedro Biaggio retornou de Roma decidido a encontrar um aprendiz, e eu acredito que você seja o melhor candidato.

— Eu? Uau! Bom... claro, seria uma honra, mas sei de muitos irmãos tão bem preparados que...

– Não é só preparo. Precisa ser alguém com fé ardente.

– Sim, mas na própria cúria[1] há padres fervorosos. Eles...

– Um dos quesitos é conhecimento teórico sobre exorcismos. Sei que você leu muito sobre isso nesses anos. Você mesmo acabou de afirmar que tem todos os livros dele.

– Padre José, agradeço, mas meu conhecimento nesse campo é informal. Não participei dos cursos de demonologia e todos aqueles estudos internacionais tão caros.

– Lucas, Pedro Biaggio busca alguém tocado pelo diabo. Alguém que tenha história e que tenha sido marcado pelo demônio.

Calei-me. Padre José continuou:

– Pedro Biaggio em pessoa me contatou desolado pela escassez de aprendizes em potencial. Ele estava prestes a desistir quando dei seu nome e contei sua história. Foi tudo muito casual. Vi a mão de Deus em tudo isso, Lucas. Por isso sugeri seu nome. Isso foi há uma semana. Hoje, ele veio aqui para dizer que daria uma chance para você e mais dois candidatos.

Soltei os talheres e fiquem em pé.

– Deus do céu, padre José. E agora? Preciso me preparar. Quando ele quer me conhecer?

Meu amigo acompanhou meu movimento, deixando sua comida de lado e me conduzindo até a poltrona da sala.

– Lucas, o Pedro Biaggio não acredita muito em métodos ortodoxos. É sistemático, linha dura e, às vezes, extravagante. Não se assuste com o que vou lhe dizer, ok?

Concordei sem nenhuma convicção e fingi calma.

– Amanhã...

– O quê? Como assim? Amanhã o quê?

– Ele vai escolher o aprendiz dele amanhã.

– Como assim? Não conseguirei preparar anotações para impressioná-lo.

Padre José riu.

– Se você conhecesse Pedro Biaggio, saberia que anotações não têm nenhum valor para ele. Eu não sei bem do que se trata, mas ele pediu

---

[1] Cúria é a corte pontifícia, um tribunal eclesiástico de bispos.

para que você fosse, amanhã, às oito da manhã, no endereço informado aqui dentro. – disse, entregando-me um envelope.

O mundo pareceu girar e isso me enjoou.

– Você está bem, Lucas? Quer um café?

– Não, não, obrigado. Vou embora, já está tarde e eu não sei o que me espera amanhã. – respondi, enfiando o envelope no bolso e partindo para casa apreensivo e empolgado.

A igreja de Satã, o menino e o cachorro

> Entrou, porém, Satanás em Judas, que tinha por sobrenome Iscariotes, o qual era do número dos doze.
>
> LUCAS 22:3

Não sei explicar a razão, mas não abri o envelope até chegar em casa. Na realidade, mesmo em casa, ainda demorei a enfrentar o conteúdo dentro do pequeno volume. Deixei-o sobre a mesa e o observei como se alguma surpresa fosse saltar de dentro.

Notei que, em uma das faces, estava escrito "Padre Lucas Vidal". A caligrafia não era de padre José.

Esperei alguns minutos, ouvindo o tiquetaquear do relógio, até que tomei fôlego, agarrei o envelope e rasguei rapidamente, buscando pelo conteúdo interno com avidez de um esfomeado. Um homem que eu admirava, um padre intelectual respeitado mundialmente, havia deixado instruções especiais exclusivamente para mim. Aquilo era emocionante e, ao mesmo tempo, assustador.

Do envelope, caiu apenas um bilhete:

"Lucas,

Esteja no endereço anotado no verso deste papel amanhã às 8h e cumpra essas três tarefas:

1. Chegue na hora;
2. Alimente o cachorro;
3. Pegue um objeto abençoado.

Após concluir as tarefas, volte para casa e relate tudo ao padre José.

P.B."

Esperava por uma entrevista ou uma prova escrita, jamais atividades de uma gincana. Onde os demais candidatos se encaixavam nisso tudo? Agiríamos como concorrentes? Tudo estava muito estranho e mal explicado.

No dia seguinte, despertei assustado de uma noite sem sonhos. Estava atrasado. Deveria estar no endereço em quinze minutos.

Corri para o ponto de ônibus que me deixou na estação de trem. Demorei um pouco para embarcar e tive de permanecer no vagão até a última estação. Desci e me informei com um solitário segurança qual caminho deveria tomar até meu destino.

Estava na cidade de São Paulo ainda, porém em um de seus extremos mais longínquos. Segui a pé por uma estrada de terra até o que parecia ser uma antiga chácara. Estava meia hora atrasado.

Na chácara havia um portão de ferro centralizado em um grande e desgastado muro branco que ostentava duas gárgulas velhas nas pontas. A construção sinistra transparecia a intenção do arquiteto de fazer uma mansão, um local importante e valioso demais para aquela área quase rural da cidade.

Eu já ouvira falar dos antigos templos de adoração a Satã, moda entre os ricos paulistanos entre as décadas de 1920 e 1950 que voltavam da Europa com o último manifesto da transgressão ao *status quo*. Eram, na verdade, clubes fechados para patrocínio de orgias e todo tipo de excesso. Independentemente da falta de conhecimento teórico ou da superficialidade inocente desses rituais, a intenção abria oportunidade para uns poucos verdadeiramente interessados em adorar e glorificar as trevas.

A verdadeira razão de Pedro Biaggio ter nos enviado ali era desconhecida, mas mantinha-se dentro da disciplina de exorcismos e combate ao demônio. O pesado portão da chácara estava entreaberto e, por educação, bati.

Um adolescente de, mais ou menos, treze anos, veio me receber:

– É um dos padres, certo?

– Sim, sou.

– Você está muito atrasado. Os outros dois já chegaram. Estão lá atrás com o cachorro. Só seguir o corredor. – disse, apontando um longo caminho de pedras pintadas de vermelho, propositadamente projetado para ser escuro e sufocante.

Corri em direção aos latidos de cão que começaram a aumentar. Abri a porta e cheguei a um pequeno quintal onde dois padres tentavam acalmar o raivoso animal preso a uma corrente.

– Você chegou atrasado. – comentou um padre aparentemente jovem, ruivo, com sardas e que media, provavelmente, dois metros de altura.

O outro padre, mais baixo que eu, relativamente acima do peso, cumprimentou-me com a cabeça, enquanto tentava dar comida ao cachorro.

– Bom, há pedaços de pão ali ao lado. Fique à vontade para tentar fazer o "totó" comer. Estamos há meia hora jogando miolos para ele, mas não adianta. – avisou o primeiro padre.

Que tipo de prova era aquela? O cachorro latia, louco para tentar nos atacar e nós tínhamos o dever de dar comida a ele a todo custo. Tentei, como eles, lançar pães ao animal que ignorava. Sua única obsessão era se soltar e nos triturar.

– Que tal segurarmos a coleira? – sugeri.

– Está louco? – disse, finalmente, o padre mais baixo. – Tentamos dar a volta e ele recua, mantendo o campo de visão para nos atacar.

O padre ruivo, então, sentenciou:

– Querem saber? Por mim, está cumprida a missão. Vejam quantos pães estão aos pés dele. Vou embora. Já cumpri as três tarefas.

Antes que eu perguntasse sobre a terceira tarefa, que consistia em pegar um objeto abençoado, o padre mostrou uma cruz presa em seu cinto e explicou:

– Cheguei cedo e vasculhei o local todo. Encontrei essa cruz na gaveta. Não interessa para que usavam nesse lugar profano, cruz é cruz. – concluiu e partiu.

Ficamos apenas eu e o padre mais baixo. Nossas manobras eram inúteis ante a raiva do cachorro. Então eu sugeri:

– E se dermos comida na boca dele?

– O quê? – espantou-se.

– Se ele não está comendo a comida jogada no chão, é porque está acostumado a comer na mão. Só pode ser isso. – falei enquanto apanhava, no canto do quintal, uma casca endurecida de pão.

– Você está louco. Ele vai arrancar seu dedo!

Ajoelhei-me na altura da visão do animal e estiquei meu braço, levando o pão até sua boca. Desconfiado, o animal parou de latir, mas prosseguiu rosnado para, assim que sentiu o cheiro do alimento, abocanhar de uma só vez. Nesse movimento, acabei sendo mordido na ponta do dedo anelar. O cão, então, mastigou, engoliu e voltou a latir.

– Deu certo! – comemorou o outro padre. – Talvez você devesse ter dado um pedaço maior. Veja.

Imitando meu movimento, meu irmão de igreja conseguiu colocar um pedaço maior na bocarra salivante. Fiz o mesmo mais algumas vezes, alternando-me com ele até nos cansarmos.

– Bom, vou embora. – ele disse.
– Mas, já? E a terceira tarefa?
– Um objeto sagrado, neste local? O nosso amigo teve muita sorte em encontrar aquela cruz, isso é, se ele realmente encontrou e não a trouxe de casa. Desconfio, também, que ele possa ter escondido ou jogado fora outros prováveis objetos sagrados para que fiquemos em desvantagem.
– Você quer dizer que essa terceira missão era uma caça ao tesouro?
– Não sei. Ninguém sabe o que se passa na cabeça dos Biaggio.

Não entendi o que o padre quis dizer com "os Biaggio". Assim que ele saiu da chácara, comecei a procurar algum objeto sagrado. Havia livros, cálices, talheres, diversas tapeçarias e quadros com temas eróticos e blasfemos. Em uma mesa encostada em uma parede negra com um pentagrama pintado, um candelabro sustentava uma pequena vela pela metade. Tudo ali era sagrado a uma religião que contradizia a minha, ou seja, era profano. Não poderia levar ao padre Biaggio um símbolo de uma religião anticristã, mas o que conferiria a um objeto a característica de sacro na minha crença e cumpriria a terceira tarefa do bilhete?

Circulei pela maioria dos quartos do local. Encontrei coisas que sugeriam, à imaginação, possíveis abominações que poderiam ter ocorrido. Quando estava para desistir e ir para casa fazer um curativo no dedo mordido pelo cachorro, vi, no chão, uma pequena peça de xadrez abandonada. Era uma torre de madeira escura.

Não me importava para que haviam utilizado a peça ou o jogo inteiro. Para mim, aquilo representava estratégia, inteligência e memória. Era um jogo de cavalheiros, um jogo de atenção e silêncio. A torre, em si, permanecia nas extremidades como barreiras protetoras do rei e, durante uma partida, realizava exclusivamente movimentos retos, incorruptíveis e exatos.

Apenas mais valiosa que o peão, a torre poderia ser menosprezada por alguns jogadores, porém somente a ela era permitida a jogada chamada roque, única na qual duas peças eram movidas simultaneamente, sendo, uma delas, o Rei.

Aquele seria meu objeto sagrado.

Apanhei a peça e a limpei com água. Sequei-a em minha roupa para, em seguida, colocá-la ao sol da manhã. Fui até uma área externa, uma espécie de jardim de inverno da construção, um local que me passava a sensação de neutro. Ajoelhei-me, impus as mãos sobre a peça, fechei os olhos e implorei:

"Senhor, abençoe esta pequena peça feita pelo homem. Que ela seja purificada de todo mal e esteja envolvida por sua luz divina. Em nome do Pai, do Filho e do Espírito Santo. Amém".

Envolvi a torre em um lenço e guardei no bolso. Atravessei o angustiante corredor vermelho, despedi-me do garoto na porta e fui embora curar meu ferimento.

À tarde, relatei em detalhes tudo o que havia passado ao padre José. Ele me ouviu cuidadosamente e fez algumas anotações. Não quis ficar com minha torre, mas descreveu-a em detalhes em seu relatório. Depois, disse que já havia conversado com os outros padres e que relataria tudo a Pedro Biaggio à noite.

– Ainda hoje, eu lhe telefonarei para dizer qual foi o parecer de Biaggio, está bem?

Concordei e fui para casa desanimado. No caminho, passei em uma farmácia e fiz um curativo no dedo mordido. Logo no início da noite, enquanto relaxava em uma poltrona e rememorava o dia estranho, fui interrompido pela ligação de padre José:

– Lucas?

– Padre José, como vai?

– Parabéns! É você, Lucas! É você o pupilo, o aprendiz que Pedro Biaggio vai treinar.

– Eu? Minha Nossa Senhora, não acredito. Como foi a conversa com ele?

– Lucas, você cumpriu as tarefas e isso é ótimo. Ele está animadíssimo.

– Padre José, pelas minhas contas, eu cumpri duas tarefas, a do cachorro e a da peça. Ainda assim, não sei se as cumpri corretamente. Os outros dois padres chegaram no horário e cada um cumpriu pelo menos uma missão. Teoricamente, estaríamos empatados, não?

– Lucas, há um peso em cada tarefa. O seu atraso foi ruim, mas pode ser corrigido. Ficou claro que a ideia de alimentar o cachorro diretamente na boca, ou seja, dar o pão e zelar mesmo por aquele que quer lhe ferir, foi sua. E você também foi o único que compreendeu que poderia sagrar um objeto, fazê-lo sagrado e não apenas coletar algo que parecesse santificado.

– Sim, é verdade, mas ainda assim...

– A cruz que o outro padre trouxe... ah, Lucas, você não imagina o quanto ela está longe de ser sagrada. Um dia lhe conto o uso que os frequentadores daquele lugar davam a ela.

Estava feliz. Não conseguia acreditar que, finalmente, seria treinado, tutorado por Pedro Biaggio. Tremendo, fiquei em silêncio, sem saber se já podia desligar, mas padre José prosseguiu:

– Ah, Lucas. Há mais uma coisa que você precisa saber.

– Diga, padre José.

– Aquele cachorro foi colocado lá pelo padre Pedro Biaggio apenas para esta tarefa específica. Hoje mesmo, ele foi devolvido a um abrigo...

– É mesmo? Nossa, pensei que o animal pertencesse àquele menino. – interrompi.

Padre José continuou.

– É aí é que está, Lucas. Você já foi o que cumpriu as tarefas da melhor maneira, mas o que realmente impressionou a mim e ao padre Pedro Biaggio foi que...

Padre José fez uma pausa, como se não soubesse a maneira de dar a notícia.

– Lucas, não há e nem nunca houve menino naquele local.

Um arrepio subiu pela minha espinha e eriçou a nuca.

– Como?

– Nenhum dos outros candidatos viram criança alguma lá. Nem os vizinhos da chácara, nem os vendedores ambulantes, carteiros e muito menos o olheiro do padre Biaggio, que observou a chegada e a saída de vocês, viu ou soube de menino naquela mansão ou nas proximidades nos últimos anos.

Fiz o sinal da cruz sem encontrar palavras para descrever meu espanto.

Pedro Biaggio

> E disse-lhes: Eu via Satanás, como raio, cair do céu.
>
> Lucas 10:18

Naquela noite, anotei em meu "Diário de um padre": "Hoje, provavelmente, tive contato direto com um ser sobrenatural. Isso me ajudou a ser escolhido como aprendiz do mais habilitado exorcista que existe".

Conheci o padre Pedro Biaggio somente dois dias após meu teste. Aproveitei esses dias para informar aos meus superiores sobre o tempo que dedicaria ao treinamento e que um padre auxiliar deveria ser designado à paróquia. Preparei meu espírito e meu intelecto para o começo dos meus novos estudos, relendo alguns trechos importantes dos meus muitos livros sobre exorcismo. Em meu pequeno altar, no canto menos privilegiado, coloquei a pequena torre como fonte de inspiração e lembrança.

Encontrei, pela primeira vez, o exorcista Pedro Biaggio no Mosteiro de São Bento. Cheguei na hora para evitar que ele pensasse que pontualidade seria um problema. Ele estava sentado em um dos bancos da basílica apreciando a apresentação de canto gregoriano. Era um homem alto, já quase careca, tinha um cavanhaque e sustentava um olhar bondoso.

Sentei-me ao lado dele e, antes que me apresentasse, começou a falar:

– Esse lugar tem quase quatrocentos anos. Você sabe quem morava aqui antes do mosteiro?

– Sim. – respondi. - Li, em algum lugar, que Martim Afonso morava aqui. Parece-me que ele foi o fundador de São Vicente.

– Errado. Martim Afonso, fundador de São Vicente, não foi o mesmo que morou aqui. O primeiro morador deste local foi batizado com esse nome, mas chamava-se originalmente Olhos da Terra.

– Olhos da Terra?

– Bom, talvez, Vigilante da Terra. Não sei como traduzir exatamente as palavras tupis *Yby* e *Esá* que formavam *Tibiriçá* na língua dos índios.

Não respondi nada. O canto gregoriano parou e Pedro Biaggio se levantou. Sem que ele me chamasse, passei a segui-lo.

– O cacique Tibiriçá foi um líder indígena. Sua taba ficava exatamente nesse local. Graças a ele, existe a cidade de São Paulo. Lutou contra um sobrinho chamado Jagoanharo que unificou tupis, guaianás, carijós e guarulhos em um ataque gigantesco e violento à então chamada Vila de São Paulo de Piratininga, defendida por Tibiriçá. Dizem que os índios gritavam *"jukaí karaíba"* que significava "morte aos portugueses". O cerco durou dois dias até que o cacique Tibiriçá, depois de enfrentar muitos de seus irmãos indígenas, cruzou uma espada de madeira emplumada e uma bandeira no alto de um monte e gritou: *jukaí anhangá*, ou seja, "morte ao demônio" e a guerra acabou instantaneamente. Você entende?

– Entendo o quê? – estava confuso.

– Tibiriçá percebeu que havia uma guerra espiritual em andamento. Ele havia se convertido ao cristianismo pelos jesuítas, mas, mesmo não sendo um padre, percebeu a influência demoníaca na matança que ocorria.

– O senhor quer dizer que ele exorcizou naquela noite?

– Não estou querendo dizer nada. Pesquise sobre as batalhas do cacique Tibiriçá contra os demônios antes e depois de sua conversão. Você encontrará um conteúdo muito interessante.

Andamos do mosteiro até a Praça da Sé em silêncio. Padre José havia me alertado da peculiaridade do método de ensino de Pedro Biaggio, mas, ainda assim, não sabia como me portar. Em certo momento, na caminhada, ousei retomar a conversa:

– A diferença é muito grande?

– Diferença? Que diferença? – perguntou-me, enquanto sentava-se em um banco da praça.

– A batalha de Tibiriçá contra o demônio antes e depois da conversão.

Sem responder, devolveu-me outra pergunta:

– Você acredita que a luta contra o demônio é um privilégio dos católicos? Dos cristãos? Pior, você acha que possessões, exorcismos, fé e batalha espiritual são exclusividades de quem crê?

– Acho que não. Com certeza, o demônio está para todos, assim como Deus está mesmo para quem não crê ou o rejeita.

– Exato. Muitos anos antes de Cristo, homens já enfrentavam o inimigo. Fenícios, assírios, egípcios e outros povos pelo mundo. –

respondeu, sem olhar para mim. Em seguida, apontou para a catedral.
– Lá está o corpo do cacique Tibiriçá. Segundo uma carta de José de Anchieta, o chamado Vigilante da Terra morreu no natal de 1562.

Inspirei profundamente. Pedro Biaggio seria um daqueles professores que ensinam a todo momento. Enquanto falam, andam e se alimentam. Ficamos mais alguns minutos sem dizer nada, até que um grupo de jovens adultos passou por nós.

– Reacionários! – falou um deles, apontando para nós.

– Retrógrados, pederastas enrustidos! – confirmou outro deles, fazendo questão de que ouvíssemos.

– A religião é o ópio do povo! A batina é só outra farda, padres. – disse o último, arrancando risos dos outros. Então, afastaram-se.

Olhei para Pedro Biaggio com certa vergonha. Ele era brasileiro, como eu, mas já vivia há algum tempo em Roma e aquela provocação alheia pareceu uma deselegância da minha parte, como se eu não o estivesse recepcionando corretamente.

– Está nervoso, Lucas?

– Um pouco, padre. Peço que o senhor me desculpe. Devia ter repreendido aqueles garotos.

– Como assim? Você mesmo não alimentou o cachorro que ameaçava lhe morder? Por acaso o animal sabia o bem que você fazia a ele? E você? Esperava gratidão do cão?

– Não, claro, mas é que...

– Lucas, você é um padre. Conhece tão bem quanto eu a regra de dar a outra face ao ofensor. Quando se é um exorcista, essa regra é ainda mais valiosa. Você será agredido, ofendido e humilhado por pessoas que jurou proteger. Terá de devolver apenas amor, compreensão e cuidados. E se você precisar exorcizar um demônio que possuiu o corpo de um jovem como aqueles que nos ofenderam? E se hoje encontrasse um deles possuído? Teria amor suficiente para trazê-lo de volta à glória?

Entendi o ponto, mas não concordei.

– Mas, padre, o senhor lida com demônios. O que isso tem a ver com o possuído? Uma das regras que o senhor mesmo coloca em seus livros é desassociar a pessoa do demônio.

– Sim. – concordou. – Você deve lutar com todas as suas armas contra o demônio, mas sua batalha é pela alma e pelo corpo da pessoa possuída, nessa ordem de prioridade: salvar a alma e, depois, o corpo. Você deve amar o possuído, ainda que não o conheça. Melhor se não conhecer. Se você sentir raiva, ódio e desejo de vingança contra um demônio, sua luta está perdida, pois estará jogando em um campo que ele domina, usando armas que só servem a ele.

Havia muito sentido nas palavras de Pedro Biaggio. Eu havia aprendido muito mais em um pequeno diálogo do que em diversos livros. Empolgado, pedi:

– Posso lhe fazer outras perguntas?

Pedro Biaggio riu:

– E precisa pedir? Estamos em um processo de ensino. Fique à vontade para perguntar o que quiser. Não garanto que sei todas as respostas. Ah, e agradeça muito que seja eu a lhe ensinar e não meu irmão, Thomas.

– Thomas? Ele é exorcista também?

– Meu irmão, Thomas Biaggio, é o maior exorcista vivo. Eu sou só o cara dos livros.

– Confesso que estou surpreso com minha ignorância, nunca ouvi falar do seu irmão.

– Thomas é um padre recluso. Conhece segredos do exorcismo que eu jamais saberei. Eu e ele atuamos juntos e eu fiquei encarregado de vir ao Brasil encontrar um aprendiz. Se fosse ele seu tutor, acredite, as aulas seriam muito mais rigorosas. Agora, me diga o que queria perguntar.

Tentei moldar meu questionamento para que não parecesse, de maneira alguma, um indício de medo ou assombro:

– Aquele menino que vi na chácara. O que era ele?

– Sim, sim, ótima pergunta para começar. Lucas, eu não sei o que era exatamente a criança porque não a vi, mas garanto que não era humana e nem benigna. Você já teve visões desse tipo?

– Sim, algumas, há muito tempo. Mas elas haviam parado.

– Você estava em preparação espiritual. Fora do radar do inimigo. Agora, você está munindo-se e retornando às trincheiras. Não há mais como se isentar. Exorcistas incomodam demais as hordas diabólicas. Prepare-se, pois elas farão tudo para lhe assustar, atingir e prejudicar. Você entrou para a lista deles agora.

– Mas, se aquele menino era um demônio, por que não estava possuindo ninguém?

– Existem muitos tipos, gêneros e categorias de seres das trevas. Nem todos são aptos a possuir pessoas. Entenda que, há alguns anos, enfrentávamos apenas soldados infernais. Aos poucos, os ataques estão muito mais elaborados e refinados, como se a hierarquia mais alta tivesse recebido a permissão de pisar em nosso mundo.

Informações que deveriam me assustar, naquele instante, me deixaram ansioso e animado. Era para aquilo que eu nascera. Minha missão de vida era lutar naquela batalha.

– Então verei outros demônios a partir de agora?

– Você, assim como outras pessoas, já os vê diariamente. A diferença é que, agora, você precisará combatê-los.

Breviário do Padre Bórgio Staverve sobre Exorcismos

† Tomo III †

O homem que se domina é impenetrável e inacessível aos Reinos das Trevas. Isso porque a porta de entrada das influências nefastas são os desejos, medos e amores.

Os seres foram criados repletos de desejos e necessidades, além de instintos de sobrevivência. O ser humano, diferente dos animais, compôs um conjunto moral de regras que visa domar ou, pelo menos, organizar os instintos, sensações e sentimentos baixos. Esse conjunto moral, que poderia ser a salvação da espécie, tornou-se exatamente seu fim, pois retirou do homem a inocência.

As portas de entrada para a influência demoníaca são as falhas morais. As possessões ostensivas de crianças e animais são raras e, geralmente, feitas por espíritos fortes, pois seres humanos inocentes e jovens, bem como os animais, têm menor ou nenhuma propensão à corrupção, ao desejo e à ganância.

Anulando o desejo, o homem se protege da maioria das influências satânicas. Para anular o desejo é necessário anular o ego. Dessa maneira, eu, que sou um ex-padre católico, pareço pregar o budismo, mas não é esse o caso. A verdade é que quanto mais equilibrado for o homem, mais difícil ele ser influenciado e quase impossível ele ser possuído.

Mas quem consegue ser equilibrado nesses nossos agitados e terríveis anos de 1960?

Há quase quinhentos anos, foi publicado o *Malleus Malleficarum* ou O *Martelo das Bruxas*. O terrível compêndio fora usado para diagnosticar possíveis bruxas e feiticeiras. Era dividido em três partes:

Do Reconhecimento: métodos para identificação de mulheres que haviam compactuado com o demônio. Por meio de fórmulas simples, o inquisidor podia ver além dos disfarces de pureza das mulheres de satã.

Dos Malefícios: tudo o que poderia ocorrer nos ataques de bruxas a uma aldeia, bem como sinais da influência maligna de mulheres possuídas na sociedade.

Da Ação: guia passo a passo de como julgar, interrogar, torturar e eliminar bruxas confessas ou não.

O livro não foi responsável pela insanidade da inquisição. Na verdade, ele fora desvirtuado por homens fracos e, muitas vezes, usado pelo próprio demônio para distribuir terror e medo.

A primeira parte, principalmente, descrevia as possíveis regras de identificação de uma bruxa que, atualmente, nos remete à imagem da mulher com poderes mágicos, mas, na verdade, tratava-se das primeiras possessas da Idade Média. Naquela era de trevas, criaturas inumanas caminhavam entre nós realizando pactos, distribuindo mazelas, assassinando e violentando seres humanos das pequenas e afastadas vilas. A guerra espiritual era praticamente física.

Hoje, sabemos que as poucas criaturas nefastas que sobreviveram ou que insistiram em permanecer em nosso mundo escondem-se em agrupamentos, nas florestas, em cavernas ou, como presenciei, e isso me custou a visão, em cidades exclusivas. Apesar disso, as possessões aumentaram muito e, segundo informações de pessoas possuídas e clarividentes, a tendência é aumentar, pois, impossibilitados de agirem fisicamente, os demônios se esconderão dentro das pessoas, passar-se-ão por elas e, enfim, controlarão a Terra para seu mestre, o imundo caído.

Onde fica a alma?

> E disse-lhe o diabo: Se tu és o Filho de Deus, dize a esta pedra
> que se transforme em pão.
>
> Lucas 4:3

Os dias se seguiram com muitas longas caminhadas ao lado de Pedro Biaggio. Cada minuto com aquele nobre homem era uma aula sobre diversos assuntos. O que mais me chocava, em relação aos ensinamentos, era a importância dada ao amor e à caridade. Eu, que acreditava que o dogma e as fórmulas seriam vitais, comecei a entender a razão de a maioria dos exorcistas famosos ser formada por homens maduros, experientes e de idade avançada. Havia a necessidade de um desprendimento que só se aprende com a humildade dos anos.

Naquela manhã, padre Pedro Biaggio marcou de me encontrar em uma lanchonete. No caminho, rememorei uma ligação que havia recebido, naquele mesmo dia, de meu cunhado Roberto, marido de minha irmã, morador de Santa Bárbara das Graças.

– Lucas, é o Roberto, como vai?

– Roberto, estou bem. E você?

– Comigo, aparentemente, tudo está ótimo, Lucas... – respondeu, sem muita convicção, me deixando preocupado. Para piorar, a ligação estava péssima.

– E minha irmã, Roberto? Como a Paula está? Há algum problema na família?

Roberto hesitou um pouco.

– Não, não, Lucas. Está tudo bem. Na verdade, estou ligando a pedido da Paula. Queria saber se você está planejando nos visitar nos próximos dias. Seria muito bom revê-lo.

– Infelizmente, Roberto, estou envolvido em um treinamento que não permitirá que eu me ausente tão cedo. Nem está nos meus planos viajar, mas se vocês estiverem precisando de algo, irei imediatamente. Está tudo bem mesmo?

– Sim, Lucas, está. Na verdade, estou com umas dúvidas e queria conversar com você. Depois nos falamos.

Assim que desliguei o telefone, me lembrei que não só Roberto, mas muitos outros membros da família me viam como um guia espiritual, um confidente sábio com todas as respostas na ponta da língua. Às vezes, pediam para falar comigo com urgência, apenas para que eu os ouvisse e aconselhasse em questões meramente cotidianas. Eu não reclamava e fazia tudo com muita boa vontade, afinal, essa também era a função de um padre, ainda que jovem, como eu.

Cheguei à lanchonete vinte minutos antes do horário combinado com Pedro Baggio. Esperei na porta, contente por não atrasar em mais nenhum compromisso com ele. Se a pontualidade era um dos itens importantes de sua lista de tarefas para avaliar um bom exorcista, era o momento de eu começar a ser muito mais pontual.

Quando ele chegou, cumprimentamo-nos e entramos. Eu não conhecia o local, mas logo na primeira avaliação, considerei-o muito aconchegante. Nove ou dez mesas pequenas próximas à grande janela separavam-se do balcão de atendimento por um corredor que levava aos banheiros no fundo. A decoração era toda em bege e vermelho.

As garçonetes usavam vestidos brancos com listas vermelhas, chapéu branco em formato quadrado e lenços multicoloridos amarrados ao pescoço. O alumínio das cafeteiras, chapas e utensílios brilhava como recém-polido e os banquinhos próximos ao balcão eram fixos, altos e almofadados.

Quase todas as mesas estavam ocupadas por famílias e casais. Alguns poucos bancos vazios alternavam-se com trabalhadores com seus cafés com leite e jovens executivos que folheavam jornais.

– Bom dia, o que vão querer? – perguntou a simpática garçonete com um broche escrito "Noêmia" preso ao bolso do vestido.

– Um café preto para mim, por favor. – falei.

Assim que anotou, Noêmia virou-se para Pedro.

– E o senhor?

– Não vou tomar nada por enquanto, minha querida.

Estávamos com a tradicional camisa clerical e com o colarinho romano, também chamado de *clergyman*, o que permitiu à garçonete Noêmia nos reconhecer como homens da Igreja.

– Ok, então, padres. Se precisarem de algo, é só pedir.

Agradecemos. Pedro colocou sua pasta de couro sobre a mesa e tirou um livro.

– Você já leu o *Rito Romano*, com certeza. – afirmou.

– Sim, claro. – confirmei com segurança.

O *Rito Romano* é a coleção de todos os rituais litúrgicos ocidentais da Igreja Católica. Em latim, esse livro contém instruções de como se celebra a Santa Missa, os Sacramentos, a Liturgia das Horas e todas as demais liturgias. No *Rito Romano*, há explicações detalhadas do único ritual formalizado pela Igreja Católica para execução de exorcismos de demônios e espíritos que subjugam pessoas, locais e objetos.

– Peço, então, que você releia em detalhes a partes referentes aos exorcismos. – pediu, como se passasse, enfim, uma tarefa para casa. – Agora, me responda, qual possessão é mais comum? A de demônios ou de espíritos malignos?

– Espíritos. – respondi, lembrando-me de que os espíritos estavam abaixo do mais baixo demônio na hierarquia infernal.

– Correto. Diga-me, então, quais doenças podem passar a falsa impressão de possessão?

– Doenças mentais e nervosas como esquizofrenia, paranoia, histeria, neuroses diversas, distúrbios de múltipla personalidade e até condições patológicas menos graves, como necessidade de chamar atenção e charlatanismo.

– Ótimo, muito bem. Lucas, mas voltando ao *Ritual Romano*, de quando é a edição que você tem?

– Não sei ao certo, mas é antiga. Deve ter mais de vinte anos, com certeza. – respondi.

Pedro Biaggio riu.

– Não é essencial, mas recomendo que você pegue uma mais atualizada. Em 1952, houve duas alterações no texto, você sabia?

– Alteração? Não, não soube. O que mudou?

– No trecho sobre sintomas de possessão, a versão antiga dizia "sintomas de possessão são sinais da presença do demônio". A versão atual, autorizada pelo papa, mudou esse trecho para "sintomas de possessão podem ser sinal do demônio".

– Não é muita coisa. – avaliei. – E a outra?

— Na passagem que cita pessoas não possuídas, o texto dizia "aqueles que sofrem de melancolia ou outras enfermidades". Essa parte mudou para "aqueles que sofrem de enfermidades, particularmente enfermidades mentais".

— Interessante, padre. — comentei, imaginando que seria mais fácil rasurar o meu volume.

— Voltando às perguntas, Lucas, quais são os sinais que indicam uma possessão verdadeira, você se recorda?

A Igreja havia feito uma lista para auxiliar os exorcistas na identificação de indícios que comprovassem a condição de possuído. Entre eles, listávamos a capacidade de mover objetos com a mente, chamada telecinésia; a pirocinésia, que consiste em criar chamas espontâneas e a telepatia. Outras evidências de possessão, eram a fluência do possuído em idiomas desconhecidos por ele, força física sobre-humana e repulsa por objetos sagrados.

— Sim, me recordo de todos eles, mas, ainda com essas evidências, é necessária a autorização de um bispo para a realização de um exorcismo. Isso, alguma vez, o atrapalhou? — questionei.

Pedro Biaggio foi categórico:

— Jamais. Obedecemos a uma hierarquia clerical, porém, nada é mais importante do que o resgate de uma alma. Como fazem os advogados e policiais, muitas vezes agimos primeiro e pedimos permissão depois. Espero que você tenha isso claro em sua mente. Esperar pode significar perder a batalha.

Eu havia pesquisado exorcismos que duravam meses ou até anos. Alguns exigiam extremos sacrifícios físicos e psicológicos dos padres, familiares e possuídos. A demora e os efeitos danosos, muitas vezes, levavam a problemas judiciais e questões éticas da medicina. Nenhum religioso tinha autonomia para autorizar ou recomendar o fim de tratamentos médicos tradicionais. Os padres que interrompiam medicamentos arriscavam-se na ilegalidade e, ainda que alegassem força em sua fé, cometiam o grave erro de julgarem a inteligência médica-científica como uma ofensa a Deus e não como mais uma ferramenta d'Ele, como ela realmente é.

Outro possível problema no diagnóstico de possuídos, era que algumas pessoas manifestavam fenômenos paranormais conscientes muitos anos antes da possessão. Parapsicólogos e estudiosos do paranormal defendiam a soberania da mente alegando ser possível ao cérebro mover objetos e aprender línguas sem a necessidade de uma pretensa presença demoníaca. Sem dúvida, em meus estudos, comprovei que poderes paranormais não se restringiam às pessoas possuídas e que o demônio utilizava os poderes latentes de suas vítimas para realizar esses fenômenos. Alguns fiéis livrados de demônios mantinham, para toda a vida, alguns poderes telepáticos realmente impressionantes e, em épocas menos esclarecidas, eram rotulados como feiticeiros e mortos.

– Alguém que se livrou de uma possessão pode ajudar em batalhas contra demônios em outros exorcismos por conta das armas deixadas pelos demônios expulsos. – afirmou Pedro Biaggio.

– Mas usar as armas do demônio contra ele não é errado?

– As armas são dos homens e, portanto, de Deus. Por falar em homens, está aumentando o número de pessoas influenciadas pelo diabo. Cidadãos semipossuídos caminham em número crescente pela Terra e cometem crimes horríveis.

– Mas, nesse caso, não estamos isentando homens da culpa? Dizer que crimes são causados pelo demônio não facilita muito aos criminosos?

– Pelo contrário. O diabo sempre busca por afinidade na hora de influenciar, ou seja, não há inocente nessa relação. Todos os dias, há todo momento, ouvimos suas sugestões. Cabe à nossa índole permitir essa influência.

Noêmia trouxe meu café fumegante e, de cortesia, um biscoito.

– O senhor não vai querer nada mesmo? – perguntou a Pedro Biaggio que olhou rapidamente o cardápio e negou, agradecendo. Em seguida, prosseguiu com suas explicações:

– Lucas, você sabe que são muitas as razões para um ser humano ser possuído, não?

– Razões? Creio que o diabo queira destruir, trazer desespero e morte. Não é isso?

– Sim, sim. Essa é a razão mais óbvia e aparente, porém, nesses anos de exorcismo, meu irmão Thomas e eu notamos algumas coincidências nas intenções dos demônios. – revelou Pedro e, percebendo meu interesse, prosseguiu. – Por exemplo, todos os demônios querem ofender a Deus, os anjos e os santos. Todos desprezam completamente a humanidade e vão fundo para ferir o corpo e o espírito. A fé vale mais que aparências exteriores e todos os espíritos malignos, até hoje, temeram objetos sagrados nas mãos de pessoas de fé. O mais abençoado objeto, na mão de um descrente não vale nada, por outro lado, o mais vulgar item é uma poderosa arma quando manipulado por alguém que acredita.

– Certa vez, li que os demônios querem ser exorcizados. Faz sentido?

– Não é bem assim. Eles não querem ser derrotados, mas querem a batalha. Anseiam por ela. Quando a possessão é descarada e evidente, tudo o que esse demônio busca é um padre fraco para derrotar e desmoralizar. E quanto mais experiente e famoso é o padre, mais demônios o desafiarão. Quando a possessão é discreta, a razão do demônio não é ser exorcizado, mas causar alguma desgraça ou sabotagem.

Por mais que eu houvesse pesquisado, tudo me surpreendia. Aquele homem falava do sobrenatural como o cidadão comum tratava sobre futebol e o clima. Havia muito a aprender e eu estava feliz em ter o melhor professor. Engoli rápido o café e chamei Noêmia para pagar a conta.

– Não se preocupe, padre. Fica por conta da casa. Voltem sempre que quiserem. – disse a garçonete, sorrindo.

Saímos da lanchonete e uma pergunta veio à minha mente:

– Quando um demônio está em plena possessão manifestada, onde fica a alma da pessoa possuída? Latente e adormecida no corpo ou consciente, porém enfraquecida? A alma é transportada para algum lugar? Como faz para retornar?

Pedro suspirou e deu os ombros. Essa era uma questão que nem mesmo ele sabia. Caminhamos um pouco pela calçada até encontrarmos outro padre. Pedro apresentou-me a ele:

– Lucas, esse é o padre Zinani. Também é exorcista, mas sua especialidade são manifestações sutis.

– Prazer em conhecê-lo, padre Zinani.

– O prazer é meu, padre Lucas. Já me falaram muito bem de você. – disse e, em seguida, virou-se para Pedro. – Posso ir até lá, Biaggio?

– Sim, claro, estão todos esperando por você. – respondeu Pedro.

Padre Zinani deixou-nos apressado em direção à lanchonete.

– Onde ele vai? – perguntei.

– Ele vai realizar uma limpeza. Um exorcismo coletivo. Algo que exige grande segurança e fé. Não sei como você não notou, mas a lanchonete estava infestada de endemoninhados.

Senti uma forte tontura ao ouvir aquilo.

– Como? Estavam possuídos?

– Todos. Estão há semanas nesse lugar, planejando algo maléfico.

– Até a garçonete Noêmia?

– Principalmente ela, não sei como você não percebeu.

Meu estômago doeu e vomitei na lixeira próxima. Passei o resto do dia enjoado, apesar de Pedro me dizer que – provavelmente – eles haviam apenas cuspido em meu café.

Seu apocalipse pessoal

> E, acabando o diabo toda a tentação, ausentou-se dele por algum tempo.
>
> Lucas 4:13

Muitas histórias nos são contadas como verdadeiras, ainda que os protagonistas não estejam presentes. Dizem que esse ou aquele fato fantástico ocorreu com um conhecido de um amigo ou o vizinho de um colega de trabalho. Sempre alguém próximo o bastante para passar confiabilidade e distante o suficiente para não ser possível comprovarmos.

Dois dias depois da conversa na lanchonete, eu caminhava pelo bairro, aproveitando o sol da manhã para refletir se seria capaz de suportar a cruz que estava sendo colocada em meus ombros. Era paradoxal e interessante pensar que se um cético presenciasse tudo o que estava ocorrendo comigo, imediatamente passaria a crer. Ironicamente, aqueles fenômenos jamais aconteceriam com quem não acreditava em nada.

Meu pensamento navegava por esse tipo de questionamento até que foi interrompido pelo caminhar da mesma mulher que eu havia visto noutro dia, enquanto conversava com Gastão. Ela estava próxima a uma praça e afastava-se de mim em passos rápidos.

Como não estava de batina, pude correr bem e, como a praça era aberta, não houve maneira de ela virar em nenhuma esquina ou viela próxima. Aproveitei, inclusive, para atravessar pelo meio do descampado e chegar até ela rapidamente.

– Senhora! Ei, senhora.

Indiferente ao meu chamado, ela prosseguiu em seu caminho. Não tive outra alternativa senão segurar em seu cotovelo.

– Senhora...

Ao ver seu rosto de perto e tão próximo, senti uma forte nostalgia de Santa Bárbara das Graças e meu tempo de criança. Não só me recordei do dia fatídico em que a atropelei no parque, mas também dos outros moradores da minha cidade natal. Ela transparecia aquele clima interiorano simples, caloroso e verdadeiro.

— Desculpe-me por segurá-la assim. Eu sou...

— Eu sei quem você é, padre. — respondeu.

Era óbvio que ela me conhecia da paróquia. Tentei ser mais específico.

— Ah, que bom. Creio, então, que a senhora ficará espantada em saber que sou da mesma cidade que a senhora. Não sei se vai se lembrar de...

— Eu já disse que sei quem você é, Lucas.

Soltei seu braço. Notando meu susto, ela prosseguiu:

— Você é aquele menino assustado que conheci no parque. Estava acompanhado...

— Sim. Estava com minha irmã e meu pai.

— Sua irmã e aquela coisa...

— O quê?

— Que bom que você se tornou padre. Apegue-se muito a Deus, porque, no final, só sua fé n'Ele é que lhe salvará. Algo que foi impossível ao seu pai.

— Não sei se a senhora sabe, mas meu pai se matou com um tiro na cabeça naquele mesmo dia. Depois de tudo o que a senhora nos disse no parque e a visita dele a um padre da cidade, passei a conviver com muitas perguntas.

A mulher voltou a caminhar apressada. Permaneci ao lado dela, esperando que falasse algo até que ela empurrou um pequeno portão de ferro que protegia o quintal de uma pequena casa. Não queria perdê-la de vista novamente, mas seria impossível invadir sua casa, por isso, insisti:

— Senhora, me ajude.

Retornando ao portão, aproximou seu rosto do meu e disse olhando em meus olhos:

— Lucas, seu pai tinha muita fé. Crer em Deus é crer no demônio. Um corpo é como um castelo. Imagine que seu pai havia deixado outro rei sentar-se no trono. Foi o que aconteceu. Toda aquela fé fervorosa estava em poder de uma entidade maligna chamada Ben-Abaddon invocada por seu próprio pai em um ritual.

— Está louca? Meu pai jamais faria pactos ou invocaria um demônio. — respondi ofendido.

– Ele flertou com o abismo. Quis ver até onde o sobrenatural podia ser tocado sem que a alma dele fosse corrompida. O "Filho do Destruidor", essa entidade que se aproximou dele, prometeu engolir toda a sua família. Então, ele buscou o padre Jaime que, infelizmente, era inexperiente nesse tipo de batalha e estava propenso à corrupção. Ambos foram destruídos física e espiritualmente.

– Como a senhora pode ter certeza de tudo isso?

– Anos antes, eu havia sido possuída e passei por um exorcismo longo, que deixou marcas terríveis. Uma dessas feridas me deu a capacidade de ver o invisível. O problema, Lucas, é que você olhou para Ben-Abaddon e ele olhou para você. Ele jamais descansará, enquanto sua família não for completamente destruída. Principalmente você.

– Mas, dona...

– Célia. Meu nome é Célia.

– Dona Célia, eu estou me especializando em exorcismos agora... eu...

– Essa briga é muito maior. Os envolvidos são poderosos. Desista agora de ser um padre exorcista. Saia da mira dessas criaturas imundas. É o melhor que você pode fazer para proteger a si mesmo e a sua irmã.

– Paula? O que tem minha irmã, dona Célia?

Sem paciência, dona Célia entrou em casa. Chamei-a algumas vezes, até que senti uma mão em meu ombro.

– Pois não? – perguntou um homem com, aproximadamente, trinta anos.

– Oi... eu... meu nome é Lucas. Sou o padre da igreja aqui perto. Eu estava...

– Ah sim, já vi o senhor, padre Lucas. Sabia que somos da mesma cidade? – perguntou o rapaz, empurrando o portão de ferro.

– Santa Bárbara das Graças? Sim, imagino. A dona Célia é sua mãe?

– Sim! O senhor chegou a conhecer minha mãe?

– Sim, conheci. Falava com ela agora mesmo e...

– Como, padre? – perguntou, mudando seu rosto para uma expressão de indignação. – Está brincando comigo? Porque se for uma brincadeira, é muito sem graça.

– Como assim?

– Minha mãe morreu em Santa Bárbara das Graças há onze anos. Nunca chegou a vir para São Paulo comigo.

A vertigem veio forte e tive de me apoiar no portão de ferro. O homem notou minha confusão.

– Padre, o senhor está bem? Quer entrar e tomar uma água?

– Não... não. Preciso ir embora. – respondi já me afastando.

Não havia mais como ignorar o que me cercava. Precisava, apenas, treinar minha visão para identificar o que era sobrenatural e o que era material, do contrário, enlouqueceria.

Talvez, precisasse desistir de tudo, como dona Célia, o espírito ou o que quer que ela fosse, havia aconselhado. Antes, porém, pesquisaria sobre Ben-Abaddon.

Cambaleei até minha casa, pensando em quantas vezes já havia ouvido histórias assim, sobre pessoas que conversam com fantasmas e assombrações. Sempre ocorridas com amigos de amigos, conhecidos de vizinhos e outras pessoas distantes.

Desta vez, porém, havia ocorrido comigo.

Tragam Biaggio!

> Disse também o Senhor: Simão, Simão, eis que Satanás vos pediu para vos cirandar como trigo.
>
> Lucas 22:3

Roberto acordou assustado. Paula não estava ao seu lado. Meu cunhado, então, foi procurá-la pela casa.

– Paula! – chamou.

Não houve resposta e Roberto pensou em sair pela rua em busca de sua mulher. Ouviu, então, um riso baixinho. Paula estava em casa, no escuro, tendo outro de seus ataques de sonambulismo.

– Paula, onde você está, meu amor?

Risos sussurrados. Roberto tentou acender a luz, mas o interruptor não funcionou. Tateou pela escuridão até uma gaveta no armário da cozinha. Lá, pegou uma lanterna. Tentou acendê-la e nada. Deu uns tapinhas na lateral e pronto. A luz jorrou diretamente para o alto do armário e iluminou sua esposa.

De cócoras, Paula, somente de camisola, olhava para a parede, ria e dizia "tragam, tragam".

– Paula, meu Deus! Espere aí. Não se mexa, vou pegar uma cadeira para tirar você daí.

– Tragam... – disse novamente.

– O quê?

– Tragam... – falou.

– Quem, querida? Quem?

– Traaagaaaam!! – gritou, enquanto saltava de costas como uma ginasta.

Caiu exatamente em cima de Roberto, derrubando-o. O marido, ao encarar aqueles olhos brancos e aquele sorriso escancarado, quase urinou de medo.

– Tragam... – disse Paula, bem baixinho, no ouvido do marido.

– Qu-qu-quem, querida? Quem é para trazer?

Então, Paula cravou as unhas os ombros do marido que gritou de dor. Junto com o grito de Roberto, Paula uivou como um lobo e, em seguida, emendou o uivo com o nome Biaggio. Com a cabeça erguida como um animal que clama pela Lua, Paula exibiu, em seu pescoço, o mesmo nome que gritou, escrito com arranhões feitos por ela mesma.

Eu soube, tempos depois, que esse fato ocorreu na mesma noite em que despertei assustado de um pesadelo em minha casa. Não me recordava de nada do meu terrível sonho, exceto da frase "Tragam Biaggio".

A existência de Deus

> E não convinha soltar desta prisão, no dia de sábado, esta filha de Abraão, a qual há dezoito anos Satanás tinha presa?
>
> Lucas 13:16

— Lucas, a primeira lição de hoje é sobre crença em Deus. – sugeriu Pedro Biaggio.

Não perguntei nada. Nem ao menos dei a entender que esse assunto já havia sido demasiadamente discutido no seminário. Àquela altura, já estava me acostumando às excentricidades do velho padre.

Íamos de táxi a uma pequena fazenda em Santo André. No caminho, ensaiei muitas vezes contar ao padre os recentes acontecimentos, mas não encontrei coragem.

— Lucas, você acredita em Deus?

— Ora, que pergunta. Claro que acredito. Sou um padre.

— Isso não prova nada. Por que você acredita em Deus?

Diálogos socráticos eram a especialidade de Pedro Biaggio. Eu já havia recebido aulas de apologética[1] e sabia dialogar sobre a existência divina segundo inúmeros filósofos, porém tinha certeza de que aquela era mais uma armadilha intelectual.

— As escrituras me dizem que Deus existe.

— Escrituras de outros credos dizem muitas outras coisas. Ainda quero saber como você tem certeza de que Deus existe.

Arrependi-me de não ter comentado sobre outros assuntos para polarizar a conversa em temas menos metafísicos.

— Ok, mas os milagres provam a existência de Deus. O Espírito Santo manifestado comprova a presença do Criador. Não sei o que você quer que eu diga.

— Deus existe, Lucas? Tem certeza?

---

[1] Apologética é a argumentação em defesa de uma religião, doutrina, dogma ou fé.

– Sim, tenho. – respondi como uma sentença, encerrando o assunto. Permanecemos em silêncio até a fazenda, onde fomos recebidos por um amigo de Pedro.

– Biaggio, meu querido, como vai?

– Estou bem, Giuseppe! E seus filhos?

– Ah, aqueles moleques estão por aí, soltos no sítio. Já eu, correndo atrás deles e do prejuízo. A fazenda não vai tão bem financeiramente, você sabe, mas que tal tomarmos um café e botarmos o assunto em dia? – perguntou Giuseppe, convidando a nós dois com o olhar.

– Sim, sim, iremos em alguns minutos. Quero, antes, dar uma volta com meu amigo, o padre Lucas, pode ser?

– Claro! Padre Lucas, seja bem-vindo. Fique à vontade para passear em minha pequena fazendinha. Só não repare na bagunça.

Cumprimentei-o e caminhei ao lado de Pedro. Giuseppe não havia sido humilde ao se referir à desorganização do local. Tudo estava realmente fora do lugar e mal cuidado: animais, hortas, pomares, veículos e ferramentas.

Andamos por um milharal onde as espigas baixas estavam comidas parcialmente. As mordidas haviam arrancado grande parte dos vegetais, que jaziam largados entre pequenas pegadas bipartidas. Logo que cruzamos os pés de milho, entramos em um celeiro repleto de palha. Os montes feitos deste material estavam desfeitos e, aparentemente, as palhas mais finas e leves de cima dos montes haviam caído no meio do celeiro e se misturado com folhas vindas das largas janelas.

– Estou cansado de andar. Vamos até a casa principal tomar café com Giuseppe. – sugeriu Pedro para meu alívio.

Encontramos Giuseppe sentado à mesa da cozinha, entre garrafões de leite, um bule de café, alguns tipos de pães e diversos potes de biscoito quase vazios.

– Belos desenhos. – comentou Pedro, somente para mim, apontado para a geladeira. Três folhas de papel fixadas no eletrodoméstico exibiam imagens coloridas e mal desenhadas de barcos, estrelas e árvores.

O café estava muito saboroso e a conversa entre os dois amigos foi genérica o bastante para me entreter e me causar admiração pelo modo de vida e atitudes de Giuseppe.

– E então? Continua fazendo as doações? – perguntou Pedro.

– Ah, sim, Biaggio, como sempre, três quartos de tudo o que produzo vai para aquela comunidade no fim da estrada. A coisa está feia por lá.

– Que bom, Giuseppe. E aquela sua ideia para os agasalhos? Deu certo?

– Não muito. – respondeu com tristeza. – Comuniquei os fazendeiros vizinhos, mas a coleta e a distribuição não foram muito proveitosas. Acabou que eu tive de comprar sozinho muitas malhas e levar pessoalmente aos desabrigados. O que me deixa triste é que esses vizinhos estão muito bem financeiramente.

Fomos interrompidos por uma senhora que entrou vagarosamente na cozinha, arrastando os chinelos e resmungando com sua mandíbula já sem dentes. Pensei em perguntar a Biaggio se ela realmente era uma pessoa viva ou uma visão. A idosa estava com uma vassoura e ensaiou iniciar uma limpeza, mas foi impedida por Giuseppe:

– Não precisa, Mafalda! – gritou, indicando que a mulher tinha alguma deficiência auditiva. – Amanhã, você limpa!

Mafalda, contrariada, saiu da cozinha. Pedro perguntou espantado:

– Mafalda ainda está aqui? Você não a demitiu ainda?

Giuseppe sorriu.

– Pedro, já imaginou se eu botasse na rua uma empregada incapacitada e velha? Onde moraria? O que comeria? Eu a deixo aqui, finjo que a emprego, apenas para que não se sinta humilhada com o salário que lhe dou praticamente de presente, mas nunca permito que ela execute nenhuma tarefa, por causa da idade. Ela é teimosa, como você deve ter notado.

– Mas, Giuseppe, você ainda a paga?

– Com certeza. Pago a ela e ao casal de cuidadores de gansos que moram naquela casinha atrás da fazenda. Ainda que meus gansos tenham morrido há anos, não tenho coragem de despedi-los. Minha consciência é muito exigente.

Pedro Biaggio riu. A conversa sustentou-se por mais uma hora em assuntos antigos e saudosistas. Entendi que eram amigos de longa data e que a visita servira apenas para matar a saudade. Na hora de ir embora, chamamos outro táxi.

No caminho de volta, questionei meu mentor.

– Não teremos aula hoje?

– Sim, claro. Vamos até uma biblioteca olhar uns livros de demonologia.

Concordei com empolgação. Alguns quilômetros depois, Pedro perguntou:

– Você reparou no estado lastimável da fazenda?

– Não queria comentar, mas foi difícil não ver.

– Quando passamos no milharal, você notou a falta de cuidados?

– Sim, com certeza. Alguém havia deixado porcos comerem as espigas de milho, você viu? E o celeiro, então?

– O que tem o celeiro?

– Palhas derrubadas pelo vento misturadas com folhas que entraram pela janela. Uma sujeira.

– Verdade, Lucas. Giuseppe deveria colocar os filhos para trabalharem, já que seus empregados estão improdutivos.

– Mas os filhos de Giuseppe são crianças, não?

– Sim, devem ter no máximo doze anos.

– Notei – comentei –, não só pelos desenhos na geladeira, mas também pela pouca quantidade de biscoitos nos potes.

Pedro Biaggio olhou-me com sabedoria. Suspirou fundo como se tivesse sido tocado por um anjo e virou a cabeça para a paisagem verde que corria pela janela do táxi.

– O que foi? – perguntei.

Com a paciência de um pai que ensina o filho ou um professor que sabe as respostas, mas quer que o aluno as perceba, o velho padre me perguntou:

– Como você sabe que foram os porcos que comeram o milho?

– Ora, as marcas de mordida, as pegadas pequenas e bipartidas, a altura em que as espigas mordidas estavam. Morei no interior, você sabe, conheço bem os estragos feitos por leitões e porcos.

Satisfeito, Pedro Biaggio engatou outra pergunta:

– E no celeiro? Como você deduziu que o vento espalhou as folhas e palhas?

– Porque somente as palhas leves haviam sido movidas e o modo caótico em que estavam espalhadas...

– Certo. E como você tem certeza de que foram os filhos de Giuseppe que comeram os biscoitos e fizeram os desenhos da geladeira? Como sabe que não foram os porcos ou o vento? E como você garante que não foram as crianças que comeram o milho ou espalharam a palha que, por sinal, também pode ter sido espalhada pelos porcos.

– Obviamente, você está brincando, não é? Os porcos deixaram pegadas que só suínos deixam, além de mordidas que só suas mandíbulas fazem. Crianças têm pés humanos e comeriam milho cozido dos pés mais altos. As palhas do celeiro estavam no alto, inalcançáveis para porcos ou para as crianças, que derrubariam a pilha inteira e não somente as mais leves.

– Sim, é verdade. – concordou Pedro Biaggio.

– E, pelo que eu saiba, porcos não desenham com lápis coloridos, muito menos o vento e apenas as crianças poderiam abrir um pote de vidro, pegar um biscoito e fechá-lo novamente.

– Veja, Lucas, como Deus é bom. Ele permitiu que nossa pergunta da manhã fosse respondida à tarde.

– Como assim?

– Eu lhe perguntei sobre a existência de Deus e nós acabamos de experimentar respostas bem eloquentes.

– Deus? Como assim? O que tem isso a ver?

– A cada dia, a ciência nos traz mais respostas complexas sobre o universo. Equações extensas e incompreensíveis explicam constantes enigmáticas e leis que se repetem em todos os lugares. São regras racionais que atribuem ordem ao aparente caos. Instruções que regem o átomo e as galáxias e se aplicam a todos os organismos.

– Sim, mas, e Deus?

– O acaso não poderia criar regras ordenadas, porque nenhuma causa inferior resulta em um efeito superior. Você não pode explodir uma máquina de escrever e esperar que as teclas formem uma frase. Você viu o efeito no milharal e teve certeza da presença dos porcos; viu a bagunça no celeiro e deduziu a ação do vento; olhou os desenhos infantis e percebeu as crianças. No entanto, não encontramos em nosso passeio porcos, vento ou crianças. O efeito comprovou a causa. O efeito caótico do vento causa resultados caóticos. O efeito irracional e característico dos porcos resultou em marcas e mordidas específicas. O traço infantil no papel lhe trouxe a certeza da presença de uma inteligência infantil na casa.

Fiquei calado ante à lógica fria, porém maravilhosa que o velho padre colocava diante de mim. O taxista que nos levava, não.

– Que bonito isso, padre.

– É, meu filho. – respondeu Pedro. – A complexidade do mundo com suas leis imutáveis é o efeito que só poderia ter causa em uma mente muito superior.

– Isso é Deus, não é? – perguntou o motorista.

– Sim, sim. Isso só pode ser Deus.

Passado meu espanto, senti minha fé reforçada ante a argumentos tão racionais. Era inevitável não perguntar a Pedro:

– Você armou todo aquele cenário com Giuseppe para me ensinar sobre a presença de Deus?

– Claro que não. – respondeu de imediato. – Deus foi quem preparou essa lição para nós dois. Só fui lá visitar meu velho amigo antes de nossa aula. Além do mais, Giuseppe jamais se prestaria a armações. Ele é um homem sério e dedicado, como você notou.

– E muito bondoso. – completei. – Um exemplo de abnegação, doação e caridade cristã a ser contado na missa.

– Ah sim, mas, quando for falar sobre ele na missa, não diga o nome dele, está bem?

– Mas por quê? É um ótimo exemplo...

– Primeiro porque ele não gosta de se vangloriar de suas ações de caridade e, segundo, porque aquele meu grande amigo de longa data, como todo anarquista, é ateu.

Hierarquia infernal

> E os que estão junto do caminho, estes são os que ouvem; depois vem o diabo, e tira-lhes do coração a palavra, para que não se salvem, crendo.
>
> Lucas 8:12

Na biblioteca, Pedro Biaggio trouxe à mesa alguns compêndios antigos sobre demonologia, angeologia e bruxaria.

– Vamos conhecer um pouco o inimigo. – propôs.

Eu ainda estava perplexo com a explicação do padre sobre a existência de Deus e, mais ainda, em saber que Giuseppe, o bondoso e caridoso homem com quem tomamos café, não acreditava em Deus, céu, inferno, anjos, demônios, pecado, espírito, alma, milagres ou santos. Ainda assim, fazia o bem e ajudava ao próximo mais do que muito fiel que eu conhecia.

– Leia esse trecho para mim. – pediu, apontando um parágrafo em um livro amarelado.

Reproduzi verbalmente o trecho com a voz baixa: "Há que se separar o Verdadeiro Mal dos males aparentes colocados pela Providência para nossa melhora e correção de caminho. Se os irmãos de José não o tivessem rasgado a túnica e o vendido aos ismaelitas, todo o Egito padeceria de fome na estiagem dos sete anos, prevista em sonho pelo Faraó e interpretada por José. O mal causado pela inveja dos irmãos foi a bênção de todo um povo, por isso, não amaldiçoe, jamais, o caminho que o Senhor lhe colocou".

– Sim. – comentei com Pedro. – Essa postura faz parte dos conselhos que dou aos desesperados da paróquia.

– Continue lendo.

– "O Verdadeiro Mal não traz lições ou crescimento. Ele intenta destruir a obra de Deus. É a humilhação e morte com sofrimento e desespero. Ninguém merece esse flagelo imposto por Lúcifer e seus seguidores. Porém, o Senhor deixou aos homens o poder de combater os anjos caídos por meio da invocação da manifestação divina. No princípio, o combate se dava contra demônios das menores classes. Eram espíritos de grande brutalidade, porém de pouco poder e inteligência. Possuíam animais e homens simples. Traziam doenças e manifestações animalescas. Esses demônios, vindos das regiões mais imundas e baixas do inferno, serviam como batedores da primeira infantaria. O exorcismo desses seres era simples, rápido e limpo.

Séculos depois, foi permitido o acesso à Terra de seres um pouco mais evoluídos e de poder mais desenvolvido. Eram os demônios tenentes que tomavam corpos e realizavam pactos com camponeses. Podiam controlar animais, ler pensamentos e influenciar as plantações e o clima. Para libertarem os possessos, os sacerdotes criaram as primeiras fórmulas de exorcismo por meio de tentativa e erro. Algumas vítimas foram sacrificadas nos povoados mais ignorantes que julgavam a possessão como irreversível.

O mundo agora se encontra na terceira onda de demônios a acessar a Terra. Advindos das cidadelas infernais. São chamados de majores. Trabalham nas sombras e só se revelam após destruírem famílias. Dificultam ao máximo os exorcismos por só serem expulsos pela verdadeira fé. Muitas vezes, caminham entre humanos por anos sem que ninguém saiba de sua presença. Formam clãs, grupos e até empresas. Planejam ações em conjunto, semeiam erros e desgraças. Infiltram-se em grupos militares, políticos e religiosos, sempre com projetos polêmicos que trarão confusão e morte. Espalham ideias contra religiões estabelecidas, mas também influenciam a cúpula dessas mesmas religiões com pensamentos extremistas, não caridosos, intolerantes, racistas e endurecidos".

– Uau! – exclamei. – Não sabia dessa classificação.

– Sim. Agora, vou complementar a informação e você entenderá a gravidade do problema.

Fechei o livro e aproximei meu rosto, dedicando total atenção às palavras de Pedro. Havia tristeza e medo nelas, como se lutássemos em uma batalha difícil e estivéssemos em grande desvantagem.

– Esse livro foi escrito há muito tempo. Nessa época, ainda havia certo romantismo em combater demônios maiores. Hoje, porém, os possuidores apresentam caraterísticas que não se enquadram nessas descritas.

– Como assim?

— Alguns demônios se dizem vindos dos palácios infernais. Dizem terem sido treinados e enviados pelo próprio Lúcifer. São os coronéis do Anjo Caído.

— Coronéis?

— Sim. — concordou, reforçando com a cabeça. — Poderosíssimos, investem anos na maldição de uma família. Dedicam-se a aterrorizar os indivíduos e a estimular o suicídio.

— Suicídio? — espantei-me. Antes que perguntasse qualquer coisa, Pedro prosseguiu.

— Pensou em seu pai, não? O que sabe sobre isso?

— Bem... — hesitei. Não sabia como contar sobre a fonte da informação, então, me restringi ao fato. — Ouvi dizer que meu pai esteve envolvido com um espírito maligno chamado Ben-Abaddon.

Uma lufada de vento invadiu a biblioteca, lançando papéis ao chão.

— Já li sobre ele. — comentou Pedro. — Sem dúvida, é um coronel. O fato de sabermos o nome dele nos possibilita expulsá-lo.

— Nunca entendi essa questão dos nomes...

— Quase todos os demônios podem ser exorcizados quando se conhece seu nome. O padre, munido de sua fé, deve ordenar ao demônio que saia do possuído em nome de Jesus, expulsando-o pelo nome. O poder das palavras e dos nomes é menosprezado, mas é onde reside o verdadeiro significado do poder. Sem querer discutir filosofia, posso afirmar que a essência das coisas reside em seu nome.

— Pedro, Ben-Abaddon foi o responsável pela morte de meu pai e eu preciso destrui-lo.

— Calma, Lucas. Um coronel deve ser difícil de ser exorcizado. Eu mesmo nunca enfrentei um e aconselho você a evitar grandes combates sozinho. Meu irmão Thomas, certa vez, lutou contra um demônio muito poderoso que não conseguimos classificar até hoje.

— Era um coronel? — perguntei.

— Talvez sim. Talvez algo pior. Sabemos que cada degrau da hierarquia traz novas capacidades e que o objetivo maior é a preparação do mundo.

— Preparação para o quê?

Pedro olhou em meus olhos e sentenciou.

— Preparação para a chegada do próprio Lúcifer

Interlúdio

> Porque veio João o Batista, que não comia pão nem bebia vinho, e dizeis: Tem demônio.
>
> Lucas 7:33

Tudo ainda era muito teórico.

Se Lúcifer fosse realmente chegar, o problema iria além dos exorcismos e além da Igreja, inclusive. Era uma questão que envolvia a humanidade como um todo e não apenas um padre aprendiz. Por outro lado, para mim, Ben-Abaddon era um objetivo palpável. Se ele realmente existisse e fora o responsável pela desgraça que se abateu em minha família, provavelmente, estava ligado a mim de alguma maneira.

Talvez, um dia, encontraria este ser vitimando algum incauto e teria a oportunidade de exorcizá-lo. O que realmente eu não poderia deixar era o sentimento de vingança dominar meus estudos. Se estivesse nos planos de Deus que eu, no futuro, entrasse em uma batalha contra Ben-Abaddon, Ele faria com que isso acontecesse. Procurar por um demônio coronel antes de estar treinado e bem experimentado em exorcismos era suicídio.

Ao mesmo tempo em que eu aprendia o básico do Rito Romano, também estudava maneiras de anular meu ego e toda a sorte de sentimentos humanos. Tentava não sentir nada, apenas ser objetivo e deixar a fé fluir.

– Se você se livrar de todos os sentimentos, não ficará frio, confie em mim. Quando nos esvaziamos de todos os sentimentos, sobra o amor, a compaixão e a caridade. Isso é imutável. – dizia Pedro Biaggio.

Eu tentava, como padre, não odiar, não me sentir triste ou eufórico, não ter lampejos inconstantes de sentimentos pequenos. Também praticava minha visão de exorcista para enxergar o invisível de maneira voluntária, diferente das raras vezes em que via seres sobrenaturais sem saber ou sem realmente ter a intenção. Aprendi que esse tipo de controle era muito raro e que, geralmente, víamos aquilo que deveria ser visto, no momento oportuno.

Meu treinamento foi difícil no começo, mas obtive algum progresso com a ajuda constante de Pedro. Sempre que possível, ele reforçava:

– Agradeça a Deus por ser eu a lhe treinar e não o Thomas, meu irmão.

Curioso que, algumas vezes, quando perguntava a alguns padres mais antigos sobre o padre Thomas Biaggio, todos torciam o nariz e mudavam de assunto. Alguns deixavam escapar poucas características do padre exorcista, como a obstinação, a costumeira rejeição por autoridades, a inteligência fora do comum e a reclusão. Segundo Pedro dizia, o irmão também vivia em Roma e pesquisava a fundo a influência nefasta de demônios no mundo. Era muito dedicado à leitura e à escrita, mas não cultivava o hábito de sair a público.

– Desde que enfrentou aquele demônio inclassificável que lhe contei, nunca mais foi o mesmo. Ele tem uma casa aqui em São Paulo, cuidada por uma espécie de filha adotiva, mas quase nunca vem ao Brasil.

– Demônio inclassificável? Não era um coronel, então?

– Provavelmente, não. Meu irmão se valeu de métodos condenados inclusive pela igreja para exorcizá-lo e, ao que tudo indica, aquele ser nunca mais deu as caras. É como brincamos em nosso meio: se um demônio escapar, você nunca mais o encontrará, exceto que ele queira.

Ri, porém senti receio por talvez nunca encarar Ben-Abaddon. Receio que, posteriormente, se mostrou completamente infundado.

Falta um

> E estava na sinagoga um homem que tinha o espírito de um demônio imundo, e exclamou em alta voz, dizendo: Ah! que temos nós contigo, Jesus Nazareno? Vieste a destruir-nos? Bem sei quem és: O Santo de Deus.
>
> Lucas 4:33-34

O telefone tocou na alta madrugada e interrompeu um sonho estranho, no qual meu pai gritava: "Não vá, Lucas! Não vá!".

– Lucas?

– Padre Pedro? Que horas são?

– Não importa a hora. Estamos atrasados em nosso trabalho. Seu treinamento prático como ajudante em campo precisa começar.

– Sim, concordo, mas...

– Ótimo. Venha imediatamente para a minha casa.

– Agora?

– Lucas, o mal não tira férias. Espero você em meia hora.

Não me sentia preparado. Havia ainda muita teoria a ser aprendida, mas não poderia deixar de atender ao pedido de meu tutor, por isso, separei uma maleta preta semelhante às usadas por médicos, com itens como crucifixos, vidros de água benta, terços, escapulários, uma Bíblia e um exemplar atualizado do *Rito Romano*.

Tive de acordar um vizinho frequentador da paróquia para que ele me levasse à casa de Pedro de carro. Obviamente, não revelei a ele o verdadeiro motivo, mas disse se tratar de doença na família e necessidade inadiável de extrema-unção.

Em quarenta minutos, estava batendo à porta de Pedro Biaggio que tornou tudo mais sinistro ao receber-me segurando um candelabro.

– Desculpe-me pelo atraso.

– Prefiro pontualidade no lugar de desculpas. Entre, temos muito trabalho, venha.

Descemos por uma longa escadaria que levava a uma antessala vazia com apenas uma pesada porta de madeira que ostentava um crucifixo.

Vesti minha estola litúrgica. Pedro me chamou para perto e fez sinal para que eu me ajoelhasse.

– Lucas, eu lhe absolvo de todos os seus pecados em nome de Jesus Cristo. Amém.

– Amém.

Fiz o mesmo com ele. Em seguida, gritos terríveis partiram de trás da porta. Para mim, havia pelo menos dez pessoas de diversas idades e timbres gritando em uníssono. A porta começou a tremer.

– Padre Lucas Vidal, o que você vai ver atrás desta porta irá mudar sua vida para sempre. Tem certeza de que quer continuar?

Olhei para baixo e fiquei em silêncio. Pedro pareceu triste, mas esboçou compreensão e colocou uma mão em meu ombro.

– Não se preocupe. É normal fraquejar. Já vi isso ocorrer com muitos padres. Pode ir embora, então. Chamarei outro para me auxiliar.

Ergui a cabeça e apertei forte a mão de meu tutor.

– Não estou com medo, padre Pedro. O senhor não imagina o que já vi e pelo que já passei. Espero por isso há muito tempo. Estava apenas refletindo se deveria estar tão empolgado com tudo.

Minha resposta surpreendeu Pedro, que girou a grande chave de ferro que trancava a porta.

– Lembre-se, Lucas, você vai encarar o diabo. Ele tentará lhe enganar e confundir. Recorde-se de cada uma das lições, das leituras que fez antes de me conhecer e, principalmente, lembre-se de Deus.

Assenti com a cabeça, ansioso pelo que veria atrás da porta.

Assim que entramos no quarto, notei uma bela garota na faixa dos vinte anos em uma longa camisola branca amarrada a uma cadeira. Seu rosto era alvo, límpido e inocente.

– Olá, Rosalina, tudo bem?

A menina me olhava com desespero, como se estivesse diante de um maníaco torturador.

– Rosalina é moradora do bairro. – sussurrou padre Pedro. – Há pouco tempo, ela vem apresentando sinais de possessão. Nosso amigo, padre José, atestou diversos fenômenos telecinéticos e antes que você pergunte se não se trata apenas de um caso de poderes paranormais, antecipo que o demônio já se manifestou e escreveu blasfêmias em aramaico com sangue tirado do cão de estimação da família.

— Tales, coitado! — lamentou Rosalina. — Não fui eu, juro! Alguém matou o Tales e escreveu aquelas coisas na parede.

Um pequeno gaveteiro ao lado da cadeira começou a tremer. "Telecinesia", pensei.

— Rosalina, fique relaxada. — pediu Pedro. — Deixe o espírito imundo se manifestar.

— Que espírito? Soltem-me, por favor! — implorou a garota, fazendo com que o gaveteiro escorregasse para trás e tombasse.

Meu mentor apontou uma cruz de madeira para Rosalina e ordenou:

— Manifeste-se, demônio. Quem lhe ordena é um servo do Deus único.

Rosalina olhou para mim:

— Lucas, por favor, me solte. Ele está louco.

Peguei uma medalha de São Bento e encostei na testa de Rosalina, como manda o protocolo.

— Eu não lhe disse meu nome ainda, Rosalina. Ou devo chamá-lo de demônio? — perguntei.

— Não converse com ele, Lucas. Vamos, diga a oração no ouvido dela.

Curvei-me e sussurrei no ouvido da garota. A cada palavra, sua fisionomia se alterava e embrutecia. Alguns segundos depois, sua respiração tornou-se ofegante e sua pele se ressecou e rachou. Seus olhos se reviraram. A temperatura do quarto caiu bruscamente fazendo com que o ar quente se condensasse ao sair de nossa boca.

— Para! — gritou Rosalina possuída que, em seguida, baixou a cabeça, deixando seus louros cabelos sobre o rosto.

Risos graves, ásperos e guturais partiram de sua garganta. Ergueu o rosto e nos encarou. Assustado, dei alguns passos para trás. Aquilo era muito mais horrendo do que as fotos que eu havia visto. Nenhuma descrição ou imagem se compara com a realidade da transformação de uma filha de Deus em um demônio.

— Lucas, não fraqueje agora. Venha, ajude-me a segurá-la.

— Isso, venha, Lucas, seu fraco. — provocou o demônio em Rosalina.

Senti medo e desprezo. Não poderia cair na provocação da entidade. Apanhei a água benta e lancei sobre Rosalina que urrou. Corri para trás dela e a segurei, enquanto Pedro começava a orar em latim. Meu papel como ajudante era o de dar as respostas litúrgicas da oração e, em momentos de silêncio, orar o Pai Nosso.

— Ele está vindo. Quando meu mestre chegar a humanidade irá tremer. – gritava a possuída, com voz distorcida e assustadora.

Ignorávamos e seguíamos o roteiro. As orações, símbolos sagrados e a água benta causavam dor e sofrimento aparente ao demônio que tentava, a todo custo, minar nossa concentração.

— Lucas, me diga, eu lhe deixo com tesão? – gritou para mim. – Que tal dez minutos a sós com Rosalina? Eu a libero para você.

Em seguida, o rosto da criatura verteu-se novamente à bela Rosalina. A pureza de seu semblante de olhos brilhantes e lábios carnudos contrastou com a criatura manifestada segundos atrás.

— Padre Lucas, me beije, por favor. Só o seu carinho e o seu amor de homem podem me salvar. Venha, toque meu seios, eu imploro.

Percebi o temor de Pedro. Ele deve ter considerado, naquele momento, minha juventude e inexperiência como fraquezas. Aquela era a oportunidade para provar a ele, ao demônio e, principalmente a mim mesmo, que minha carne estava a serviço de uma missão sagrada.

Sem desviar meu olhar ou demostrar o mínimo abalo, repousei a mão sobre a cabeça de Rosalina e orei ainda mais alto. O demônio se enfureceu e retomou a forma castigada pelo exorcismo.

— Malditos! Morram, malditos! Vocês sofrerão mais do que as outras pessoas! Meu mestre não terá misericórdia contra os exorcistas!

Percebendo o desespero do ser, Pedro – seguindo o protocolo – fez a pergunta mais importante:

— Qual é o seu nome, criatura?

— Nunca! – gritou o ser.

— Jesus ordena: diga seu nome, criatura imunda!

— Não! Pare, Biaggio! – gritou o demônio, em desespero. – Eu não vim por você. Vim por Lucas, é ele quem devo desgraçar!

— Jesus Cristo, o filho único do Deus vivo, do alto da cruz, ordena: diga o seu nome, ser amaldiçoado! Diga agora o seu nome!

— Pare, Biaggio! Eu vim por Lucas. Dê-me Lucas! Eu só preciso levá-lo. Sou só um coronel! Vocês, Biaggio, morrerão por um general! Me deixaaaaaa...

Tudo no quarto balançava. Ouvi gritos femininos vindos de todas as partes. Choros de crianças, uivos, vidro quebrado. Alguém parecia bater à porta. Gritavam "Abram, é a polícia", em seguida, diziam "Corram, está pegando fogo na casa!" Eram artifícios para interrompermos o ritual que estava funcionando.

— Luuucaaas! — gritou a possuída, olhando para mim. — Levei seu pai e agora vou levar você. Vocês são fracos e sem fé!

— Mentira! — gritei, finalmente abalado.

— Quieto, Lucas. Ele está querendo nos confundir.

O demônio começou a rir.

— Jonas, olha a baleeeia! — gritou o demônio imitando as vozes que eu e minha irmã tínhamos na infância.

— Pare... — pedi, enfraquecido.

— Padre nojento. Seu pai está aqui comigo. Ele está lhe esperando no inferno!

— Diga seu nome, criatura! — gritou Pedro, percebendo que poderíamos perder aquela batalha. — Lucas, reze!

Fechei os ouvidos e caí de joelhos com os olhos em lágrimas. O demônio em Rosalina começou a rir. Pedro aproximou-se do rosto da garota e gritou:

— Diga quem é, ser das trevas! Agora!

Com uma força descomunal, Rosalina soltou o braço esquerdo do pano que a prendia na cadeira e agarrou o pescoço de Pedro.

— Eu já disse quem eu sou, maldito comedor de hóstia. Meu nome é...

Antes de completar a frase, ergueu Pedro no ar e lançou-o. O padre bateu a cabeça na parede, onde deixou uma mancha de sangue. Caiu esparramado no chão com os olhos abertos. Parecia não respirar.

— Vitória! — gritou a criatura. — Matei um dos Biaggio! Falta agora apenas um! Serei exaltado nos portões do inferno! Agora, é você, Lucas. Vamos terminar o que começamos na sua cidade nojenta anos atrás.

Eu assistia a tudo de olhos arregalados, tremendo. Rosalina soltou o outro braço e, em seguida, as pernas. Levantou-se e caminhou, lentamente, em minha direção. A cabeça pendia para a direita, como se o pescoço estivesse quebrado. Sorria.

— Lucas...

Pensei na minha infância e um grande arrependimento tomou conta de mim. Por que havia escolhido aquele caminho? O terror experimentado antes não fora suficiente? Morreria daquela maneira. O demônio me mataria e, em seguida, deixaria Rosalina. Os jornais noticiariam que uma garota esquizofrênica havia assassinado dois padres charlatães em falso ritual de exorcismo.

A comunidade diria que tentamos abusar da menina. Os exorcistas lamentariam a baixa em suas trincheiras e tomariam como lição nunca recrutar padres novatos. Eu não iria para o inferno, mas também não seria merecedor do céu. A vida eterna seria um tormento pela derrota na batalha mais esperada. Toda dedicação e sofrimento, todo estudo e abnegação jogados fora por causa dele.

– Lucas... – chamou novamente o demônio, enquanto se aproximava para o golpe final.

Senti, em meu bolso, a pequena torre de xadrez. Lembrei-me de Giuseppe, da minha mãe, de minha irmã. De como nosso pai nos criara com carinho e amor. Como nossa vida havia sido destruída por Ben-Abaddon.

– Termina hoje, Lucas. Todos os pesadelos, todo o terror e as visões acabarão agora. Minha influência constante e diária em sua vida desde a sua infância terá fim. Levante-se, comedor de hóstia.

Ben-Abaddon. Esse era o seu nome.

Tomado pela coragem de quem já perdeu tudo. Movido, não pelo ódio contra aquele espírito, mas pelo amor a meu pai, ao padre Pedro e a Rosalina, ergui-me com destreza. Ben-Abaddon percebeu e reagiu com espanto.

Respirei fundo e senti um manto sagrado, azulado e brilhante me envolver. Nada poderia me parar, ninguém seria capaz de me deter. Lucas Vidal havia sido tomado pelo Espírito Santo.

– O quê? – perguntou o demônio dando dois passos para trás. Ele também vira a luz em mim e ela o ofuscara.

Sem cruz, sem água benta, sem Bíblia, abri a mão espalmada em direção a Rosalina e bradei um trecho do Ritual Romano em latim:

Exorcizamus te, omnis immundus spiritus, omnis satanica potestas, omnis incursio infernalis adversarii, omnis legio, omnis congregatio et secta diabolica, in nomine et virtute Domini Nostri Jesu Christi![1]

Ben-Abaddon caiu sentado na cadeira, imóvel, enfraquecido.

---

[1] "Eu te expulso, espírito todo imundo, todo poder das trevas, todo ataque do inimigo infernal, toda legião, todo grupo e facção diabólica, em nome e virtude de Nosso Senhor Jesus Cristo".

– Você será exorcizado, porque eu lhe conheço. Eu sei quem você é!
– Não!
– Eu lhe exorcizo espírito sujo, deturpador, maldito.
– Pare...
– Eu lhe expulso espírito maléfico, em nome de Jesus Cristo!
– Eu imploro, chega...
– Abandona essa filha de Deus, em nome da Virgem Maria, porque sangue e água jorraram do coração do cordeiro, como fonte de misericórdia. Eu sei seu nome e lhe conheço, Ben-Abaddon, e em nome de Jesus Cristo eu ordeno: saia deste corpo agora!

Ben-Abaddon urrou de dor enquanto abandonava o corpo de Rosalina e precipitava-se no abismo de trevas. Os objetos pararam de tremer, a temperatura normalizou-se e, de repente, o mais adocicado odor de rosas desceu do teto como um presente dos céus.

Ele havia sido destruído definitivamente. Eu vencera o demônio que havia desgraçado minha vida, um demônio de alta estirpe, um coronel. Meu primeiro exorcismo só não havia sido um sucesso porque, no chão, padre Pedro Biaggio, meu ídolo e inspiração, estava morto.

Thomas Biaggio

> E, quando vinha chegando, o demônio o derrubou e convulsionou; porém, Jesus repreendeu o espírito imundo, e curou o menino, e o entregou a seu pai.
>
> Lucas 9:42

Estavam presentes no cemitério muitos padres, alguns jornalistas e diversos desconhecidos. Reconheci na multidão enlutada Giuseppe, padre José e Rosalina, acompanhada de sua família.

A versão oficial era a de que Pedro Biaggio tropeçara num degrau da longa escada e batera a cabeça. Apenas padre José, a família de Rosalina e o bispo sabiam a verdade, além de mim.

A mentira não me fez sentir menos culpado. A vitória sobre o demônio tampouco. Havia um sabor de derrota no fato de eu ter sobrevivido e Pedro – muito mais valioso do que eu na batalha espiritual – ter perecido.

– Uma cerimônia simples, como Pedro teria pedido. – comentou Giuseppe, cumprimentando-me.

– Achei que você fosse contra cerimônias e rituais.

– Por que seria contra? Pelo fato de ser ateu? Eu respeito e valorizo a fé dos outros. Sou um grande admirador do evangelho e da conduta de Cristo. – respondeu, para meu completo espanto.

Assim que o caixão baixou à cova, os visitantes deixaram flores e partiram. Antes de ir, Rosalina veio até mim:

– Obrigado, padre Lucas. O que o senhor fez por mim não tem preço.

– Não precisa agradecer, Rosalina. Esse é o meu ofício. – respondi, abalado pela presença da bela garota. Sua aparência me incomodava à medida que me lembrava Ben-Abaddon.

Em questão de minutos, o cemitério ficou vazio. Aproximei-me do túmulo de meu tutor e fiz uma oração à sua alma. A primeira de muitas que fiz e faço até hoje.

Quando pensei em partir, senti um toque em meu ombro:

– Você deve ser o padre Lucas Vidal, não?

Virei-me e vi um homem de quase sessenta anos, alto e magro. Seu olhar era firme e austero mas sua feição, no geral, transparecia uma benevolência paternalista.

– Sim, sou eu. O senhor quem seria?

– Meu nome é Thomas Biaggio, cheguei agora de Roma. Acabamos de enterrar meu irmão. – disse, estendendo a mão.

Cumprimentei-o sem jeito.

– Não vi o senhor no velório.

– Ah, sim. Acompanhei tudo de longe. Não sou sociável e posso afirmar que alguns membros da igreja não gostam muito de me ver. Você me acompanharia em um café?

Aceitei e o acompanhei a uma lanchonete próxima ao cemitério. Assim que nos acomodamos, Thomas Biaggio falou:

– Sei que meu irmão pereceu em um ritual de exorcismo e sei que você estava com ele.

– Sa-sabe?

– Sim, o padre José me contou algo por cima. Não se preocupe, não o culpo por nada. Meu irmão, como todo exorcista, sabia onde estava se metendo e imaginava qual seria seu fim.

Não sabia o que dizer, por isso permaneci em silêncio ouvindo o homem que acabara de conhecer.

– Meu irmão e eu estudamos exorcismo por décadas e apesar de seguirmos linhas diferentes, exterminamos centenas de demônios.

– Sim, eu sei. Seu irmão estava me treinando. Talvez ele tenha me colocado em campo cedo demais.

– Discordo. Nunca é cedo demais. O padre José me contou alguns detalhes, como o fato de que o demônio tinha uma questão pessoal com você.

– Sim. Ben-Abaddon levou meu pai ao suicídio.

– Você disse Ben-Abaddon?

– Exato, por qu...

– Rapaz, vocês sabiam que estavam enfrentando um coronel?

– Não sabíamos e, quando descobrimos, foi tarde demais. Seu irmão não notou que o exorcismo estava dando certo e que a entidade estava dando indícios de sua identidade. Ele continuou insistindo em descobrir o nome da criatura. Esse foi o problema. – comentei.

– Ben-Abaddon, ainda que só um coronel, era filho de Abaddon, um dos sete poderosos generais de Lúcifer. Como pode exorcizá-lo sozinho?

– Apesar do pouco tempo, seu irmão me treinou bem.

Os olhos de Thomas encheram-se de lágrimas.

– Você se vingou, vingou seu pai e cumpriu a missão de uma vida. Parabéns.

A resposta de Thomas mostrava uma das muitas grandes diferenças entre ele e Pedro. O falecido jamais me congratularia por uma vingança. Senti vontade de pedir a ele que continuasse meu treinamento, mas não tive coragem. Ele havia deixado claro que minha missão estava cumprida. Minha obrigação, naquele instante, era apenas dar um aviso:

– O demônio disse que havia um general dedicado a destruir você e seu irmão. É possível isso? Digo, será que já existem generais possuindo seres humanos? O padre Pedro comentou que mesmo coronéis eram raros.

– Esse é um dos pontos em que eu e meu irmão divergíamos. Ele não percebera que as hordas demoníacas avançavam em velocidade crescente. Para ele, os generais começariam a chegar somente no próximo século.

– E para o senhor?

– Para mim, a presença de generais é um fato. Eu mesmo já enfrentei pessoalmente um deles. São raros, mas já estão entre nós e já preparam o mundo para a chegada de Lúcifer.

– Sim, seu irmão me disse.

– Na verdade, está na Bíblia. É inevitável, mas nós podemos adiar e enfraquecer.

Ele havia dito "nós" e aquilo poderia ser um bom sinal.

Pedro e a cruz

> Respondeu-lhe Jesus: Não vos escolhi a vós os doze? E um de vós é um diabo.
>
> João 6:70

Numa noite, me vi caminhando por um túnel escuro, úmido e lamacento.

Passei a mão na parede de pedra e senti o limo. Ratos correram sobre meus pés no sentido contrário. Caminhei cambaleante até uma fraca tocha presa à parede. De repente, ouvi gritos.

Apressei meus passos, ainda que vacilantes, em direção à voz agonizante e percebi que batidas metálicas se intercalavam aos gritos. O que encontraria no fim daquele sinistro caminho que se assemelhava às conhecidas catacumbas do Vaticano?

As batidas continuaram e, com elas, aqueles berros terríveis.

De tempos em tempos, outras tochas apareciam nas paredes. Suas chamas não aqueciam e nem iluminavam. Os sons estavam próximos.

Metros de caminhada à frente, cheguei a uma grande câmara escura. Sabia que era circular e imensa. Não era possível enxergar o teto ou as paredes laterais devido à pesada escuridão. No centro dessa câmara, uma pequena fogueira iluminava algo que, daquela distância, era impossível distinguir.

Tive medo de ser visto, por isso caminhei abaixado o mais próximo possível da fogueira. O que vi aterrorizou minha alma.

Pedro Biaggio, meu falecido mentor, estava batendo pregos grossos e enferrujados nas mãos de uma pessoa nua presa a uma cruz. A simples visão de Pedro poderia me animar, afinal, saber que o padre estava vivo seria o maior dos presentes. Porém, não houve espaço para tal sensação, uma vez que Pedro estava diferente. Estava mudado.

Seus olhos eram profundos e negros, suas órbitas sangravam e, em sua boca, o mais monstruoso dos sorrisos. A cada martelada, Pedro ria de satisfação. A pessoa presa na cruz era eu. Não chorava, pelo contrário, também ria e minha risada era infantil como a de um bebê.

Quando me viram, pararam e, em uma única voz, disseram:

– Gostou, Lucas? É assim que o inferno é. Seu pai está aqui conosco e logo você também estará!

Despertei num sobressalto. Havia enterrado Pedro Biaggio há uma semana e, desde então, o mesmo pesadelo assombrava-me todas as noites. Percebi que, mesmo com a derrota de Ben-Abaddon, meu envolvimento na batalha espiritual ainda não havia terminado.

Linhas tortas

> Vós tendes por pai ao diabo, e quereis satisfazer os desejos de vosso pai. Ele foi homicida desde o princípio, e não se firmou na verdade, porque não há verdade nele. Quando ele profere mentira, fala do que lhe é próprio, porque é mentiroso, e pai da mentira.
>
> João 8:4

Na manhã seguinte, após a sétima repetição consecutiva do pesadelo, liguei para padre José. Precisava saber se o misterioso padre Thomas Biaggio já havia retornado a Roma. Meu amigo foi enfático ao afirmar que mesmo sem ter tarefa ou designação especial, Thomas Biaggio permanecia no Brasil, em uma casa que ele mantinha há anos, mesmo a distância. Lembrei-me da tal casa citada por Pedro, onde a filha adotiva de Thomas residia.

Anotei o endereço e, sem avisar previamente, fui visitar o padre Thomas. A casa era antiga, maior que a de Pedro e muito mais bonita. Na entrada, um caminho de pedras rústicas cortava um belo jardim de arbustos, levando a três degraus e uma porta. Dei três batidas e aguardei.

– Lucas, entre. – convidou.

Não aparentava absolutamente nenhum espanto por minha inesperada visita.

A parte interna da casa surpreendia mais do que a entrada. Era toda decorada com móveis coloniais, com grandes estantes repletas de livros e belos quadros nas paredes.

– Padre Thomas, desculpe chegar assim, sem avisar. É que eu...

– Aguardo sua vinda há dias, Lucas. Todos os dias, orava para que minha intuição estivesse correta.

– O senhor sabia que eu viria procurá-lo?

– Não sabia. Sentia, queria e tinha fé. Não ousaria, jamais, chamá-lo, porque a justiça divina permitiu que sua missão se cumprisse. Você tem todo o direito ao descanso e a uma vida tranquila em sua paróquia, sem desgastantes e mortais exorcismos.

— Padre, eu queria muito sentir a realização da missão cumprida. O demônio que atormentou meu pai e acabou com minha família foi destruído. Ainda assim, meu coração pede que eu volte para a trincheira. Não tive nenhuma noite tranquila desde a morte de seu irmão.

— Filho, você me daria a honra de continuar seu treinamento?

Meu coração se encheu de alegria. Como um trem descarrilhado que, repentinamente, retorna aos trilhos. Contudo, antes, precisava desabafar com meu novo mentor.

— Padre, durante o exorcismo, eu fraquejei ante as blasfêmias do demônio. Quase pus tudo a perder.

— Lucas, um exorcista passa por problemas, incertezas e dúvidas como todo ser humano. Ainda assim, diante do demônio, durante um exorcismo, a fé tem de estar na frente como um escudo invisível.

— Entendo. Confesso que temi que o senhor não me aceitasse como aprendiz. Vim aqui disposto a ser rejeitado, mas não poderia deixar de pedir.

— Muito pelo contrário, Lucas. Em seu primeiro exorcismo você enfrentou um coronel e o derrotou. Havia uma forte questão familiar envolvida que poderia prejudicá-lo, mas, ainda assim, você saiu vitorioso. Não se preocupe mais com aquele dia, apenas tenha em mente que seu potencial foi mostrado ao demônio e que, ao prosseguir com os exorcismos, você se tornará um alvo, como eu e, infelizmente, meu irmão. Está mesmo disposto?

— Sim. Com todas as minhas forças, quero prosseguir na batalha.

— Excelente. Agora, precisamos...

— Só mais uma dúvida, padre Thomas...

— Claro. O que é?

— As visões e pesadelos continuarão?

— Não posso afirmar, mas sinto que elas piorarão muito, como ocorre com todos os soldados que ousam enfrentar Lúcifer. Seu treinamento será longo e constante, Lucas. Meus métodos são um pouco diferentes dos de meu irmão, mas igualmente eficazes. Você aprenderá tudo o que sei, o que não significa muito. Estamos em um campo no qual a vivência e prática são mais importantes.

— Com certeza.

— Deixe-me perguntar, Lucas: um padre está com roupas civis, mas traz consigo uma estola abençoada pelo papa. O outro está completamente

paramentado e armado de uma cruz usada com eficácia em mais de cem exorcismos. Qual deles terá mais sucesso na batalha contra um demônio?
Pensei por alguns instantes e então respondi:
– Aquele que tiver mais fé?
– Exatamente, Lucas. Exatamente. Vejo que meu irmão escolheu o melhor dos sucessores.
– Muito obrigado, padre Thomas. Estudei por toda uma vida, mas os ensinamentos mais úteis só aprendi nos últimos dias, com o seu irmão.
– Imagino. Também suspeito que, entre seus livros de estudo, não há nenhum exemplar como esse, correto? – disse-me, entregando um livro negro com aproximadamente trezentas páginas, cuja capa mostrava em letras douradas:
"O Breviário do Padre Bórgio Staverve sobre Exorcismos"
Peguei a obra e apertei os olhos, para tentar lembrar se já havia lido alguma referência a respeito.
– Não se preocupe. – disse Thomas. – Quase ninguém ouviu falar dessa obra. Não restam muitas edições e as poucas existentes são valiosíssimas. Não se preocupe em ler as orações, elas são comuns e encontradas em outros livros. Atente-se para as narrações e explicações do padre Bórgio Staverve. Nem tudo é válido, mas muita informação é importante.
– Esse padre é famoso? É conhecido entre os exorcistas? – questionei.
– Bórgio Staverve ainda vive, mas não pode mais ser considerado um padre. Ele viu e se envolveu com coisas inacreditáveis e isso o cegou e o enlouqueceu. Muitos o julgam, mas para mim ele é um dos homens mais inteligentes do mundo. É um velho amigo que sei que jamais poderei encontrar novamente.
Folheei o livro com empolgação. Além de textos, a obra apresentava diagramas e figuras que eu nunca havia visto em nenhum outro lugar. Em uma página, li um pequeno parágrafo que dizia:
"Mais vale ao diabo desviar um homem de fé que carregar a alma de mil ímpios". Esse seria, a partir de então, meu livro de cabeceira.
Alguns minutos depois, uma garota jovem, de aproximadamente 22 anos, entrou na sala e nos serviu café. No momento em que ela virava o bule e enchia minha xícara, vi nas costas de sua mão uma grande cicatriz arredondada, semelhante às chagas de Jesus que se manifestavam nos

santos e mártires. Sem nada de especial, a simpática moça deixou a bandeja na mesa de centro e, pedindo licença, ausentou-se.

– Quem é ela? – perguntei.

– Seu nome é Maria Lúcia, mas logo será somente irmã Lúcia. Considero-a como minha filha adotiva. Cuido dela desde muito pequena.

– Ela é uma exorcista também?

Padre Thomas riu.

– Não exatamente, Lucas. Ela é uma vítima. Posso dizer que ela fez parte de um dos piores casos de possessão que já enfrentei. Enquanto tomamos café, lhe contarei a história.

Lúcia e o inimigo

> A multidão respondeu, e disse: Tens demônio; quem procura matar-te?
>
> João 7:20

Com paciência e em detalhes, padre Thomas Biaggio contou-me a história de Lúcia.

"Há quase duas décadas, fui chamado por uma mulher que desconfiava que seu marido estivesse possuído. Na época, meu irmão e eu ainda trabalhávamos juntos nos exorcismos. Seguíamos métodos científicos e acreditávamos já ter testemunhado o que de pior os demônios tinham a oferecer. Terrível engano.

Chegando na casa, encontramos uma família bonita e cristã formada pelo casal e uma pequena menina. Conversamos com todos e, por meio de longas entrevistas, detectamos que havia realmente uma leve perturbação na harmonia daquele lar. Nada de especial, mas não podíamos, de maneira alguma, ignorar o pedido de ajuda.

Segundo relatos da esposa, seu marido já havia falado em línguas desconhecidas e, certa madrugada, uma chuva de pedras atingira a casa. Ela também nos contou que durante o sono, o homem já havia rugido como um leão e uivado como um lobo. Tudo aquilo era muito circunstancial e não trazia ainda prova concreta que justificasse um pedido de exorcismo ao bispo. Meu irmão Pedro, dada a tranquilidade do caso, viajou para Roma e esse foi o estopim para o início das manifestações.

Como se aguardasse a oportunidade para nos pegar separadamente, o demônio manifestou-se com grande força durante uma noite tempestuosa. Fui chamado às pressas por vizinhos e encontrei uma cena dantesca assim que arrombei a porta e invadi a casa. A pequena Lúcia estava jogada no chão desacordada, com marcas roxas no pescoço. Aos prantos, a mãe segurava a porta do banheiro impedindo que alguém ou alguma coisa escapasse.

– Socorro, padre! Me ajuda! – implorou a mãe, agarrando a maçaneta com toda a força.

– O que houve, minha filha?
– Ele está louco, padre. Começou a rir de repente e tentou enforcar a Lúcia.

Preocupado, corri até a criança que quase não apresentava pulsação. Pensei em tirá-la de lá, mas os gritos vindos do banheiro me impediram:

– Quem está aí? É o padre? – perguntou o homem dentro do banheiro.

Não respondi. Deitei a pequena Lúcia em um sofá e ajudei a segurar a maçaneta.

– Abram! Deixem-me sair!
– São Miguel Arcanjo, que sua espada seja minha arma na batalha que está para começar. – pedi com muita fé.

O homem puxou a porta com grande força, mas não conseguiu abrir. Sua mulher caiu para trás.

– Abra, padre! – gritou novamente.
– Diga seu nome, demônio! É o filho de Deus quem ordena!
– Padre, é o senhor mesmo que está aí? Abra, preciso ver como está Lúcia!
– Você não me engana, servo de satanás! Deite-se agora e eu abrirei a porta.

O homem não me obedecia. Tentava a todo custo sair do banheiro.

– Rápido, pegue minha maleta. – pedi à mãe da menina que, rapidamente, trouxe a pequena valise preta. – Abra a mala.

Enquanto a mulher seguia minhas ordens, o homem insistia:

– Deixe-me sair, Biaggio!
– Calma, você já vai sair. – com a mala aberta no chão, pedi que a mulher pegasse minha cruz de prata.
– Padre, deixe-me sair do banheiro, por favor, você não entende! – urrou o pai de Lúcia, puxando a porta com enorme violência.
– Você é que não entende. – gritei. – Vamos, dê-me a cruz!

A mulher hesitava e o homem seguia nos apelos:

– Não estou possuído, padre. É minha mulher. O demônio está nela!

Olhei para a mãe; ela negou com a cabeça. Nesse instante, Lúcia despertou tossindo no sofá. Ao ver a situação, pediu:

– Padre, por favor, solta meu pai. Ele não deixou a mamãe me enforcar.

— O quê? — perguntei tarde demais. A mulher abriu um enorme sorriso e arregalou os olhos. Com um murro em meu peito, lançou-me pelo corredor.

O pai saiu do banheiro e jogou-se sobre sua esposa que, com apenas uma mão em seu pescoço, o ergueu no ar. Arrastei-me em direção à maleta, mas com um olhar, a criatura moveu-a para longe, na parede oposta.

— Sempre estive com essa mulher, Biaggio, você não percebeu?

Tirei do bolso uma pequena cruz de madeira e, ainda deitado no chão, ordenei:

— Imundo, você é pálido diante da glória do Pai! Implore clemência, é o Senhor quem o comanda!

O demônio ignorou completamente minha ordem, como se as palavras fossem vãs. Estranhei. Nunca havia enfrentado uma possessão tão ostensiva, cujo demônio usasse de violência física para matar e, principalmente, fosse imune a um comando de fé.

— Quem é você, ser das trevas? Diga, em nome de Jesus!

Minha nova ordem apenas irritou aquela criatura que lançou o pai para dentro do banheiro. Na queda, o homem bateu a cabeça no vaso sanitário e morreu instantaneamente. Pensei em meu irmão e senti medo pela primeira vez em um exorcismo. A entidade aproximou-se de mim. A manifestação maligna dentro da mulher já a havia mudado fisicamente. Suas órbitas oculares afundaram dentro do crânio deixando vazios negros de onde filetes de sangue escorriam. Sua gengiva estava branca e os dentes mais proeminentes, quase animalescos, saltavam dos lábios roxos como presas de um lobo. A pele enchera-se de veias e vasos negros e estava escamosa. Sua força espiritual era tamanha que sua verdadeira forma parecia estar se exteriorizando no corpo frágil da mãe de Lúcia.

— Você quer saber meu nome? — disse, vindo em minha direção. — Acha que com isso poderá me tirar da Terra? Sabe quem sou eu, padre Thomas Biaggio?

Sem me tocar, o demônio me ergueu e manteve meu corpo preso à parede. Então, com o rosto bem próximo ao meu, o que permitiu que eu sentisse a podridão fétida das latrinas e fossos infernais, o ser sussurrou com voz quadruplicada, apavorante e zombeteira, que trazia timbres graves como vindos de tenores e agudos infantis:

— Sou aquele presente nos abortos, estupros e linchamentos. Sou aquele que se alimenta de blasfêmias, dor e desespero. Sou aquele que mostra a arma para a criança, que distrai a zelosa mãe, que seduz o enfraquecido pai. Aquele que se deleita com as doenças incuráveis, que provoca pesadelos, que oferece mais uma dose de bebida ao viciado. Sou quem inflama as multidões às piores violências, quem prega a injustiça, o egoísmo, a ganância, a corrupção. Habito as trevas exteriores, onde há choro e ranger de dentes. Sou eu o último passo em direção ao precipício. Sou seu lado obscuro, a piscadela de Deus, a falha na criação, o erro do divino...

As luzes falharam e um coral com milhares de vozes agonizantes ecoou pela casa quando a criatura bradou:

— Eu sou Alus Mabus!

Já havia ouvido falar desse demônio em crônicas da Idade Média, porém, para mim, tais histórias não passavam de lendas. De acordo com meu raciocínio, enquadrei Alus Mabus como o primeiro demônio general a caminhar sobre o planeta.

— Eu... expulso... você. — balbuciei, com o resto de minhas forças. — Saia do corpo dessa mulher, Alus Mabus!

A criatura riu e me deixou cair no chão, tirando a força sobrenatural que exercia sobre mim.

— Thomas, você quer que eu saia desta mulher? Está bem. — disse para, em seguida, desmaiar.

Quando despertou, não tive dúvidas, a mulher estava liberta. Não havia repúdio a objetos sacros ou qualquer tipo de fenômeno estranho. Levei-a para uma igreja, ela comungou e chegou até a beber água benta.

Decidi estudar melhor o tal general que havia enfrentado e me afastei da família por semanas. A perda do marido e pai de maneira sobrenatural havia sido impactante. A mulher alegou a todo momento que não estava possuída ao me chamar para visitá-la da primeira vez.

— Meu marido estava possuído, eu juro — dizia ela.

Eu, por minha vez, argumentava que o diabo a fazia crer que o marido era a vítima, mas, na verdade, o espírito maligno estivera com ela o tempo todo.

Certa tarde, em visita à família, tentei descobrir se ela ou o marido haviam feito algo que pudesse invocar ou atrair tal criatura. Ela negou e eu, então, pedi para visitar todos os cômodos da casa e abençoá-los. Com a permissão concedida, orei na sala, no quarto da mulher, no banheiro e na cozinha. Ao chegar no quarto da pequena Lúcia, admirei-me com a decoração em rosa e lilás nas paredes, com os ursos de pelúcia e bonecas. Acenei para a menina que brincava alegremente de chá da tarde com uma amiguinha da mesma idade. Retornei à cozinha e pedi para a mãe:

– Vamos esperar Lúcia terminar de brincar e, assim que a menininha for embora, abençoo o quarto, está bem?

A mulher ficou pálida.

– Padre, a Lúcia não tem quarto. A porta no corredor dá para um cômodo trancado que nunca entramos desde que chegamos aqui.

– Mas, acabei de vê-la lá com uma amiga e...

– A Lúcia não tem amigas nessa cidade. – afirmou, enquanto partia em direção ao corredor. Eu a acompanhei. A porta do tal cômodo estava aberta, porém seu interior era muito diferente do que eu havia visto minutos atrás. As paredes e o teto estavam pintadas de preto e vermelho ostentando símbolos e frases obscenas. Não havia janela, ursos de pelúcia ou bonecas, apenas blasfêmias e imundícies.

Também não havia amiguinha. Apenas Lúcia sentada no centro da sala. Ao nos ver, perguntou:

– Voltou para brincar, padre?

Então, em gargalhadas e ganidos, Lúcia abriu os braços e começou a flutuar com a cabeça caída e os olhos brancos. Em seguida, virou de cabeça para baixo e passou a gemer:

– Vem, Thomas, vem. Estou esperando para sentir você em mim.

A mulher começou a chorar. Corri e agarrei Lúcia antes que despencasse de cabeça. A partir de então, iniciou-se o pior e mais difícil exorcismo que já realizei. Foram incansáveis sessões nas quais minha fé foi testada e fui levado ao limite de minhas crenças. Cheguei a alugar a casa ao lado para dar assistência imediata à menina. Foram seis meses de rituais sem resultado. Perdi nove quilos.

Alus Mabus zombava de mim. Dizia que podia migrar para o corpo que quisesse, que conhecer seu nome não bastava para lhe expulsar e que sua missão era exclusivamente acabar comigo e com meu irmão. O demônio também afirmava haver destruído centenas de exorcistas em nome de seu mestre, Lúcifer.

Os poderes daquele ser eram inimagináveis e estava claro que se o mantínhamos preso, era porque ele permitia na intenção de exaurir nossas forças. O demônio passava tanto tempo manifestado em Lúcia que eu já não sabia se ela sobreviveria no final do processo. Meu irmão havia desaparecido em alguma missão e o bispo e a Igreja desconheciam os detalhes do caso.

Eu estava só e não vislumbrava nenhuma saída. No *Breviário do Padre Bórgio Staverve sobre exorcismos*, eu havia lido a respeito de uma antiga prática, condenada por todas as religiões, conhecida como Ritual da Cruz. Era um rito que consistia na crucificação real do possuído executada por um sacerdote de muita fé. Segundo detalhes, a força de vontade e amor a Deus por parte do possuído também eram essenciais para o sucesso do ritual.

Sem perspectivas, comprei uma pesada cruz feita de pedaços de madeira de uma antiga catedral grega frequentada pelos primeiros cristãos. A valiosa peça veio acompanhada por dois grossos pregos usados no passado para crucificar mártires na África e no Oriente. Todo o conjunto custou uma pequena fortuna, porque era de conhecimento geral que os três últimos papas o haviam abençoado pessoalmente.

No dia em que recebi a encomenda, Alus Mabus abalou-se. Tenho certeza disso, porque, naquela madrugada, percebi uma movimentação incomum na casa de Lúcia e resolvi verificar a situação. Lá, encontrei a menina amarrada à mesa da cozinha. O demônio havia passado para sua mãe e estava prestes a matá-la com um punhal. Consegui lutar com a criatura e soltar a menina. Quando passava pela porta com a debilitada Lúcia em meus braços, o demônio disse:

– Biaggio, veja só o que sua insistência em não morrer fez com esta pobre mulher!

Em seguida, a criatura apunhalou-se no ventre, assassinando a mãe de Lúcia. Tive sangue frio e continuei correndo em direção à minha casa. No porão, amarrei a garota à cruz e pude ver, em seu semblante, o momento em que Alus Mabus deixara sua mãe e migrara para o corpo da menina.

– Isso não vai adiantar, padre. Nem você e muito menos essa cadelinha têm força para me destruir.

Eu não podia fraquejar naquele momento. O ritual abolido, proibido e condenado era a única salvação de Lúcia e minha principal arma contra o Reino do Inferno que chegava lentamente. Pedi forças a Jesus e cometi o brutal ato que jamais imaginei ter coragem de fazer. Com uma pesada marreta bati aquele prego grosso na palma da mão esquerda de Lúcia. Chorei a cada martelada, mas tenho certeza de que Alus Mabus lamentou infinitamente mais. Era inadmissível a um servo de Satã sofrer o martírio de Nosso Senhor. Foi penoso para mim, doloroso para Lúcia, porém insuportável para a criatura que, prometendo vingança, abandonou definitivamente o corpo da menina."

O padre Thomas Biaggio concluiu sua história com os olhos lacrimosos.

– Foi uma batalha desesperadora, mas o senhor saiu vitorioso. – comentei.

– Assim que tive certeza de ter destruído aquele ser, informei à rede de exorcismos e meus superiores da Igreja sobre o ocorrido. Ninguém jamais acreditou em mim e, por isso, fui punido. Você deve ter notado que até hoje sou meio que renegado por meus iguais. Por pouco não fui excomungado. Advogados da época tentaram colocar Lúcia e alguns de seus familiares contra mim, mas não conseguiram.

Nesse instante, como se soubesse que falávamos dela, Lúcia retornou à sala:

– Padre Lucas, o padre Thomas é um santo. Ele me salvou e eu devo minha vida a ele – afirmou com fé e fervor inquestionáveis.

– Mas, por que Alus Mabus não possuiu o senhor e se matou, como fez com a mãe de Lúcia? O objetivo dele não era destruir o senhor e o padre Pedro?

– É um mistério para mim. Tenho teorias e...

– Ele queria fazer isso. – interrompeu Lúcia. – Alguns segundos mais e ele apelaria para essa solução. Dividi minha mente com aquele demônio por meses e senti suas intenções. Ele estava vencendo por meio da desesperança, do sofrimento, da dor e do medo. Isso o alimentava. Quando se viu em meio ao Ritual da Cruz, até chegou a pensar em pegar o corpo do padre Thomas, mas as chagas de Cristo lhe queimaram antes.

– Você se lembra de tudo? – perguntei à bela moça.

– De cada detalhe.

– Você quer ver uma fotografia de Alus Mabus, Lucas? – perguntou-me Biaggio.

– Fotografia? Como assim?

– Nos meses de exorcismo, eu e a mãe de Lúcia a fotografamos algumas vezes, na intenção de documentar o ritual. Em uma das fotos dá para vê-lo.

– É mesmo? O senhor a tem aí?

Thomas Biaggio riu do meu interesse.

– Deve estar em algum lugar por aqui, mas não se empolgue, não é nenhuma evidência incontestável capaz de calar ateus e mudar o mundo. É apenas uma sombra apavorante envolvendo uma garotinha abatida em sua cama.

Sorri. Meu novo mentor bocejou, parecia cansado.

– Bom, vou embora. Padre Thomas, obrigado por me aceitar como discípulo, mesmo depois do que ocorreu com seu irmão.

– O maior agradecimento, para mim, será sua dedicação. O *Rito Romano* e o *Breviário* que lhe dei devem ser seus livros de estudo a partir de hoje. Amanhã, começaremos as aulas práticas.

Agradeci e fui embora, empolgado com a chance de seguir em meu aprendizado e honrar, dessa maneira, o falecido Pedro Biaggio.

Breviário do Padre Bórgio Staverve sobre Exorcismos

✝ Tomo IV ✝

É essencial que eu apresente, nos próximos capítulos, os principais demônios que já encontrei em minhas muitas caminhadas pela Terra. Após a lista, o leitor poderá saber em detalhes sobre cada um deles:

Agares, Aligos, Alloces, Alus Mabus, Amdusias, Amon, Amy, Anablian, Andras, Andrealphus, Andromalius, Anticristo, Asmodeus, Astaroth, Aym, Azazel, Baal, Baalberith, Balam, Baphomet, Barbatos, Bathin, Behemoth, Beleth, Belial, Belphegor, Belzebu, Berith, Bifrons, Botis, Buer, Bune, Camio, Cimejes, Crocell, Dagon, Dantalion, Decarabia, Focalor, Foras, Forneus, Furcas, Furtur, Gaap, Glasya-Labolas, Gremory, Gusion, Hagenti, Halphas, Haures, Iblis, Ifrit, Imp, Íncubo, Ipos, Lâmia, Leraie, Leviatã, Lilith, Lúcifer, Malphas, Mamon, Mara, Marax, Marbas, Marchosias, Mefistófeles, Moloch, Murmur, Naamah, Naberius, Orias, Orobas, Ose, Paimon, Pazuzu, Phenex, Pierson, Raum, Ronove, Sabnock, Saleos, Samael, Samigina, Satanás, Seere, Shax, Sitri, Stolas, Súcubo, Ukobach, Valac, Valefor, Vapula, Vassago, Vepar, Vine, Vual, Xaphan, Yan-gant-y-tan, Zagan e Zepar.

Alguns deles são de primeira estirpe, ou seja, generais, duques, arquiduques e príncipes. Outros são majores e prefeitos de regiões infernais. Apresentarei, a seguir, informações essenciais no combate de cada um, além de detalhes que auxiliam na detecção desses seres. Cabe, porém, ao leitor, investigar por conta própria a vasta literatura sobre cada demônio listado acima.

Por meio de entrevistas e conversas informais com idólatras, adoradores e membros de cultos e seitas destinadas a cada um desses seres pelo mundo, obtive dados importantes, descrições físicas e, em alguns casos, fórmulas profanas que protegem contra seus ataques. Não recomendo a um padre católico o uso de tais artifícios que, para mim, equivalem a aceitar tais religiões.

Chamado familiar

> Disse: O filho do diabo, cheio de todo o engano e de toda a malícia, inimigo de toda a justiça, não cessarás de perturbar os retos caminhos do Senhor?
>
> Atos 13:10

Nas semanas seguintes, entendi a grande diferença entre o método de ensino de Thomas Biaggio e seu falecido irmão Pedro. Meu novo professor, temendo alguma nova tragédia, privilegiava a velocidade e a prática. Quase não tive tempo de atualizar minhas anotações. Alternava meus dias em profundos mergulhos em livros e exorcismos reais de diversos portes.

Aprendi, nesses dias, que minha lança, escudo e armadura eram frutos exclusivos da fé. Entendi que não adiantava enfrentar o demônio apenas falando sobre Deus. O diabo se afastava ao ver Deus em mim. Esse era meu poder maior.

Absorvi praticamente toda a minha biblioteca, decorei os livros dados por Thomas e passei a traduzir volumes raros em idiomas antigos. Dormia e comia apenas o mínimo necessário como um soldado treinado para a pior das guerras. Mortificava meu corpo e fortalecia meu espírito com muita meditação e oração.

Por meio dos contatos do padre Thomas Biaggio, recebíamos dezenas de solicitações de exorcismos vindos de todos os lugares do país. Viajávamos para os mais próximos e não privilegiávamos os casos autorizados pela Igreja, mas aqueles mais graves.

Realizei alguns exorcismos acompanhado de meu tutor, mas também cumpri muitos trabalhos sozinho. Visitei famílias inteiras de possessos; me vi cercado – em uma madrugada – por quatro demônios assustadores; fui convocado por mandatários de templos de outras religiões a ajudá-los em casos mais graves, enfim, passei por semanas atribuladas, porém gratificantes.

Percebi que os ataques diabólicos restringiam-se a quatro frentes: o medo, a negociação, a sedução e a pena. Encontrei possuídos que apelavam para todas as combinações possíveis desses quatro pilares e, para vencê-los, aprendi muito sobre psicologia.

Os ataques pela via do medo se davam por ameaças, sons e imagens horríveis, gritos, tortura e sangue. Para vencer, bastava ter fé. Os ataques pela via da negociação baseavam-se nos pactos, ou seja, a entidade vislumbrava uma necessidade qualquer do exorcista e oferecia a solução daquela condição em troca de algo. A verdadeira defesa contra esses ataques era o desprendimento total, o desapego à realidade mundana no momento do exorcismo.

A sedução se dava quando o demônio percebia algo material que tocasse o exorcista a ponto de desviá-lo de sua missão. Poderia ser sexo, dinheiro, posses e poder. Apenas o amor a Deus e a total aceitação da missão protegia o exorcista desse ataque. Por último, as armas da pena tentavam tocar o coração do exorcista por uma falsa compaixão pelo demônio e pela pessoa possuída. Assim, enfraquecido, não haveria fé suficiente para expulsar o ser. Os trabalhadores mais esclarecidos e estudiosos da realidade espiritual eram os únicos imunes a esse tipo de apelação.

– Resumindo, anule seu ego e você derrotará qualquer entidade. – dizia Thomas Biaggio

A prática do trabalho desenvolveu em definitivo minha dupla visão. Quando Deus permitia – e afirmo que essa condição fugia de meu controle – era possível enxergar além do mundo material. Passei a ver pessoas sendo acompanhadas por seres espirituais malignos o tempo todo. Muitas não conseguiam ver esses seres, outras, porém, conviviam com eles como se fossem conhecidos. Pareciam não ter consciência de que aquele senhor idoso no ponto de ônibus ou a senhora obesa na fila do mercado não existiam materialmente e só eram vistas por elas. Eram inúmeras as pessoas sob influência demoníaca que ignoravam completamente tal fato. Essa grande parcela da população vivia por meio dos conselhos nefastos das entidades que se dedicavam a minar a fé, a esperança, a força de vontade e a saúde de suas vítimas. Chegavam ao ponto de vampirizá-las, afastando-as da disciplina, da vigília e de Deus.

Encontrei pessoas completamente subjugadas por seres infernais que viviam como marionetes espalhando a desgraça e rendendo-se aos maus conselhos. Assassinos que se diziam induzidos por vozes, homens que atuavam com preconceito e discriminação crendo falsamente estarem agindo em nome do Senhor, mas que apenas cumpriam as regras de Lúcifer. Cheguei a desmascarar falsos exorcistas e religiosos que promoviam curas enganosas em parceria com os próprios demônios que infligiam as tais doenças e tribulações nas vítimas. Foram dias sufocantes e, paradoxalmente, libertadores, nos quais – além de atendermos a chamados de vítimas de possessão – também investigávamos por nós mesmos casos intrigantes.

Curiosamente, os exorcismos daqueles dias, mesmo os mais simples, apresentavam pontos em comum que instigavam Thomas Biaggio. Em meio às costumeiras ameaças feitas pelas criaturas, havia sempre a frase:

– O Reino de Lúcifer está chegando. Os generais estão entre nós.

Nas breves palestras e encontros públicos que ministrávamos em seminários e cursos, evitávamos comentar a respeito desse aviso apocalíptico. Priorizávamos a parte romanceada de nosso ofício e a necessidade de disciplina e fé. As plateias não eram muito extensas, mas participavam ativamente das apresentações, faziam questionamentos pertinentes e – invariavelmente – traziam relatos pessoais de possessão muito interessantes.

Foi ao fim de uma dessas palestras que reencontrei meu cunhado Roberto, marido de Paula, minha irmã. Enquanto os visitantes deixavam a sala de apresentações ou iam até Thomas para conversas mais específicas e eu desmontava e guardava os materiais utilizados, ele chegou até mim calorosamente:

– Lucas, como vai? Você está ótimo!

– Roberto, o que faz aqui na cidade grande? Negócios?

– Quem me dera, meu cunhado. Podemos bater um papo rápido?

– Claro, mas está tudo bem? – perguntei preocupado.

– Espero que você me diga, Lucas. Venha, vamos sentar nessas cadeiras para eu lhe falar.

Acomodamo-nos em um canto do auditório e percebi que meu cunhado estava mais aliviado em me encontrar do que simplesmente feliz. Havia tensão em sua maneira de ser.

– Lucas, desculpa eu chegar assim, sem avisar eu...

– O que é isso, Roberto? Sem cerimônias, pode falar...

– Lucas, eu estou com medo, muito medo mesmo.

– Medo de quê? Fale, homem. Aconteceu alguma coisa?

– Estou com muito medo do que possa estar acontecendo com Paula, Lucas.

– Paula? Meu Deus, o que quer dizer? Ela está bem?

– Então, Lucas, não sei se ela está bem. Fisicamente parece que sim, mas... como posso dizer? Estamos desconfiados de que ela esteja possuída.

– Possuída? – perguntei assustado. – Você não está dizendo isso, porque viu a palestra e se impressionou com...

– Não, Lucas. Eu nem cheguei a ver a palestra direito. Estou muito nervoso, não durmo direito há dias. Acreditamos que Paula esteja possuída pelo demônio. Seus primos e o pessoal mais chegado da cidade comentam coisas relacionadas ao seu pai e...

– Já levaram ela ao médico?

– Ao médico, ao padre da cidade, a um psicólogo. Paula sempre foi muito religiosa, mas coisas estranhas andam ocorrendo...

– Que coisas, Roberto? Descreva.

– Bem... – disse meu cunhado em voz baixa, quase sussurrando com medo de parecer louco ou de invocar coisas ruins pela simples menção dos fatos. – Começou com convulsões noturnas e pesadelos. Ela acordava no meio da noite gritando e gemendo; chorava durante o dia todo com medo de ter de adormecer.

"Depois, vieram as visões. Ela não podia mais passear na cidade sem falar que estava vendo criaturas estranhas. Alegava que o rosto das pessoas distorcia se ela as olhasse por muito tempo. Nessa época, passei a levá-la aos médicos mais caros da cidade. Então, sua irmã deixou de ir à igreja. Recusava-se, dizia não ter ânimo e que ficava enjoada só de passar em frente. Foi quando desconfiei de que algo psicológico pudesse estar afetando Paula.

Ela, então, começou a rejeitar comida. Sentia a garganta apertada como se houvesse um nó de gravata. Quase nada passava, somente líquido. Então, começou a acordar arranhada, com hematomas e furos na pele. Dizia que a estavam machucando à noite e sua família até cogitou afastá-la de mim, como se eu tivesse coragem de feri-la. Em uma madrugada, percebi que ela havia saído de casa. Por Deus do céu, Lucas, eu a encontrei nua, em frente à igreja Matriz, toda suja de fezes. Ela havia sujado toda a porta da igreja com seus dejetos e, quando me viu aproximar, começou a rir, abriu os braços e disse: Vem, Roberto, sou seu Jesus, coma a minha carne. Para mim, isso foi a gota d'água e foi por isso que vim procurá-lo".

Fiquei estarrecido com tudo o que Roberto me contara. Evitei comentar sobre o sonho que tivera com ele e com Paula para não piorar tudo, mas percebi que os sinais eram evidentes.

– Lucas, – ele prosseguiu. – juro para você que nessa noite, em frente à igreja, a voz dela estava estranha e, sei que você vai achar loucura, mas tenho certeza de que a vi flutuar há um palmo do chão.

– Roberto, há quanto tempo isso vem ocorrendo?

– Há alguns meses, Lucas, quando lhe telefonei, lembra?

– E por que não fui avisado?

– Não queríamos perturbá-lo. Esperávamos que tudo fosse passar.

Eu já havia ouvido falar de oncologistas que não conseguiam diagnosticar câncer em seus familiares e outros especialistas de sucesso que acreditavam que as mazelas que enfrentavam estavam longe de suas vidas pessoais. Comigo, o mesmo estava ocorrendo.

– Roberto, isso tudo é uma grande besteira. Vamos trazê-la para São Paulo e encaminhá-la aos melhores psiquiatras. Você vai ver, tudo não vai passar de um desequilíbrio químico.

Meu cunhado continuou me olhando com piedade e brilho lacrimoso nos olhos. Insisti:

– Não é, Roberto? Você não acha?

Seu silêncio me desesperava.

– No fundo não é nada demais, certo? – tentei uma última vez e, sem resposta, desabei a chorar, abraçando-o.

Aquele pranto de dois minutos começou com a lembrança da tragédia de meu pai e foi, lentamente, evoluindo para raiva. Rememorei o dia na igreja em que descobri minha vocação. Pensei, então, no seminário, nos treinamentos e cursos, nos exorcismos recém-executados, em Pedro Biaggio e em Ben-Abaddon. Se fosse verdade que Paula estava possuída, a entidade iria se arrepender dos cornos ao rabo.

– Está tudo bem, Lucas? – perguntou Thomas, aproximando-se.

Enxuguei o rosto e respondi que sim. Instintivamente, escondi de meu mentor e amigo a condição de Paula. Talvez, contasse a ele mais tarde, contudo, naquele momento, senti que a questão era puramente familiar. Recuperado, apresentei meu cunhado ao padre e fomos para fora do auditório.

– Por que não disse a ele sobre Paula? Esse tal de Brogio, Biazi, sei lá, não é o tal exorcista infalível?

— Esse aí é o irmão de Pedro Biaggio que era reconhecido como infalível. Prefiro não dizer nada a ele ainda. É assunto meu – respondi. – Diga-me, Roberto. Você veio de carro?

— O Belo Antônio?

Era assim que nos referíamos ao *Simca Chambord 1959* do meu cunhado. Brincávamos que o carro era bonito, mas impotente. O modelo de Roberto era o mais antigo, azul e creme. O carro havia sido presente de casamento do pai de Roberto e, na época, todos fomos buscá-lo diretamente na fábrica da avenida Anchieta, em São Bernardo do Campo. Apesar de ser considerado de luxo, grande e com motor V8, Roberto teria preferido um dos nacionais *DKW-Vemag* ou uma *Romi-Isetta*. Belo Antônio era de origem francesa e, com seus dez anos de poeira, apresentava inúmeros problemas mecânicos.

— Já sei, não me diga. O Belo Antônio está na oficina? – respondi.

— Adivinhou. Costuma desligar sozinho e demora minutos para ligar novamente. Vim para São Paulo de ônibus.

Em alguns minutos de conversa, combinei com Roberto de comprarmos passagens para Santa Bárbara das Graças para a noite seguinte, afinal, havia muita coisa a ser resolvida antes. Avisei a Thomas que precisaria me ausentar por uma semana, por conta de problemas familiares. Lembro-me claramente de sua resposta:

— Claro, você deve ir. Problema de família em primeiro lugar. Lembre-se: um homem de fé jamais abandona aqueles que considera e ama como a um irmão.

Na noite seguinte, fiz as malas e preparei meus itens de exorcismo. Não esqueci de pegar nem mesmo a pequena torre de madeira. Enquanto aguardava na calçada o táxi que me levaria à rodoviária ao encontro de Roberto, ouvi – vindo da esquina – um som conhecido.

Era o tilintar da buzina de uma bicicleta infantil.

Não acreditei no que vi. Esfreguei os olhos, olhei para cima, para os lados e novamente para a frente. Era impossível.

— Continua se metendo em apuros, não é? – perguntou a pequena Angélica.

Continuava a ser aquela criança que não sabia muito bem como pedalar sua bicicleta cor-de-rosa. Estava com o mesmo vestido branco de fita, meias longas, sapatilhas, longos cabelos castanhos, rosto simétrico e olhos azuis.

– Lucas, você está prestes a entrar em uma aventura muito perigosa. – alertou.

– Como assim? O que sabe sobre isso? Quem é você, afinal?

– Não tenho muito tempo. Só acho que, para a batalha que vai enfrentar, seria melhor convocar também o abençoado padre Thomas Biaggio. Ele pode ser a única salvação. Lembre-se de que Deus não erra. Se ele aproximou vocês dois, é por uma razão.

De joelhos, fiquei com os olhos à altura do rosto da menina. Não sei se foi um ato voluntário ou se apenas me deixei cair diante daquela presença.

– Bem que eu disse, naquele dia em que você me salvou daqueles garotos, que você era um anjo. – sussurrei, dirigindo minha mão às suas bochechas infantis para sentir se eram reais.

Angélica afastou seu rosto antes que eu a tocasse. Talvez devesse mesmo me contentar com o milagre proporcionado pela visão.

– Lucas, preciso ir. Saiba apenas que uma grande prova de humildade é clamar por ajuda quando nos vemos diante de um abismo maior que nosso salto.

Inimigo pavoroso

> A esse cuja vinda é segundo a eficácia de Satanás, com todo o poder, e sinais e prodígios de mentira.
>
> 2 Tessalonicenses 2:9

A viagem para Santa Bárbara das Graças é longa. O ônibus, naquela época, fazia apenas uma parada em um enorme restaurante de rodoviária. Eu tremia de frio e de tensão. A recomendação de Angélica – considerada um anjo por mim – dava como certa a possessão de Paula e eu me sentia sozinho com aquele imenso peso nas costas.

Sempre tive medo de rodoviárias e das paradas. Ficava imaginando quem eram aquelas pessoas que viviam na estrada. O que viam? Que histórias tinham para contar? Na minha infância, os caminhoneiros falavam de uma vila no caminho para Minas Gerais povoada por seres sobrenaturais e, mesmo depois de adulto, a lembrança daquelas narrativas me trazia desconforto.

Naquela madrugada, íamos em sentido oposto a Minas, e eu sabia que tudo o que os caminhoneiros diziam não passava de lenda. O que me apavorava na situação era chegar e encontrar Paula fora de si, agredida por aquilo que combati e que havia vitimado nosso pai. Seria minha família amaldiçoada? Havia mesmo um véu obscuro e desesperador sobre a família Vidal?

– Lucas, estou falando com você. – disse Roberto, tocando meu ombro.

– O quê? Ah, desculpe, cunhado. Estou divagando.

– Divagando? Você está é parecendo um menino assustado, Deus me livre! Venha, vamos descer que o ônibus vai ficar duas horas nesta parada.

O restaurante era imenso, movimentado e tão iluminado que nem parecia madrugada. Crianças compravam revistas e brincavam próximas aos pais cansados de dirigir. Viajantes olhavam mapas e mochileiros aproveitavam para se conhecer. O cheiro de café era forte e, no balcão, cotovelos apoiavam-se entre conversas sobre itinerários e acidentes.

    Sentamo-nos em bancos próximos ao balcão. Talvez a escolha do lugar não tenha sido das melhores. Do ângulo que estávamos, víamos casais em uma grande, e quase erótica, demonstração de paixão. A garçonete que veio nos atender tremia. Notei, em seu braço, pequenos furos de agulha. Ela tinha o nariz vermelho e os olhos inchados. Do nosso lado, dois homens conduziam uma discussão às vias de fato. Empurravam-se e xingavam – mesmo sem conhecerem, suponho – a mãe um do outro.

    Em toda a extensão do balcão, pessoas consumiam algum tipo de bebida alcoólica. Além disso, também vi jovens com cigarros suspeitos e um garoto que abria e furtava mochilas de viajantes distraídos e confiantes.

    – Eu vou querer um branquinha. – pediu Roberto, referindo-se à cachaça.

    – Vai beber mesmo, cunhado? Não é melhor não arriscar? Você já teve problema com alcoolismo e estamos indo para Santa Bárb...

    – Não enche, Lucas! – gritou, batendo na mesa. – Você não faz ideia do peso que eu carrego todos os dias. Sua irmã, sua família, aquela cidade. Minha vida é uma merda. Sinceramente, o diabo sabe mesmo destruir alguém.

    – Não diga isso, Roberto. Vamos resolver tudo e...

    – Olha, Lucas. Se for para pegar no meu pé, porque eu vou beber um pouco para relaxar, então é melhor voltar para São Paulo. Isso se você encontrar ônibus agora. – falou bem próximo ao meu rosto. Senti sua raiva e seu hálito, enquanto gotas de saliva respingavam em mim.

    "Se eu não fosse padre. Se eu não estivesse indo para uma missão tão séria...", pensei.

    A garçonete trouxe a bebida e piscou para Roberto, que retribuiu o flerte descaradamente. Senti raiva, mas não falei nada com receio de ser agredido. Ainda que ele não fosse violento, seria insuportável passar por outra discussão.

    – Vou ao banheiro. – avisei de maneira grosseira.

    Quem me julgasse, naquele instante, diria que minhas condições para exorcizar o demônio eram nulas. Passei pelo longo corredor que levava ao banheiro avaliando se realmente não seria melhor chamar Thomas para me ajudar, conforme Angélica havia alertado.

– Meu filho, você pode me ajudar? Preciso de dinheiro. – pediu uma mulher aparentemente muito pobre, com péssimas condições bucais.

Tirei algumas moedas do bolso e coloquei na mão estendida.

No banheiro vazio, apenas lavei o rosto. Após secar as mãos, uma última olhada no espelho me fez levar um grande susto. Era a pedinte desdentada. Virei-me e ela estava lá, com um dos olhos brancos pela cegueira.

– Padre, o senhor pode ajudar minha filha?

– Cla-claro, senhora. Venha, vamos sair desse banheiro que é só para homens e...

– Espere, padre. Minha filha, ajude minha filha. – disse, apontando para a porta de um dos reservados, de onde saiu uma belíssima garota. Em nenhuma realidade, elas seriam consideradas mãe e filha. Diferente da pedinte, a moça estava limpa e sedutora. Usava um vestido curto com decote exagerado e que exibia as pernas..

– Coma ela, padre, pode comer. Ela está cheia de desejo e é virgem ainda. Ela sabe fazer tudo e pode ser sua aqui e onde o senhor quiser.

– O quê? – espantei-me, encurralado.

– Faça o que quiser com ela, quantas vezes quiser, padre. Ninguém nunca vai saber, vamos.

A garota aproximou-se de mim e pude sentir seu perfume provocante e invasivo. Não por falta de instintos, mas pela excentricidade da situação, empurrei-a para o lado e corri para a porta. Enquanto saía, pude ouvir a mulher mais velha gritar:

– Lucas, volte aqui. Tire a gente desse inferno. Estamos sofrendo há séculos, venha, por misericórdia! Somos as malditas da Terra e ele prometeu que nos libertaria se você caísse.

Assim que saí de volta ao corredor, os gritos cessaram. Vi um grupo de jovens entrar no banheiro e, na oscilação do abrir e fechar da porta, notei que a mulher e sua filha haviam desaparecido.

No balcão, Roberto bebia a segunda dose. Havia algo errado. Em seu pescoço, uma espécie de sanguessuga negra pulsava, como que se alimentando do vício de meu cunhado. A cada gole, aquele pequeno espectro parecia sentir prazer.

Voltei meu olhar ao redor e tive certeza de estar manifestando minha dupla vista. Todo o restaurante estava povoado por espectros próximos às pessoas. Alguns estavam grudados, abraçados e em cima de suas vítimas. Outros, apenas ao lado, sussurravam nos ouvidos humanos. Vícios, mentira, lascívia, traição, fraqueza, inveja, ira, enfim, os espectros semeavam livremente suas desgraças e pareciam se alimentar daquilo. Havia uma densa nuvem sobre todo o restaurante e as sombras, completamente negras, sorriam de contentamento com aquele banquete de almas humanas.

Dei alguns passos para trás e encostei em algo rígido. Parecia algum tipo de móvel coberto fragilmente por um lençol e, assim que esbarrei, o pano escorreu revelando uma velha, porém muito bela, imagem de São Judas Tadeu.

Era feita de gesso e, de tão desgastada, sua mão não mais segurava o cajado, que estava simplesmente apoiado no braço da estátua. Instintivamente, peguei a peça de madeira e voltei ao balcão. Espectros se aproximaram e sugeriam em meus ouvidos que eu batesse em Roberto com o objeto.

"Ele não pode falar assim com você."

"Bêbado desgraçado. Deixou Paula em casa para dar em cima da garçonete drogada."

"Uma batidinha não vai matar e, quem sabe, não coloca juízo na cabeça do seu cunhado?"

– Voltou, Lucas? – perguntou Roberto, preparando-se para outro gole.

Com força, dei um forte tapa em seu pulso, atirando o copo para muito longe. Todo o restaurante ficou em silêncio. Turistas, caminhoneiros, funcionários e até espectros pararam e olharam para mim. Com um pé, pisei em uma banqueta vazia e tomei impulso para subir, com o outro pé, no balcão. Então, com a completa visão de todo o lugar e sendo visto por todos, disse:

– Os homens erram sozinhos. Não precisam de espíritos malignos para piorar as coisas. *Exorcizamus te, omnis immundus spiritus, omnis satanica potestas, omnis incursio infernalis adversarii, omnis legio, omnis congregatio et secta diabolica, in nomine et virtute Domini Nostri...*

Então, girei o cajado no ar e o bati, com toda a minha força, no balcão, completando a oração latina:

–... *Jesu Christi!*

Não sei se somente eu ouvi, ou se todo o universo escutou o estrondo maior que cem trovões, maior que fogos de artifício, maior que o bumbo do coreto da cidade, que resultou daquela batida. Só sei que, assim que fiz isso, todos os espectros esvaíram-se em fumaça. A nuvem escura no teto dissipou-se e um maravilhoso odor invadiu o lugar.

Os ânimos, em geral, se acalmaram. Todos desviaram o olhar às suas atividades e passaram a falar mais baixo. Roberto largou o copo de bebida na mesa, olhou para mim e perguntou:

– O que você está fazendo aí em cima? Vai fazer um sermão? Desce aqui que quero lhe dar um abraço e pedir desculpas. Fui muito agressivo naquela hora, não sei o que deu em mim.

Até a hora em que saí do restaurante, não testemunhei brigas, abuso de drogas ou exageros sexuais. Os casais ainda namoravam, mas estavam mais comedidos. Os seguranças haviam pego o pequeno ladrão e agora pediam para que não fossem consumidas drogas no local.

Enquanto embarcávamos novamente, meu cunhado me perguntou:

– O que aconteceu lá dentro?

– Nada demais, na verdade. Apenas um pequeno exorcismo de rotina.

O ônibus partiu e eu pensei no que aquela entidade e sua filha demoníaca haviam dito:

"... ele prometeu que nos libertaria se você caísse também".

Ri para mim mesmo e, deixando a humildade de lado por alguns segundos, disse baixinho:

– Quem é que está com medo agora?

Em seguida, adormeci com pena das pessoas naquele restaurante. Logo, pelas características, fraquezas e modo de vida de cada uma, os espectros voltariam. As pessoas pediam por aquilo e eu só havia lhes proporcionado uma folga temporária.

O exorcismo de Paula Vidal

> Porque já algumas se desviaram, indo após Satanás.
>
> I Timóteo 5:15

Foi maravilhoso retornar à cidade onde cresci. O coreto, a igreja e a pracinha me receberam com uma nova mão de tinta e algumas reformas. Eram como velhos rostos enrugados, cujo tempo não vencera a expressão amigável, mantidos na cidade, que já apresentava algum sinal de modernização.

O velho parque de diversões estava lá com sua roda gigante e seu carrossel de cavalos de madeira, cercado, porém, de construções sérias e importantes. Havia mais comércios do que eu me lembrava, entre eles, muitas sorveterias e lojas de disco. Felizmente, Santa Bárbara das Graças ainda mantinha sua inocência pré-adolescente. Na rua da Matriz, uma enorme faixa sinalizava "Estão chegando: Feira das Nações e Baile Encanto Submarino".

Caminhamos a pé da estrada até a casa de Roberto. Apressei o passo com medo de encontrar algum conhecido; estava cansado e preocupado demais para bate-papos e conversas meramente sociais. Para minha surpresa, a casa de Roberto e Paula estava lotada de parentes. Tia Clara, meus primos Rodolfo e Jorge, a prima Simone – com dois filhos adolescentes que eu não conhecia – e, claro, minha mãe.

– Lucas, bem-vindo! – disse tia Clara, assim que abriu a porta.

Minha expressão de surpresa foi tão evidente que, além de me cumprimentarem, as pessoas justificavam a presença na casa àquela hora.

– Vim ver como você está e também trouxe um chá para a Paulinha. – disse Simone.

– Oi, Lucas. – falou meu primo Jorge. – Depois que você resolver tudo, podemos pescar?

Senti-me como celebridade ou o próprio Capitão 7, herói da minha infância. Muitos padres são vistos como seres diferentes no seio familiar e, na minha cidade exageradamente católica, não era diferente.

– Sua bênção, mãe.
– Deus te abençoe, filho. – disse dona Júlia, que mantivera a beleza, apesar da idade.

Para mim, mamãe continuava a mulher mais linda do mundo. Após a morte de meu pai, nada mais pareceu ter graça para ela. Mergulhou de tal maneira na criação e educação minha e de Paula que chegou a se anular completamente. Vestia-se com simplicidade, alimentava-se o mínimo possível e, nas poucas horas vagas, largava-se em uma poltrona por horas admirando velhos álbuns de fotografia.

– Quero ver Paula, como ela está?
– Até que está calma hoje, filho. Adormeceu há pouco.
– É tão raro ver a Paulinha dormir que talvez seja melhor deixá-la descansar. – comentou tia Clara, folheando a primeira de uma pilha de revistas *Intervalo*, dedicada à TV e vida das celebridades.
– Só o fato de você vir para a cidade já trouxe melhoras, hein, primo? – falou Rodolfo, irmão de Jorge. Ambos estavam envolvidos em zootecnia e veterinária, tinham como hobby pescar e – até onde eu sei – eram solteiros e fanfarrões convictos com muito bom coração.
– Também estou muito cansado. A viagem foi longa e atribulada.
– Claro, Lucas. Você deve descansar lá em casa, está bem? – sugeriu minha mãe.

Como não havia mais o que fazer na casa de Paula, concordei e, então, saímos. Não tive tempo ou energia para apreciar minha antiga casa. Joguei-me de qualquer jeito na velha cama e adormeci profundamente.

Horas depois, estava refeito e pronto para ver Paula. Despertei sozinho e tive a certeza de que minha mãe já havia voltado à casa de minha irmã. Tomei um revigorante banho e fiz algumas orações na velha igreja, a mesma onde – anos atrás – eu descobrira minha vocação.

No curto caminho de volta à casa onde minha irmã jazia doente, vi rostos conhecidos. Alguns me reconheceram também, outros apenas olharam com curiosidade o estranho que saíra da igreja. O único que efetivamente apertou minha mão com atenção e, estranhamente, gratidão, foi Gilson, o Gipipi. Estava envelhecido, mas continuava o mesmo. Em sua sabedoria muda, apenas sorriu e me cumprimentou.

Na casa de Paula, naquela hora, estavam apenas mamãe, Roberto, meu primo Rodolfo e, em algum quarto, minha irmã. Diferente da outra vez, todos estavam nervosos e demonstravam tensão.

– Bom dia, pessoal. Como Paula está?

– Filho, bom dia. Sua irmã não teve nenhum daqueles ataques hoje, mas está lá, deitada, com aquela expressão... você sabe... o mesmo olhar do seu pai.

– Mamãe, não se preocupe. Vou resolver tudo. Não é hora de pensar no papai.

– Eu sei, Lucas, mas é que ela não come mais nada. Está só pele, osso e dentes de grávida[1].

– Vou subir até o quarto e fazer um diagnóstico. Se forem entrar atrás de mim, não quero ninguém falando ou se emocionando. – pedi, com rispidez.

Roberto e minha mãe me acompanharam. Rodolfo deu a desculpa de que mexeria em sua maleta de veterinário e permaneceu na sala. Demonstrava nervosismo e medo, o que, possivelmente, me atrapalharia em um caso extremo. Diante da porta do quarto, fiz uma oração e pedi que o Senhor me permitisse enxergar o que era necessário ver naquela situação. Todos me olhavam como se esperassem ver raios mágicos saírem das pontas dos meus dedos.

– A porta está com a temperatura normal. – comentei com Roberto. – Geralmente, a porta e o ambiente interno esfriam muito.

Entramos. Paula estava serenamente deitada. Vestia uma camisola branca e tinha os cabelos desarrumados. Pálida, magra e com profundas olheiras, adormecia. Sentei-me na cama e toquei sua pele. A temperatura estava normal e o ressecamento não diferia de alguém com péssima alimentação e hidratação, como era o caso.

– Paulinha, como está?

De maneira terna e com grande mansidão, minha irmã abriu os olhos.

– Cabeça de minhoca? – sussurrou com a voz fraca.

– Melhor do que ter mão de baleia. – respondi, repetindo nosso código infantil de provocações.

Ela sorriu e eu beijei seu rosto abatido de maçãs protuberantes.

– Que bom que você veio, meu irmão.

---

[1] Paula Vidal não estava grávida. Dona Júlia Vidal referiu-se, possivelmente, a dentes amarelos e sem cálcio.

— Vai ficar tudo bem, Paulinha. Agora, me conte o que está acontecendo, o que você anda sentindo.

Paula segurava minha mão com força e carinho. Às vezes, interrompia sua narrativa para beijar meu anel de sacerdote.

— Estou vomitando muito, Lucas. Também ando tendo enjoos e muita dor de cabeça. Desmaiei algumas vezes e tive convulsões.

— Entendo. E você se lembra quando isso começou?

— Claro. Eu caí de um cavalo, há uns dois ou três meses. Bati a cabeça com força e cheguei a ficar em observação. De lá para cá, ando esquecida.

Olhei para Roberto com repreensão. Minha mãe estava aflita. Enquanto eu perguntava, realizava pequenos testes como dar água benta para ela beber e colocar uma cruz sobre seu peito. O próprio fato de ela beijar a joia de minha mão descartava a aversão a objetos sacros.

— Você tem tido pesadelos?

— Antes tinha mais. Agora nem durmo direito. Me dá mais um gole de água, estou com a garganta seca. – pediu, sem saber que bebia água benta.

— Paula, está vendo essa moeda em minha mão? Você consegue fazer ela se mexer sem tocar nela? – sugeri.

— Como?

— Use a mente e faça essa moeda andar só um pouquinho.

— Você endoidou, Cabeça de Minhoca? Eu não sou mágica. Voltou a assistir Capitão 7 é?

Sorri.

— Paula, o Roberto e a mamãe disseram que você anda falando línguas esquisitas e enroladas. É verdade?

Paula sorriu e fechou os olhos. Então, respirou fundo e desandou

— *Bonjour, monsieur. Comment allez-vous? Je vais bien, très bien. Merci. Comment vous appelez-vous? Je m'appelle Paula Vidal. Enchantée. Comprenez-vous?*[2]

— Viu só? Está vendo que estranho, Lucas? – disse Roberto.

Fiz sinal para que ele ficasse em silêncio e, em seguida, perguntei à minha mãe:

— Mamãe, a senhora viu que o Ronald Golias sumiu da TV?

— O quê?

---

[2] "Olá, senhor. Como vai o senhor? Eu vou bem, muito bem. Obrigada. Como o senhor se chama? Meu nome é Paula Vidal. Encantada. O senhor entendeu?"

– É, Ronald Golias. Parece que ele não está mais na TV Record. Ficou sabendo, Paula?

Minha irmã concordou e completou:

– Sim. Ele foi para a TV Tupi Rio.

– Como sabe, Paula? – perguntei.

– Eu li em algum lugar, não me lembro onde.

– Aquela pilha de revistas *Intervalo* lá na sala são suas?

– Sim, sim. Foi lá mesmo que li.

– Você as coleciona?

– Sim, tenho todas. Inclusive, estou colecionando o encarte "O Básico do Francês". Já tenho doze edições.

– Foi onde você aprendeu essas expressões básicas, não foi?

– Sim, foi. A prima Simone também está estudando.

Dei-me por satisfeito e me levantei da cama. Inconformada, minha mãe disparou a falar:

– Paula, mostra para ele os roxos do seu braço. Conta das vozes que anda ouvindo, vai. As surras invisíveis que você recebe à noite, fala, filha.

Segurei os braços de minha mãe e enunciei em tom calmo.

– Ela precisa de um especialista, mamãe. Só isso. Pode ser epilepsia, esquizofrenia ou algum problema decorrente da pancada na cabeça.

– Mas, filho, ela não pode estar curada. É impossível.

– Ela não está curada, mãe. Ela está muito doente e, possivelmente, esses meses sem tratamento adequado devem ter agravado qualquer que seja a doença.

Roberto colocou o rosto entre as mãos espalmadas e chorou baixo. Minha mãe estava inconformada.

– Vai, Paula, grita, flutua, fala palavrões igual você fez ontem, antes de ontem, todos os dias nos últimos meses, vai.

– Lucas, vem cá. – chamou Paula, estendendo o braço. Segurei sua mão e me aproximei. – Você veio sozinho?

– Sim, vim. Quero dizer, vim com seu marido, mas vou ficar uns dias aqui ainda.

– Lucas, você não pode ir embora. – disse Roberto, com os olhos cheios de lágrimas.

– Infelizmente, cunhado, terei de ir. Tenho meus compromissos com Thomas. E pensar que eu quase o trouxe aqui para me ajudar.

– É muito fácil enganar um padre fraco e sem fé como você. – disse uma voz grave e pesada. Em dois segundos, a temperatura caiu.

– Paula, o que você falou? – perguntei, olhando para minha irmã que começou a rir.

– Enganei o bobo, na casca do ovo... Lucas, Lucas, não era para você vir, seu verme insignificante. – seu olhar estava sinistro, sua pele purulenta. Falava lentamente enquanto movia a cabeça de um lado para o outro.

– Porcos inúteis. Tirem esse projeto de padre daqui. *Samooot... Samoootijaaaaib. Samooot... Samootijaaaaib.*

Com a simples menção dessas estranhas palavras, Paula, ou a entidade que nela estava, atirou-nos contra a parede.

Ergui-me rapidamente e socorri minha mãe; Roberto levantou-se com dificuldade enquanto Paula ria. Sua voz estava aguda desta vez, e seus olhos, totalmente brancos. A porta não abria. Ouvimos Rodolfo bater do outro lado. Forcei a fria maçaneta com ajuda de Roberto, mas uma resistência sobrenatural impedia o mínimo movimento.

Objetos voaram de todos os cantos em nossa direção. Temi pela segurança de minha mãe.

– Gostou do teatrinho, Lucas? Adorei beijar o seu anel. Venha, retribua, beije o meu anelzinho cheiroso...

Roberto apoiou os pés na parede, mas a porta não abriu, então, apelou para o Credo ao Contrário – também chamado de Credo Azavesso[3] –, uma superstição no interior, também usada por praticantes de feitiçaria.

– Amém eterno da vida da carne da ressurreição... – Roberto dizia em voz alta a estranha oração que, segundo crendices, abria qualquer porta.

"Já que é para apelar para as crendices...", pensei rapidamente e, então, empurrei Roberto para o lado e bati três vezes, como se chamasse alguém e, em seguida, gritei:

– Nossa Senhora, quero entrar!

A porta destrancou-se milagrosamente. Ainda que eu quisesse, realmente, sair, aquela evocação simples era um artifício para impossibilitar o demônio de manter a porta fechada. Era como se eu confrontasse o

---

[3] Oração do Credo tradicional dita de trás para a frente. Segundo moradores antigos do interior e também praticantes de feitiçaria, essa oração pode abrir portas e realizar pequenos prodígios.

poder das trevas com o da própria Mãe de Jesus. Segundo análises, nesse tipo de confronto, a própria entidade liberava a porta ou qualquer objeto com receio de ter de medir forças com o santo ou mártir evocado. Era um truque que sempre funcionava.

— Rodolfo, leve minha mãe para a sala. Roberto, fique comigo, mas não se aproxime. Limite-se ao batente da porta, não deixe fechar mais. Ninguém entra ou sai daqui.

— Paula pediu para eu vir, Lucas. Ela me adora, como seu pai adorava as trevas também. Roberto não é homem para ela, ninguém a satisfaz como Satanás.

— Cale a boca! — gritou Roberto.

— Cunhado, preste atenção. Você não está preparado, eu não lhe orientei nem lhe absolvi, portanto você não faz parte desse ritual. Mantenha-se na porta, apenas ouvindo. Não acredite em nada do que escutar. Ele está blefando, confundindo.

Roberto concordou, eu acrescentei:

— Não precisa orar comigo ou repetir minhas palavras porque, como eu disse, o círculo do exorcismo se fechará apenas comigo dentro. Pense em Paula feliz, alegre, iluminada. Pense em seu casamento, em Jesus e nos milagres que crê.

— Está bem, Lucas, está bem. — disse, segurando a porta com as costas e fechando os olhos.

Virei-me para Paula.

— Você poderia ter feito qualquer coisa, criatura, menos ter pego minha família. Estou com pena de você. O inferno será pouco para o que lhe farei passar.

O demônio riu.

Apontei minha pesada cruz para os quatro cantos do quarto e fiz orações em silêncio. Então, lancei água benta na criatura que caiu na cama urrando.

— Agora doeu, não? Eu não queria crer que Paula estivesse subjugada, por isso você pode fingir tão bem. Não foi mérito seu, foi falha minha. Falha que não ocorrerá mais.

Posicionei um crucifixo em sua testa e repeti em voz alta:

— Tu que habitas sob a proteção do Altíssimo, que moras à sombra do Onipotente. Direi ao Senhor: Sois meu refúgio e minha fortaleza, meu Deus em quem confio...

O Salmo 90 trazia consigo grande força e a promessa de Deus para os fiéis. Usei-o com coragem e aprisionei Paula na cama.

– Diga agora seu nome, criatura imunda, quem lhe ordena não sou eu. É o próprio Jesus Cristo!

O demônio se contorceu.

– Eu ordeno que você diga quem é, em nome do Pai, do Filho e do Espírito Santo!

– *Samooot... Samoootijaaaaib. Samooot... Samootijaaaaib.*

Sorri, coloquei minha mão sobre o coração de Paula e ordenei.

– Eu lhe conheço, Samotjaib. Eu sei seu nome e lhe ordeno, em nome de Jesus, que saia desse corpo agora!

A criatura se contorceu, gritou e, em seguida, relaxou na cama. O silêncio pairou no ambiente e eu me aproximei do ouvido de minha irmã.

– Paula?

Ela não respondeu. Fui até o outro ouvido e repeti:

– Paula, você está bem?

– Surpresaaaa! – gritou, empurrando-me para um canto do quarto com enorme violência.

Tentei me levantar, mas estava como que congelado. Lentamente, o demônio se ergueu e veio até mim.

– Padre desgraçado e petulante. Você sabe quem eu sou? Sua fé vale menos que a de um coroinha diante do meu trono. Você pensa que tem poder sobre mim? Acha que pode me desafiar sem conhecer meus milênios de existência? Acredita que um crucifixo me prenderia? Eu pisei na cruz da Crucificação! Acha que uma oraçãozinha me baniria? Eu blasfemei no Sermão da Montanha e cuspi na Santa Ceia. Tome aqui sua água benta!

Então, a criatura vomitou em mim, sujando todo o meu corpo de um fétido líquido esverdeado. Um guincho ensurdecedor partiu de sua garganta e quase estourou meus tímpanos. Vi Roberto tampando os ouvidos com força. Logo em seguida, o ar desapareceu do ambiente e eu e meu cunhado começamos a sufocar.

Pensei: "Que tipo de ser teria tamanho poder?".

– Que tipo de ser teria tamanho poder? – repetiu o demônio imitando minha própria voz.

Não havia mais saída. Estava exaurido e, provavelmente, diante de um verdadeiro general. Sem a menor dúvida, morreria ali. Se tivesse sido humilde suficiente para contar para Thomas, estaria com ele nessa batalha e, provavelmente, com grande vantagem.

O demônio deu alguns passos para trás e retornou à cama. Com um gesto, liberou minha capacidade de falar. Passei a rezar em voz alta:

– Pai Nosso que estais...

– Blá, blá, blá... de novo essa história? Só permiti você falar para que você se comprometesse a me servir e a fazer o que eu lhe pedirei.

– Nunca! – gritei, interrompendo a oração.

– Você conhece um pouco do meu poder e deve imaginar o que posso fazer com essa cadela, não? Vai me obedecer ou quer ver a vadia morrer? – disse, apontando-me o indicador e infligindo grande dor a todo o meu corpo.

Gritei alto e, confesso, pedi para morrer.

– Lucas! – gritou o ser, agora com a voz de Paula. – Ele está me machucando, me queimando por dentro. Ajuda, irmão!

Seguindo um clichê muito utilizado por criaturas das trevas, o demônio pegou, com uma das mãos, o dedo indicador da outra e torceu para trás, quebrando-o. À medida que fazia isso, deixava Paula assumir o controle e urrar de dor.

– Mããããeee, me ajuudaaa! – chorou Paula.

Não pude suportar aquilo. Deus talvez não me perdoasse, mas toda aquela situação era inaceitável. Foi quando desisti.

– Está bem, está bem! Chega! Eu faço o que você quiser. Você venceu, Samotjaib. Sou seu servo, agora. Liberte Paula.

A entidade riu.

– Excelente! Agora, eu ordeno que você... – antes de completar a frase, o ser foi interrompido por Roberto que invadiu o quarto e agarrou Paula.

– Deixe minha esposa em paz, liberte-a seu diabo maldito! – gritou enquanto a esbofeteava repetidas vezes.

Foi quando Rodolfo, nosso primo, surgiu pela porta com uma pequena pistola de pressão e disparou uma espécie de dardo tranquilizante no abdome de Paula. Roberto distraiu-se com o tiro e o demônio, antes de desmaiar, deu um único fortíssimo tapa na cara de meu cunhado, atirando-o desfalecido na parede oposta à minha.

Angélica

> Não neófito, para que, ensoberbecendo-se, não caia na condenação do diabo.
>
> I Timóteo 3:6

Limpamos todo o quarto enquanto mamãe e tia Clara davam um banho de banheira em Paula, que ainda estava desacordada. Repreendi Rodolfo pela atitude, mas todos entendemos o desespero que assolava minha família naqueles dias. As medidas tomadas por cada um, por piores que fossem, eram bem intencionadas.

– O que faremos agora, Lucas? – perguntou minha mãe, aflita.

– Geralmente, são necessárias várias sessões de exorcismo para libertar uma alma, mãe. O problema é que esse demônio Samotjaib é desconhecido e, aparentemente, muito forte. É o que chamamos, em nosso meio, de um general das trevas. Vou olhar alguns livros que trouxe na mala. São poucos, mas podem ter alguma resposta.

– Tenha fé, filho. Deus vai lhe orientar e nos ajudar.

– Como ajudou papai? – perguntei, desanimado.

Tia Clara que, aparentemente, estava distraída, segurou minha mão:

– Lucas, se você perder a fé, o que vai ser da gente? O que vai ser da sua irmã? Você é o único aqui que pode salvá-la.

Puxei minha mão.

– Como falei, tia, vou procurar nos livros que trouxe. Estão na casa de minha mãe. À noite, volto para tentarmos outro ritual. Quando Paula acordar, prendam-na na cama e me esperem.

A aparente segurança com que eu ditava ordens aos meus parentes mascarava meu verdadeiro desânimo. Voltei à minha casa sem vontade de olhar nos livros. Largue-me no sofá da sala e, exaurido, cochilei.

Sonhei com um mundo preto e branco. Meus pés estavam sujos de barro e grama. Caminhei pela Vila Industrial da minha cidade até a casa em que seguira meu pai no passado, a casa do padre que o estava exorcizando. Antes de eu entrar, porém, a casa se tornou um casebre estranho e sinistro, de madeira e pedra. Um homem maligno, que não pude reconhecer, abriu a porta e disse com voz grave e profunda:

– *Quasi lucernae lucenti in caliginoso loco donec dies inlucescat et Lucifer oriatur in cordibus vestris...*

Apesar do sonho breve, estranhamente adormeci por doze horas. Despertei e busquei meditar sobre o que havia sonhado. A frase dita pelo estranho homem pertencia à segunda epístola de Pedro, capítulo primeiro, versículo dezenove. A tradução do latim era "Como uma luz que ilumina um lugar escuro, até que o dia amanheça e a estrela da manhã surja em vossos corações". O termo "Estrela da Manhã" ou "Estrela d'Alva" originava-se do latim *Lúcifer*, o que sempre causou grande confusão em pessoas influenciáveis e, principalmente, tolos que veem mensagens subliminares em tudo.

Estava claro para mim que o significado do sonho era de que eu deveria ir à antiga casa na Vila Industrial onde meu pai se envolvera em um possível exorcismo na época de minha infância. O que poderia encontrar por lá? Ben-Abaddon já havia sido derrotado e, com ele, toda a sua influência.

– Você está se esquecendo do principal. Sua irmã corre perigo. – disse Angélica, surgindo próxima ao sofá.

– Angélica?

– Lucas, sua irmã corre grande perigo. Esse último exorcismo quase destruiu a todos. Talvez você sozinho não seja suficiente.

Suspirei e concordei com aquele pequeno anjo que desapareceu assim que tentei me aproximar. Ela estava certa, era hora de envolver Thomas Biaggio.

Tambores de Guerra

> Convém também que tenha bom testemunho dos que estão
> de fora, para que não caia em afronta, e no laço do diabo.
>
> I Timóteo 3:7

— Alô.
— Alô, Lúcia? É o padre Lucas Vidal, como vai?
— Ah, padre Lucas, estou ótima e o senhor?
— Poderia estar melhor, Lúcia. Bom, diga-me, o padre Thomas está? Preciso falar com ele com urgência.
— Xii, padre Lucas. Infelizmente, não será possível, o padre Thomas não está.
— Tudo bem. Você sabe me dizer a que horas posso encontrá-lo hoje? É urgente.
— Olha, padre Lucas, ele foi viajar e não disse quando voltaria. O senhor sabe como é o padre Thomas, não? Pode voltar amanhã, como pode ligar de Roma e dizer que não volta mais...

Agradeci Lúcia e desliguei.

O que estava ruim acabara de piorar muito. Sem conseguir falar com meu mentor, teria de realizar o segundo exorcismo sozinho e, nessa hora, senti medo. Era como atravessar o pátio da escola e enfrentar os valentões sem a retaguarda de um irmão mais velho.

Apesar da avançada hora e do dia praticamente perdido, me dirigi à casa de Paula para ter notícias de seu estado e, principalmente, tentar realizar o segundo ritual. Lá, tomei grande susto ao me deparar com a família mais relaxada e tranquila. Aparentemente, Paula estava bem melhor nas últimas horas e, segundo eles, graças ao meu exorcismo.

— Assim que passou o efeito do tranquilizante, Paulinha despertou esfomeada. Comeu frango à parmegiana e perguntou muito por você. Ela está ótima. – informou mamãe, o que justificava, inclusive, o fato de ninguém ter me procurado durante todo o dia.

Minha maior surpresa, porém, foi encontrar, na sala, o recém--chegado padre Thomas Biaggio.

– Padre? O que faz aqui?

– Bom, notei que algo não estava bem naquele dia após a palestra. Decidi, então, vir até sua cidade natal. Uma bela cidade, por sinal. Cheguei há pouco e perguntei por sua família a qual, pelo jeito, todos conhecem.

– O mais interessante foi quando ele chegou, Lucas. Todos pensamos que você o havia chamado. – comentou tia Clara.

– Na verdade, liguei para o senhor hoje e a Lúcia disse que havia saído. Estou muito feliz com sua vinda, mas, padre, e seus compromissos? – perguntei.

– Esqueceu o que eu lhe disse, Lucas? Problema de família em primeiro lugar. Lembre-se: um homem de fé jamais abandona aqueles que considera e ama como a um irmão.

Emocionado, abracei meu mentor. Lentamente, a emoção foi dando lugar à consciência do momento em que vivíamos. Sussurrei no ouvido de Thomas:

– Acho que estamos enfrentando um general.

Recomposto da surpresa, minutos depois, repassei o que havia ocorrido em detalhes ao padre Thomas Biaggio.

– Como disse mesmo que era o nome do demônio?

– Samotjaib. Eu tentei exorcizá-lo pelo nome e não consegui.

Biaggio pegou um pequeno caderno preto do bolso e rabiscou algo.

– Samotjaib. – disse ele. – Escrevi como você pronunciou, agora, lendo de trás para a frente, veremos...

– Biajtomas... Biaggio Thomas... Thomas Biaggio. Você?

– É o que parece. Provavelmente, ele estava me chamando.

– Mas, por quê?

– Lembra-se do que Ben-Abaddon lhe disse? De que há demônios destacados especialmente para destruir exorcistas? Ele próprio não tinha a missão de acabar com você? Então, essa entidade, como Alus Mabus que havia possuído Lúcia, tem o objetivo de me destruir.

– Então foi um erro o senhor ter vindo para cá. – atestei.

– Não haveria como fugir. Temos que resolver isso agora.

Breviário do Padre Bórgio Staverve sobre Exorcismos
✝ Tomo V ✝

Exorcistas que caem na soberba de não prepararem um aprendiz estão fadados à morte. Uma equipe eficaz de exorcismo deve ter dois padres, o mestre e o aprendiz. Juntos, eles se fecharão no círculo sagrado que não deve ser, de maneira nenhuma, quebrado.

Imagine, dentro deste círculo, um triângulo equilátero. Os dois vértices inferiores são os padres e, no vértice superior, encontra-se o possuído. Nada pode ou deve interromper o sagrado ritual. Pode-se solicitar a presença de um profissional da medicina para ministrar remédios e calmantes, além de um ente querido do possesso. Estes dois indivíduos podem permanecer na sala, mas não devem invadir o perímetro sacro.

Os padres, antes de realizarem o exorcismo, devem confessar todos os seus pecados e comungar. Recomenda-se que as vestes sejam o sudário púrpura e o sobrepeliz.

Comece o ritual com o Pai Nosso e, em seguida, rezem a Ladainha de Todos os Santos e o Salmo 53. Tudo, de preferência, em latim. Quando perceber que o espírito imundo começa a ceder, o padre deve exigir que seja revelado o seu nome e, então, expulsá-lo em nome de Jesus Cristo. Esse mesmo ritual deve ser repetido até que a entidade deixe, em definitivo, o corpo da vítima.

Abaixo, a ritualística latina:

Exorcismvs

Regna terrae, cantate deo, psállite dómino, tribuite virtutem deo Exorcizamus te, omnis immundus spiritus, omnis satanica potestas, omnis incursio infernalis adversarii, omnis legio, omnis congregatio et secta diabolica, in nomine et virtute Domini Nostri Jesu ✝ Christi, eradicare et effugare a Dei Ecclesia, ab animabus ad imaginem Dei conditis ac pretioso divini Agni sanguine redemptis ✝. Non ultra audeas, serpens callidissime, decipere humanum genus, Dei Ecclesiam persequi, ac Dei electos excutere et cribrare sicut triticum ✝ . Imperat tibi Deus altissimus ✝, cui in magna tua superbia te similem haberi adhuc praesumis; qui omnes homines vult salvos fieri et ad agnitionem veritaris venire. Imperat tibi Deus Pater ✝; imperat tibi Deus Filius ✝; imperat tibi Deus Spiritus Sanctus ✝ . Imperat tibi majestas Christi, aeternum Dei Verbum, caro factum ✝, qui pro salute generis nostri tua invidia perditi, humiliavit semetipsum facfus hobediens usque ad mortem; qui Ecclesiam suam aedificavit supra firmam petram, et portas inferi adversus eam nunquam esse praevalituras edixit, cum ea ipse permansurus omnibus diebus usque ad consummationem saeculi. Imperat tibi sacramentum Crucis ✝, omniumque christianae fidei Mysteriorum virtus ✝. Imperat tibi excelsa Dei Genitrix Virgo Maria ✝, quae superbissimum caput tuum a primo instanti immaculatae suae conceptionis in sua humilitate contrivit. Imperat tibi fides sanctorum Apostolorum Petri et Pauli, et ceterorum Apostolorum ✝. Imperat tibi Martyrum sanguis, ac pia Sanctorum et Sanctarum omnium intercessio ✝.

Ergo, draco maledicte et omnis legio diabolica, adjuramus te per Deum ✝ vivum, per Deum ✝ verum, per Deum ✝ sanctum, per Deum qui sic dilexit mundum, ut Filium suum unigenitum daret, ut omnes qui credit in eum non pereat, sed habeat vitam aeternam: cessa decipere humanas creaturas, eisque aeternae perditionis venenum propinare: desine Ecclesiae nocere, et ejus libertati laqueos injicere. Vade, satana, inventor et magister omnis fallaciae, hostis humanae salutis. Da locum Christo, in quo nihil invenisti de operibus tuis; da locum Ecclesiae uni, sanctae, catholicae, et apostolicae, quam Christus ipse acquisivit sanguine suo. Humiliare sub potenti manu

Dei; contremisce et effuge, invocato a nobis sancto et terribili nomine Jesu, quem inferi tremunt, cui Virtutes cælorum et Potestates et Dominationes subjectæ sunt; quem Cherubim et Seraphim indefessis vocibus laudant, dicentes: Sanctus, Sanctus, Sanctus Dominus Deus Sabaoth.

V. Domine, exaudi orationem meam.
R. Et clamor meus ad te veniat.

[si fuerit saltem diaconus subjungat V. Dominus vobiscum.
R. Et cum spiritu tuo.

Oremus.

Deus coeli, Deus terræ, Deus Angelorum, Deus Archangelorum, Deus Patriarcharum, Deus Prophetarum, Deus Apostolorum, Deus Martyrum, Deus Confessorum, Deus Virginum, Deus qui potestatem habes donare vitam post mortem, requiem post laborem; quia non est Deus præter te, nec esse potest nisi tu creator omnium visibilium et invisibilium, cujus regni non erit finis: humiliter majestati gloriæ tuæ supplicamus, ut ab omni infernalium spirituum potestate, laqueo, deceptione et nequitia nos potenter liberare, et incolumes custodire digneris. Per Christum Dominum nostrum. Amen.

Ab insidiis diaboli, libera nos, Domine.

Ut Ecclesiam tuam secura tibi facias libertate servire, te rogamus, audi nos.

Ut inimicos sanctæ Ecclesiæ humiliare digneris, te rogamus audi nos.

Et aspergatur locus aqua benedicta.

O EXORCISMO

> E tornaram a despertar, desprendendo-se dos laços do diabo, em que à vontade dele estão presos.
>
> 2 Timóteo 2:26

Reunimos na sala todos os presentes, exceto Paula, e informamos que realizaríamos o exorcismo naquela noite. Pedimos que ninguém interferisse e que reações extremas como o disparo de tranquilizante da sessão anterior não ocorressem novamente.

– Mas é um absurdo isso! – gritou Roberto. – É a minha esposa que está lá dentro, Lucas. Sua irmã. Eu posso ajudar.

– Sinto muito, Roberto. Estamos enfrentando algo realmente perigoso e o menor deslize pode trazer problemas para qualquer um, principalmente para a própria Paula. – falei. – Peço que todos permaneçam aqui na sala sob a proteção da oração. Se alguém vier nos visitar, que se una ao círculo de orações.

Subimos as escadas completamente paramentados, confessados e absolvidos. Estávamos munidos de todo o arsenal religioso possível, além da disposição de passar horas no ritual. No quarto, encontrei uma Paula diferente da outra noite. Com a pele viçosa e brilhante, minha irmã parecia realmente bem, como minha mãe havia dito. Estava com o dedo enfaixado. A primeira reação de Thomas foi a de espanto, porque minha irmã excluía em aparência, trejeitos e fala, qualquer indício de possessão.

– Não se espante, padre Thomas, no outro dia, ela até bebeu água benta. – alertei, em baixo tom.

– Lucas, que bom vê-lo, meu irmão. – disse Paula, com seu mais sincero e jovial sorriso.

– Oi, Paula. Este aqui é o padre Thomas...

– Biaggio, eu sei. – completou minha irmã.

– Já nos vimos antes, Paula? – perguntou o padre.

– Não, senhor Biaggio, nunca nos encontramos. Sei alguma coisa do senhor e de seu irmão apenas por saber. É estranho.

– Vamos falar sobre isso, Paula, mas antes quero fazer alguns testes, posso?

– Claro, Lucas. Sei como estava antes e asseguro que já estou curada graças a você.

Com o consentimento de minha irmã, testamos sua aversão a objetos sagrados e, exatamente como da outra vez, Paula foi completamente receptiva a tudo. Provocamos, então, possíveis poderes paranormais como telecinesia, telepatia e pirocinesia. Não houve manifestação positiva. Exatamente como antes, no quesito conhecimento de línguas, Paula mostrava um nível iniciante de familiaridade com o francês.

Vez ou outra, ouvíamos algum de nossos apreensivos familiares subirem as escadas e encostarem o ouvido na porta. Thomas e eu estávamos cansados, e Paula, apesar de solícita, perdia, aos poucos, a paciência.

– Realmente, não sei o que dizer. – afirmei. – No outro ritual, ela também demorou para manifestar a possessão e, quando o fez, agiu de maneira violenta.

– Acredito em você, Lucas. Temos uma última cartada, uma técnica simples e muito difundida no século XIX, que talvez traga resultados.

Fiquei visivelmente surpreso por Thomas – e até o falecido Pedro – manterem determinadas técnicas em segredo. O padre, então, defendeu-se:

– Por favor, não me olhe assim. Esse é um aprendizado longo e muita coisa é ensinada com o passar dos anos. Ninguém nunca sabe tudo.

– Eu entendo, padre. Mas, diga-me, que técnica é essa?

– Hipnose. Colocaremos sua irmã em um nível alterado de consciência e arrancaremos a entidade lá do abismo onde ela se esconde.

– Mas há riscos?

– Somente os já esperados.

A pedido de Thomas, então, escureci a sala deixando-a, propositalmente, na penumbra.

– Sabe, Lucas, eu conheço profissionais que hipnotizam com um simples toque energético. São estudiosos do mesmerismo. Tentei muito aprender esse ofício, mas não consegui. Talvez você tenha mais sorte. No momento, meus métodos de hipnose restringem-se aos tradicionais.

Movendo, então, uma caneta horizontalmente com irritante lentidão e repetindo ordens de maneira calma e monótona, Thomas Biaggio conseguiu colocar Paula em estado hipnótico.

— Paula, você está me ouvindo? — perguntou.
— Sim.
— Paula, você aceita Jesus Cristo como seu único salvador e Deus?
— Sim, aceito.
— Recentemente, Paula, você fez coisas estranhas e ruins contra si mesma e sua família, você se lembra?
— Não.
— Não se lembra?
— Não fui eu.

Nesse instante, notei que era necessário fazer as perguntas certas durante uma hipnose. Thomas questionava se ela se lembrava de ter feito determinada ação. Como as atitudes haviam sido executadas por uma consciência externa, Paula respondeu que não lembrava de ter realizado as ações.

— Então, você se lembra que alguém fez essas coisas?
— Sim.
— Quem fez, Paula?

Minha irmã hesitou. Thomas insistiu:
— Quem fez aquelas maldades, Paula?
— Fo-foi ele! Ele fez tudo aquilo.

Tive a impressão de sentir a temperatura cair um pouco.
— Quem é ele, Paula?
— Seu nome é Alus Mabus.

O quarto pareceu tremer com a pronúncia do nome. Algo, porém, pareceu tremer ainda mais no espírito de Thomas.
— Pode repetir?
— Alus Mabus, o Destruidor.

Era real. Alus Mabus, o demônio antigo que possuíra e destruíra a vida de Lúcia não havia sido exorcizado como pensara Thomas. Ele estava de volta e usara minha família para se aproximar do padre.

— E o que Alus Mabus quer, Paula?
— Ele quer cumprir sua missão de destruir os irmãos Biaggio.
— Por quê?
— Os Biaggio são grandes inimigos das trevas. Se eles morrerem, Alus Mabus será o primeiro general com permissão de caminhar na Terra. Ele será o primeiro de muitos.

– Ele sabe que Ben-Abaddon matou o meu irmão?

– Sim. Houve grande festa no inferno quando Pedro Biaggio morreu, afinal, Ben-Abaddon tinha a missão apenas de desgraçar minha família. Alus Mabus sabe que Lucas foi o responsável por exterminar Ben-Abaddon, mas ele não se preocupa com Lucas. Ele acha que o senhor não teve tempo de treiná-lo e que Lucas ainda não provou o seu valor a ponto de ser uma ameaça às trevas. Para ele, Lucas é fácil de ludibriar, porque não enxerga o óbvio.

– Por que não consegui destruir Alus Mabus quando realizei o Ritual da Cruz com Lúcia?

– A culpa não foi sua. Ele se lembra de quase ter sido destruído, mas a menina era muito nova e não teve forças. Era necessário que ela se doasse à cruz com muita fé. Não é a cruz que destrói, é a entrega do possuído a Deus. O espírito do possuído tem de estar presente e isso é muito difícil.

Satisfeito com as respostas, Thomas sinalizou a mim de que era o momento de começarmos o exorcismo propriamente dito. Preparei-me, admirado pela coragem do meu mentor que, por livre e espontânea vontade, entrava em uma briga planejada para destruí-lo.

– Paula, quero falar com Alus Mabus agora. – ordenou Thomas.

– Não!

– Paula, não resista. Traga Alus Mabus para falar comigo. Está tudo bem, cuidaremos de você. Deixe-o vir.

– Não. Ele não virá.

– Por que, Paula?

– Eu não tenho controle. Ele vem quando ele quer e, se eu estou falando agora, é porque ele permite. Não consigo trazê-lo. Não o sinto. Não sei onde ele está.

– Chame-o para nós, Paula.

– Não consigo. É impossível! Pare, por favor.

– Paula, não resista, traga-o para mim! – gritou Thomas, fora de si.

– Calma, Thomas. – pedi.

– Venha, Alus Mabus, saia daí, maldito, venha me enfrentar! – gritou, balançando Paula pelos ombros.

– Pare, Thomas! – gritei.

Meus familiares ouviram a confusão e abriram a porta. Roberto, meu cunhado, agarrou Thomas e empurrou-o:

– Deixe minha mulher em paz!

O golpe trouxe Thomas de volta a si e, passado o descontrole, fez sinal para mim e eu informei a todos:

– Ele vai tirar Paula do transe, saiam do círculo do exorcismo, por favor.

Todos obedeceram e Thomas desfez o estado hipnótico de Paula, assegurando que ela não se recordaria do que havia nos contado nem da tensão recente do momento.

Minutos depois, todos esperavam na sala por um parecer meu e de Thomas Biaggio sobre o ocorrido. A resposta de meu mentor não poderia ser pior:

– Não sei exatamente o que ocorreu. Tenho duas teorias: ou a entidade foi exorcizada por Lucas, mas não foi destruída e, por isso, ainda poderá voltar a se manifestar após alguns anos. Ou a criatura está escondida, aguardando um novo momento nas próximas horas para nos surpreender. Em ambos os casos, ainda precisaremos concluir o que viemos fazer.

– Ficaremos aqui na cidade observando Paula até amanhã. Se nada ocorrer, voltaremos a São Paulo e passaremos a monitorá-la mensalmente para testar quaisquer sinais estranhos. Precisaremos da ajuda de todos vocês. – completei.

Não há remédio para a dor da decepção que senti nos olhos de minha mãe e demais familiares. Senti raiva de mim mesmo. Acreditavam em mim, ouviam falar de meus recentes feitos e esperavam que eu, miraculosamente, curasse minha irmã.

– Está bem, Lucas. Vocês podem dormir em nossa casa. Eu ficarei aqui com Roberto e Paula. – disse minha mãe. Abracei-a, mas senti frieza em retribuição.

Retornei para minha casa sem saber que ainda naquela madrugada enfrentaria sozinho um grande terror e Thomas, ao invés de me ajudar, pioraria as coisas.

Sob domínio do medo

> E, visto como os filhos participam da carne e do sangue, também ele participou das mesmas coisas, para que pela morte aniquilasse o que tinha o império da morte, isto é, o diabo.
>
> Hebreus 2:14

Arrumei meu próprio quarto para que Thomas ficasse o mais confortável possível. Disse a ele que dormiria no quarto de minha mãe, mas minha intenção, nem de longe, era dormir. Ainda precisava seguir a pista de meu sonho recente, endossada pela aparição de Angélica, e visitar a casa em que meu pai participara de um ritual.

Certifiquei-me de que Thomas dormia e, então, troquei de roupa e saí. A pé, refiz todo o caminho que havia percorrido na noite em que seguira meu pai de bicicleta. Apesar da hora avançada, da sinistra Vila Industrial e do antecedente histórico de visões macabras, o trajeto mostrou-se muito diferente desta vez.

Mudanças óbvias haviam ocorrido na arquitetura, número de casas, iluminação urbana, pavimentação e segurança. Talvez alguma criança com muita imaginação pudesse sentir algum medo ali, mas um adulto, ainda mais um homem crescido e experimentado no sobrenatural como eu, não sentiria o menor medo ao cruzar o caminho.

Passei pelos pontos nos quais fui aterrorizado. Vi o beco de onde saíram as crianças demoníacas, o portão que libertou os cães e as árvores, postes, muros e paredões que contribuíram para meus pesadelos por anos. Nada mais parecia sustentar centelha de sobrenatural. O fim de Ben-Abaddon também havia sido o fim de uma perturbação em minha alma. E tudo poderia ter sido perfeito se Alus Mabus não tivesse escolhido minha irmã como alvo para atacar o último dos Biaggio exorcistas.

Ouvi passos. Olhei para trás e ninguém me seguia. Ótimo. Alguma entidade daria as caras. Uma excelente madrugada para descarregar a frustração que eu sentia por causa do fracasso com a possessão de Paula. Permaneci em meu caminho torcendo para ser alcançado, mas os passos apenas se mantiveram atrás de mim, sem se aproximarem ou distanciarem.

Logo que cheguei à velha casa do falecido padre Jaime, espantei-me com o estado da construção. Abandonada e quase em ruínas, permanecia em pé com suas paredes e teto sem reboco, mas exibia claros sinais de total descaso. Ninguém mais pisara ali desde a morte de padre Jaime na mesma noite em que meu pai cometera suicídio.

Empurrei o enferrujado portão e entrei no quintal cheio de lixo e entulhos. Além das garrafas e pneus, desviei de alguns animais mortos e fezes que compunham um odor terrível. A atmosfera fétida me deu forças para empurrar a porta de madeira e entrar, enfim, na casa.

Pude notar três cômodos pequenos em completo estado de abandono. Sala, quarto e cozinha – e talvez o banheiro o qual não ousei abrir – tinham seus móveis cobertos por lençóis amarelados. O chão aveludava-se na poeira e as paredes infiltradas pelos anos de chuva e descaso estavam sulcadas por finos e inúmeros veios ramificados.

Eu já previra a precariedade do local e, por isso, havia trazido fósforos e uma vela a qual acendi e depositei sobre um pires quebrado. Não tinha a menor ideia do que deveria encontrar ali e já não queria mais ser abordado por entidade alguma. Orei para não ter nenhuma visão, afinal, a atmosfera do local estava alimentando meu medo irracional.

Lançando ao chão alguns lençóis, passei a procurar pistas em gavetas. Qualquer informação ou lembrança dos momentos assustadores que meu pai e o padre Jaime passaram naqueles cômodos serviria, porém, o volume de quinquilharias era enorme. Havia objetos de uso pessoal do falecido padre, alguns livros antigos, fotos e um caderno de anotações que abri ávido pelos detalhes.

Enquanto folheava as amareladas páginas, fui acometido por um grande desânimo, uma verdadeira vontade de não mais seguir em frente. Pensei em como o meu pai – um verdadeiro cristão simples, humilde e devoto – havia caído naquela armadilha espiritual e, para piorar, arrastado toda a nossa família junto. A cada página virada e a cada parágrafo lido, entristecia vitimado por uma inesperada melancolia. Na última anotação do caderno, a única que realmente quis ler, garranchos assinados pelo padre Jaime diziam:

"Já não tenho forças para sair de casa. Minhas tentativas para libertar Jonas não surtiram efeito nenhum. Estou envergonhado diante da face austera do Senhor, porque perdi a luta e a fé. Os demônios foram mais espertos, atacaram em diversos flancos e de maneira separada. Enquanto Ben-Abaddon possuía e desgraçava Jonas, eu era vítima de uma influência ainda pior e..."

Antes que eu concluísse a leitura, uma doce voz veio ao meu consolo.

– Você não precisava vir aqui, Lucas.

– Angélica?

Lá estava ela novamente. O mesmo rosto angelical e a mesma candura alva de sempre.

– Mas... mas, eu vim para cá porque você me indicou em um sonho.

– Não, Lucas, não foi bem assim. Você sonhou com essa casa e eu o despertei. Veja, esse casebre só lhe faz mal, bem como essas lembranças. Você não está mais em condições de ficar na cidade ou de permanecer em sua luta. Deixe Paula aos cuidados de seu mentor e parta. Livre-se da influência dessa casa e de tudo o que aquele ser fez você passar.

– Mas a criatura, o tal Alus Mabus, ele deixará minha irmã em paz?

– Não me é permitido dizer, Lucas. Só posso afirmar que estando ou não esse demônio em sua irmã, essa missão não é mais sua. Você cumpriu mais do que sua tarefa ao lutar contra esse terrível ente sem ajuda. Agora, há um padre muito mais qualificado cuidando de Paula. Você deve ter humildade para deixar as batalhas grandes aos guerreiros grandes.

– Mas, Angélica, por que sonhei com essa casa? Por que tive de vir aqui e me sentir assim, destruído?

– Esse lugar só lhe faz mal. Você deve partir imediatamente e...

Repentinamente, a porta do casebre se escancarou. Era Thomas Biaggio.

– Lucas, o que está fazendo aqui? – perguntou com grande severidade.

– Thomas? E-e-eu nem bem sei ao certo. Como me achou?

– Não é fácil enganar um velho padre como eu, Lucas. Percebi que você queria que eu dormisse logo e, então, o segui até esse lugar imundo.

Os passos que ouvi e a presença que senti durante o caminho eram de Thomas, atrás de mim pela Vila Industrial.

– Padre, eu vim até aqui acertar as contas com o passado. – respondi. – E concluí que é melhor me afastar um pouco dessa guerra espiritual.

– Como assim, Lucas? Você é meu aprendiz. Sua irmã estava possuída e nós estamos juntos nessa guerra...

— Não, Thomas. Não posso mais. Não me sinto preparado. Ainda que Paula seja minha irmã, tenho fé de que você é o escolhido para derrotar Alus Mabus.

— Lucas, nós estamos destinados a destruí-lo juntos. Não é à toa que nossas vidas e tragédias familiares se cruzaram.

— Me deixe, Thomas.

— Lucas, por que você está dizendo isso? Por que está assim?

Apontei para Angélica.

— Não acho que você possa vê-la, Biaggio, mas Deus enviou, há muito tempo, um anjo para me aconselhar. Eu sei o que estou falando.

Thomas Biaggio cerrou os olhos e dirigiu a cabeça à lateral. Em seguida, respirou fundo e sentenciou:

— Estou vendo... Lucas, ela não é um anjo. Olhe direito. Ela é uma serva da Prostituta da Babilônia.

— O quê? — perguntei.

— Olhe novamente, Lucas. Você foi enganado.

Virei-me para Angélica e, despido da inocência de minha infância de quando eu a conheci, e sem o véu de interesse infantil misturado ao encanto de sua beleza aparentemente pura, vislumbrei a verdade.

Ainda era uma menina, ainda usava vestido e longas meias, porém, estava apodrecida, fétida e suja, com vermes e insetos passeando sob sua pele quebradiça, ressecada e venosa. Suas unhas pareciam garras e sustentavam terra, sangue e fios de cabelo. Os pés eram, na verdade, cascos e, em seus olhos, ardiam labaredas infernais. Foi a mais horrível visão que tive na vida.

Dei alguns passos para trás e Angélica riu. Sua voz não era mais doce e infantil. Era grave, arrastada, arranhada, pegajosa.

— Você não ouviu o que Paula disse quando estava hipnotizada, Lucas? Alus Mabus não acredita que o padre velho teve tempo de treiná-lo. Você ainda não provou o seu valor nem é uma ameaça para nós, filhos das trevas. Você é fácil de ser enganado, porque não consegue enxergar o óbvio.

Tirei uma cruz de madeira do bolso e apontei a ela.

— Só agora me mostra sua face, demônio?

Angélica riu novamente.

— Nunca mudei minha aparência, Lucas. Você viu o que quis ver o tempo todo. Eu sempre estive presente nos momentos de fraqueza e esgotamento, porque é isso o que eu faço. Eu trago desesperança e dor aos cegos e iludidos. Trago trevas.

Suando e com o coração disparado, gritei:

– Diga-me seu nome, ser maldito! – apesar da aparente coragem, eu me sentia traído. Eu havia, realmente, gostado dela.

A criatura, então, lambeu o espaço entre o indicador e o anelar, simulando sexo e riu mais uma vez.

– Oh, Luquinha, queria perder a virgindade com a Angélica, não é? Queria transar com a menina que lhe salvou dos valentões, mas que ninguém mais via, só você, não é? Fui eu quem influenciou aqueles meninos para amarrarem você, não percebeu? Não notou que eu lhe disse quando lhe soltei? Que alguém sempre estoura a cabeça? Era um aviso sobre seu papaizinho.

– Diga seu nome agora, é Jesus quem lhe ordena! – insisti.

– Ai, ai, padre. Você está me estranhando? Não sou desse tipo de garota, querido. Não estou possuindo ninguém. Tenho muitos nomes desde a criação e já desgracei muitas vidas. Estou em todos os lugares e não posso ser exorcizada.

Biaggio segurou meu braço.

– Ela tem razão, Lucas. Vamos embora. Nada pode ser feito a ela, vamos! Temos de nos concentrar no caso da sua irmã.

– Padre velho e inútil. Carne murcha e flácida. Nós só queríamos você e deu certo. Esse padre menor trouxe você até nós e agora vamos acabar com sua vida, como fizemos com seu irmão.

Desde o início, o plano infernal era usar Ben-Abaddon para me destruir e aproximar os irmãos Biaggio da linha de fogo para que Alus Mabus os matassem. Fui manipulado o tempo todo para que Thomas, o último dos Biaggio, enfrentasse e caísse ante esse ser das trevas.

– Venha, Lucas. Deixe isso aí. – implorou Thomas. Concordei e me dirigi à porta. Angélica, porém, seguiu com suas provocações:

– Você pensa que vai se livrar de mim? Eu não preciso de um corpo, sou livre e estarei sempre por perto para usá-lo e matá-lo, como fiz com o padre Jaime e como ajudei Ben-Abaddon a fazer com seu paizinho.

Assim que Biaggio saiu para o quintal, eu parei.

– Vamos, Lucas, venha. – pediu meu mentor.

Permaneci parado, sem dizer nada.

— Lucas, rápido!

Angélica ria e sua voz desdobrava-se em muitas outras. Com o indicador, fazia redemoinhos nas pontas do cabelo, como uma garotinha.

— Não, Thomas. Não vou. – respondi.

— O quê? Venha logo!

— Vou ficar, meu amigo. Vou lutar até o fim.

— Lucas, venha logo, ela não é uma possessão. Ela é uma entidade antiga. Nem está totalmente manifestada aqui, essa é só uma sombra dela, venha, nem eu sei exatamente como enfrentá-la.

— Vou descobrir, padre. – respondi. – Ou vou morrer tentando.

O padre Thomas Biaggio, em uma última tentativa, olhou nos meus olhos com grande seriedade:

— Lucas, você sentiu o desânimo que paira nesse local? A desesperança? É ela. Ela amaldiçoou esse lugar para sempre e está ligada a casa. Você não conseguirá realizar um exorcismo ou nenhum outro ritual de fé com a energia que ela lançou em todo esse ambiente.

Recusando a mão estendida, expliquei:

— Thomas, ela me usou e desgraçou nossas famílias. Não nos enfrentou de cara limpa como os demais, ela foi sutil e traiçoeira. Seja lá o que ela for, eu a enfrentarei pelo meu pai, por seu irmão e por Paula.

— Então eu... – tentou dizer, Biaggio, retornando à soleira da porta.

— Não, Thomas, obrigado. Agora é a minha vez. Volte para casa e, se eu não aparecer amanhã, ajude minha mãe. – respondi, fechando a porta na cara de meu amigo.

Angélica flutuava balançando as pernas, como uma criança a brincar. Peguei a cruz novamente e a segurei como um punhal.

— Venha, agora, maldita, venha! – chamei.

A criatura voou em minha direção, enquanto eu corria em sua. Ao me aproximar, saltei e a agarrei pelo tronco. Ela apertou as mãos nos dois lados do meu rosto e aquilo pareceu queimar tanto que, por instantes, perdi a consciência.

Vi aquela casa como era antigamente: arrumada, limpa e com os móveis descobertos. Como num filme antigo e mudo, a cena desenrolou-se rapidamente. Alguém surgiu de um quarto. Era o padre Jaime. Ele foi até a porta e a abriu. Meu pai entrou, mais jovem do que eu me lembrava.

Papai sentou-se e chorou. Padre Jaime o consolou e, em seguida, lhe deu um livro. Meu pai foi embora e o padre fez sinal da cruz. Corte seco, outro dia. Meu pai visitou novamente o padre Jaime, sentou-se em uma cadeira e teve os pulsos amarrados. Em seguida, o padre iniciou um exorcismo confuso e atrapalhado, um demônio se manifestou em meu pai.

Por mais duas vezes, meu pai visitou o padre Jaime e passou por tentativas de rituais de exorcismo. Em um outro dia, o padre Jaime começou a conversar com alguém posicionado no quarto. Não consegui ver quem era, até que a pessoa se revelou. Era Angélica. Ela saiu do quarto, deu um livro ao padre e beijou-o na boca.

Mais uma vez, meu pai retornou para ser exorcizado. Padre Jaime pareceu tentar convencê-lo a fazer algo que, à princípio, ele não queria. Minutos depois, meu pai concordou e, então, juntos, eles fizeram estranhos desenhos no chão, com palavras e ideogramas desconhecidos por mim.

Papai, então, colocou uma venda nos olhos e se deitou no meio daquela estranha mandala com os braços abertos como uma cruz invertida. Padre Jaime abriu a camisa de meu pai e fez um desenho em seu peito. Angélica surgiu do chão e colocou os dedos nas têmporas de meu pai. Ele pareceu não perceber a presença dela na sala. Velas foram acesas e palavras profanas foram ditas.

Angélica e o padre Jaime se relacionaram diversas vezes e percebi, na visão, que ele passou a vê-la em sua horrível forma verdadeira, mas, ainda assim, a amou. Meu pai foi mais algumas vezes até o padre e pareceu reclamar de perturbações. O padre lhe ofereceu estranhas bebidas que, após ingeridas, fizeram papai dançar freneticamente, rodeado por sombras e animais malignos que acompanhavam o ritual. Alguns destes animais apareceram para mim nesse mesmo período, durante minha infância, como a coruja e o gato.

Finalmente, chegou o último dia em que meu pai visitou o padre. Pela roupa, notei que era a noite em que eu, ainda garoto, o segui. Padre Jaime quis realizar mais um ritual, porém, papai negou. Eles discutiram, papai empurrou o padre que caiu no chão. Sem que ninguém visse, Angélica apareceu em um canto da sala, abriu uma gaveta, retirou um objeto negro, posicionou sobre uma cômoda e desapareceu. Desanimado e destruído, meu pai se dirigiu até a porta para sair, mas ao passar próximo à cômoda, viu o objeto deixado por Angélica e apanhou para si. Era um revólver. Aquele com o qual ele tirou a própria vida.

Padre Jaime se levantou, foi até a gaveta e procurou a arma. Angélica surgiu da cozinha com uma faca e deu ao padre. Relutante, o velho negou-se a cometer suicídio, Angélica, então, começou a acariciá-lo e, estranhamente, o homem teve um ataque cardíaco.

Minha visão terminou e eu percebi que haviam se passado apenas alguns segundos. Angélica ainda estava sobre mim com suas mãos em meu rosto. Podia sentir o fétido hálito de morte. Com muita esforço, a empurrei para longe de mim.

– Eu vi... eu vi. Você fez meu pai pegar a arma e desgraçou a vida do padre Jaime.

– Como sabe desses detalhes, Lucas? Como um padre tão ridículo como você consegue ver tantos segredos? Ainda não sei como foi sonhar com esta casa, mas não importa, eu já havia desistido de seduzi-lo.

Em pé, ordenei:

– Vá embora deste mundo, serva de Satã. Em nome do Filho de Deus, eu lhe ordeno.

– Ainda não aprendeu? Não se trata de uma possessão, mas de uma assombração, idiota. O nome de seu deus não tem valor aqui. Esse lugar é meu. Eu tirei as esperanças e a fé desse local. Nem anjos ousam pisar aqui.

Angélica estava certa. Não havia estudado um meio de derrotá-la e o próprio Thomas Biaggio havia sugerido uma saída estratégica. Corri até a porta e a puxei, mas algo a bloqueava.

– Quer sair agora, querido? Pois não vai! Você morrerá aqui, sozinho, abandonado e infeliz.

Puxei a porta mais uma vez em vão. Pensei em lutar e gritar palavras de fé, mas desisti. Não adiantaria mais, não importava. Voltei até o meio da sala e me sentei. Estava entregue, como ficaram meu pai e o padre Jaime.

– Sabe o que é isso que você está sentindo, Lucas? Desânimo. Sem ânimo, ou seja, sem alma[1]. Você está vazio como já lhe disseram antes. Crer em Deus é crer no demônio. Seu corpo é um castelo e seu trono está sem rei, lembra-se? Deixe um novo monarca controlar esse império de fé

---

[1] Animar: (*lat animare*) 1. Dar alma ou vida a algo ou alguém. 2 Dar ânimo, coragem ou valor a algo ou alguém. Fonte: Dicionário Michaelis On-line <http://michaelis.uol.com.br >. Acesso em: 24/10/2013

que é seu espírito, Lucas, como fizeram seu pai e Jaime. – disse a criatura, sentando-se à minha frente.

Ela estava bela e doce novamente. Ou talvez não estivesse, mas eu queria vê-la assim. Angélica pegou, embaixo de uma estante, um livro negro que reconheci, de minha visão, ser o grimório manipulado pelo padre Jaime para realizar os rituais profanos em meu pai.

– Dê uma chance a nós, Lucas. Só queremos Biaggio. Sua irmã pode novamente ser feliz e você também. Eu prometo que vou ficar com você para sempre, Lucas. Serei sua esposinha secreta e lhe ensinarei prazeres desconhecidos. Serei sua serva carnal. Não é isso o que você sempre quis?

Respirei fundo e comecei a folhear aquele livro maldito. Haveria alguma verdade nele? Não conseguia pensar direito, apenas estava entregue, sem ânimo algum. As trevas me consumiriam e, certamente, outro Lucas sairia dali ou, pior, por não aguentar mais a vida, me mataria antes do nascer do sol. O poder de Angélica era imenso e se manifestava por meio daquele local profano.

De repente, perdida em uma das folhas daquele livro maldito, eu a encontrei. Não era uma imagem de Nossa Senhora ou a bula de alguma oração. Era apenas uma figurinha esquecida. Um simples cromo para ser colado em um álbum antigo. O pequeno e desgastado retângulo mostrava um homem loiro vestido de azul, com uma capa vermelha e luvas brancas. Em seu peito havia um dourado e enorme número sete.

– O quê? – perguntou o demônio, ao sentir uma variação no ar.

Segurei aquela pequena imagem e, estranhamente, rememorei minha infância em Santa Bárbara das Graças, os passeios de bicicleta, as brincadeiras de bola, os programas inocentes na TV e as músicas que ouvia nos anos 1950. Vi mamãe fazendo seus deliciosos bolos, papai chegando do trabalho e fingindo assustar-se com nosso grito "Olha a baleia, Jonas". Senti novamente aquela inocência e heroísmo. Como no dia em que salvei Gipipi daqueles valentões e ouvi de um deles "Quem você pensa que é? Algum mártir? Peguem esse santinho". Mais importante ainda, recordei da última frase dita por meu pai antes de se matar:

"Filho, não perca o entusiasmo, o importante não é para onde a alma vai, mas como ela volta."

– Não perca o entusiasmo... não perca o entusiasmo... – repeti baixinho.

– O que é isso? O que quer dizer? – gritou Angélica, percebendo o que estava para ocorrer.

– Estou desanimado. – disse a ela. – Sem alma. Você sabe o que é entusiasmo, Angélica? Entusiasmo[2] vem do grego e significa "Ter Deus dentro de si" ou "Estar possuído por Deus". Se tenho um vazio, posso deixar Deus preenchê-lo, não?

– Claro que não, Lucas, você... o quê?

Eu não movia músculo algum, mas algo em mim trabalhava e a criatura parecia sentir.

– O que você está fazendo, Lucas? Pare!

Eu não tinha certeza do que estava fazendo, mas sabia exatamente como fazer. Fechei meus olhos e permiti, segundo minha fé, que Deus preenchesse meu corpo e meu espírito. Foi calmo e profundo como uma oração. Não me dirigi a Angélica com agressividade ou raiva. Parei, inclusive, de prestar atenção nela.

– Pare, Lucas. Agora! Estou mandando você parar! – gritou. Sua voz se tornou medonha.

Completamente entusiasmado, mas ainda sereno, senti esse sentimento partir dos meus poros e, lentamente, contaminar o ambiente.

– Lucas, está doendo! Pare! Eu lhe dou o que quiser, pare agora! Eu imploro!

Senti a extensão daquela emanação benéfica espalhando-se em espiral, invadindo cada canto abandonado daquele terreno e convidando, novamente, aquele pedaço de chão a ser um local abençoado, uma parte do reino de Deus.

– Lucas, pare. Sou eu, a Angélica. Eu posso lhe fazer sentir um prazer infinito, Lucas. Pare, por favor, por favor, pelo seu Deus, pare, está me queimando, não consigo sair.

Peguei o caderno do padre Jaime e voltei a ler a última nota escrita por ele.

"Já não tenho forças para sair de casa. Minhas tentativas para libertar Jonas não surtiram efeito nenhum. Estou envergonhado diante da face austera do Senhor, porque perdi a luta e a fé. Os demônios foram

---

[2] Entusiasmo (do grego *en* + *theos*, literalmente 'em Deus') significava, em seu sentido original, possessão ou inspiração por uma entidade divina ou pelo próprio Deus. Fonte: Dicionário Michaelis On-line Disponível em: <http://michaelis.uol.com.br>. Acesso em: 24/102013

mais espertos, atacaram em diversos flancos e de maneira separada. Enquanto Ben-Abaddon possuía e desgraçava Jonas, eu era vítima de uma influência ainda pior e nefasta da besta que habita esta casa. Eu a ajudei a se fixar nas paredes da minha casa graças à execução dos rituais descritos no livro que ela mesmo me deu e que percebi também serem parte dela".

Refleti com cuidado nos termos "... besta que habita esta casa" e "livro que ela mesma me deu e que percebi também serem parte dela". Em seguida, coloquei-me em pé. Angélica repetia:

– Isso queima! Isso queima!

Peguei o pequeno livro satânico do chão, enrolei-o em um lençol que cobria os móveis e encostei a ponta do tecido na vela acesa. As chamas foram imediatas. Antes que queimasse minha mão, joguei o lençol e o livro em cima de outro móvel, também coberto por panos. Tudo começou, rapidamente, a queimar.

– Acho que, na verdade, Angélica, vai queimar muito mais.

As chamas foram da sala para o quarto, e de lá para a cozinha seguindo a trilha de móveis de madeira e tecido ressecado. A menina-demônio girava com os olhos fechados e as mãos nos ouvidos. Sentia que meu entusiasmo e as labaredas a destruiriam em instantes. Com calma, fui até a porta.

– Não vai conseguir abrir, não vai conseguir abrir. Vai morrer aqui comigo... – zombou, a moribunda, com seu último trunfo.

Sem o menor esforço e com grande segurança, puxei a porta com dois dedos e a abri. Saí da casa do padre Jaime quando as chamas praticamente tomaram todos os ambientes. Nem olhei para trás.

Na rua, Thomas Biaggio me esperava. Sem olhar para mim, perguntou:

– Por que demorou tanto?

– Se você sabia que eu venceria, por que fez todo aquele teatro me chamando para ir embora?

– Para dificultar um pouco. Senão ficaria muito fácil. Além do mais, achei que você seria mais rápido e que sua solução seria menos quente. – brincou, fingindo desdém.

Caminhamos lentamente pela Vila Industrial enquanto o dia amanhecia. Sugeri pararmos em uma lanchonete em frente à casa de Paula.

– Por mim, tudo bem, não vai adiantar mais tentar dormir. Logo teremos de levantar mesmo.

Assim que passamos em frente à casa de minha irmã, notei uma movimentação estranha. Batemos na porta para checar se estava tudo bem. Todos já haviam levantado e estavam assustados. Durante a madrugada, o demônio dentro de Paula havia escrito por meio de arranhões, em seu ventre, braços e costas:

"Alus Mabus Reina"

Minha mãe chorava inconformada, enquanto Paula cuidava ela própria de seus ferimentos. Roberto, meu cunhado, aproximou-se com acusações:

– Vocês não disseram que tudo estava bem? Não íamos apenas observá-la? E agora? O que me dizem?

Antes que eu respondesse, Thomas Biaggio adiantou-se:

– O demônio brincou conosco esse tempo todo. Lucas derrotou um de seus maiores aliados e ele revidou. Quero levá-la para minha casa em São Paulo hoje à noite.

– Sua casa? Por quê?

– Realizaremos o Ritual da Cruz.

Privilégio de general

> Sujeitai-vos, pois, a Deus, resistais ao diabo, e ele fugirá de vós.
>
> Tiago 4:7

Houve uma grande confusão em minha família.

Praticamente, todos os parentes de cada canto de Santa Bárbara das Graças com suas esposas e maridos, com seus filhos e sobrinhos, foram à casa de Paula naquele dia para opinar fervorosamente a respeito do estado de saúde de minha irmã, da pretensa possessão e das soluções que estávamos propondo.

– O pastor da minha igreja amarra esse capeta em um segundo. – comentou um primo de fé evangélica.

– Lucas, isso é esquizofrenia. Só um bom médico pode tratar, cara. – aconselhou outro, mais materialista.

Ninguém concordava com ninguém e alguns visitantes chegaram a sugerir intervenção policial, acusando-nos de charlatanismo e curandeirismo. Polidamente, eu contra-argumentava com todos, apelando para os laços sanguíneos. Thomas Biaggio, por sua vez, permanecia quieto, em um canto, tomando chá e rindo de toda aquela situação.

Quando a estranha festa terminou e seus convidados penetras partiram, passamos a planejar o que seria feito.

– Eu já enfrentei esse ser antes. Foram meses e meses de tentativas frustradas que só chegaram perto de algum resultado quando executei o Ritual da Cruz.

– Você quer bater pregos na mão da minha filha? Não posso permitir uma atrocidade dessas. – disse minha mãe, em prantos.

– Mãe, confie em nós. – pedi. – Sou o último que aceitaria fazer qualquer mal a Paula. Pregaria meus olhos para não precisar colocar uma agulha nas mãos de minha irmã. Infelizmente, o padre Thomas está certo. Temos de levá-la para São Paulo.

– Eu vou com vocês. – afirmou Roberto.

– Claro, cunhado. Você é o marido dela.

– Eu também vou. – disse minha mãe.

– Mamãe, pense bem, a gente vai viajar de ônibus e será muito cansativo para a senhora.

Thomas pigarreou e se permitiu interromper as lamúrias familiares:

– Lucas, infelizmente, ir de ônibus não é uma opção. Temos de ir de carro. Já pensou se Paula tem um ataque no meio da estrada, com todos os passageiros, até crianças, no meio da confusão?

– Concordo com o senhor. – disse Roberto. – Iremos no Belo Antônio.

– Mas eu acho que mamãe tem de ficar aqui na cidade. – sugeri.

– Não! Não vou deixar minha filhinha sozinha.

– Lucas tem razão. – respondeu Roberto. – A senhora não está tão bem de saúde e pode passar mal na estrada. Vamos só nós quatro.

– Cinco! – interrompeu Rodolfo, meu primo. – Vou com vocês e levarei algum tranquilizante. Acho que a tia ficará mais tranquila em saber que o carro está cheio de gente para ajudar a Paulinha, não é, tia?

Minha mãe concordou relutante, afinal, sua vontade maior era nos acompanhar. Decidimos, então, descansar para partirmos às dez da noite. Levaríamos algum suprimento mínimo e iríamos rápido. Roberto disse que colocaria Belo Antônio em uma revisão minuciosa e traria algumas peças extras para o caso de o carro dar defeito.

À noite, nos encontramos na casa de Paula. Tanto Thomas quanto eu havíamos dormido à tarde e estávamos revigorados. Roberto havia enchido o tanque, calibrado os pneus e preparado seu carro para a longa viagem que, em instantes, começaria.

Paula exibia tranquila as ataduras em seus braços, devido aos cortes feitos pelo ataque da madrugada. Nenhum incidente novo ocorrera desde então e minha irmã parecia mais corada. Rodolfo, por sua vez, trouxera os tranquilizantes e um pequeno revólver de pressão para o caso de quaisquer ataques inesperados de minha irmã.

Mamãe estava muito mais aflita que antes e pedia, o tempo todo, que avisássemos assim que chegássemos em São Paulo. Preparara um excesso desnecessário de comidas variadas para que levássemos.

– Que tal orarmos por uma viagem tranquila? – sugeriu Thomas.

Juntamo-nos próximos ao carro e demos as mãos. Paula, porém, caiu no chão antes que expressássemos as primeiras palavras sagradas e Roberto a retirou do círculo.

— Era de se esperar. – comentei. – A criatura dentro dela está se sentindo ameaçada, vamos lá.

Oramos fervorosamente, Rodolfo, Thomas, minha mãe e eu. Em seguida, buscamos Paula, nos acomodamos no veículo e partimos. Havia uma apreensão no ar, além da ansiedade de chegarmos o mais rápido possível na casa de Thomas. Acreditávamos, de coração, que aquele pesadelo estava por terminar.

Grande ilusão.

Rodolfo dirigia o carro e, ao seu lado, Thomas observava o caminho. Roberto e eu estávamos no banco de trás, amparando Paula. Conversamos um pouco, até que o assunto se esgotou, dando lugar a um sepulcral silêncio. Tive a impressão de que todos, exceto eu e – obviamente – Roberto dormiam no veículo.

Seriam quilômetros e quilômetros de estrada cercada por floresta densa até São Paulo. Mesmo sem sono, fechei os olhos e me dediquei a orar por minha irmã e por proteção para a nossa viagem. Só voltei a abrir os olhos quando Rodolfo, ao volante, exclamou:

— Eita!

Atentos e despertos, vimos o real motivo do espanto de meu primo. Havia uma bela mulher morena, de camisola larga e cabelos compridos, acenando por socorro na estrada. Ela mexia os dois braços em desespero, implorando que parássemos.

— Melhor parar. – sugeriu Roberto.

— Vou encostar e retornar para... – avisava Rodolfo, quando foi interrompido por Thomas Biaggio:

— Siga em frente. Não pare de maneira nenhuma.

— Mas ela está desesperada. – respondeu Rodolfo.

— Temos de parar. – reafirmou Roberto.

— Passamos por ela quatro vezes na estrada até agora. Vocês não viram, porque não estavam acessíveis à interferência dessa visão. Estamos sob ataque espiritual. Siga pela estrada com o máximo de atenção. – explicou Thomas, o que me levou a pensar que se o objetivo do demônio era levar o último dos Biaggio, aquela era a oportunidade de ouro. Estávamos todos vulneráveis e eu já havia lido sobre acidentes estranhos em que todos os passageiros de um carro ou ônibus foram encontrados mortos em condições bizarras, como se uns agredissem os outros.

Pedi para Rodolfo acender a luz interna do carro. Pareceu infantil, mas foi um ato irracional contra o medo. Meu primo pareceu entender o conceito e girou o botão do rádio, ligando-o.

– Só estática. Estamos longe de qualquer retransmissora. – comentei, ao ouvir o chiado impessoal dos alto-falantes.

Meu comentário pareceu precipitado, quando ouvimos, ainda que mal sintonizadas, palavras sussurradas pelo aparelho. Não parecia um locutor, nem ao menos uma música. Era, simplesmente, um sussurro:

– Morte... morte...

– Desliga isso. – pedi. Antes que Rodolfo tocasse o botão, as luzes do carro e o rádio piscaram irregularmente. O carro foi, gradativamente, perdendo velocidade aos solavancos.

– Ah, não. – comentou Roberto. – Acho que exigimos muito do Belo Antônio.

Por sorte, o carro descia por um declive da estrada, o que nos manteve, temporariamente, em movimento. Apagamos as luzes e desligamos o rádio. Rodolfo chegou até a apagar os faróis para que o carro se restringisse apenas a rodar, sem grandes esforços de bateria, dínamo ou quaisquer outras peças de motor que eu desconhecia e nunca cheguei a entender.

Todos, exceto Paula, que estava desacordada, tremiam. Olhei para o lado da estrada e vi uma pequena casa, na verdade, um casebre já visto por mim em meu recente sonho em preto e branco. Era sinistro, todo feito de madeira e pedra. Mal me recuperei da lembrança e do arrepio que subiu pela espinha e fui acometido por outro susto.

– Ah, não, não!! – lamentou meu primo, ao volante ao perceber que o carro de Roberto, Belo Antônio, enguiçara de vez.

– Bomba o acelerador. – pediu Biaggio.

– Não dá, não adianta. Vou encostar.

Assim que paramos, ninguém ousou descer por alguns segundos, até que Roberto tomou a iniciativa:

– Vamos ver o que ocorreu. Venham, estiquem as pernas. – aconselhou, como se não estivéssemos, conforme havia dito Thomas Biaggio, sob ataque espiritual.

Desembarcamos. A estrada estava completamente escura e a noite sem estrelas relegava exclusivamente à Lua a responsabilidade de iluminar um pouco o assustador cenário. Não havia som, exceto o do vento.

— Rodolfo, pegue a lanterna e ilumine aqui. — pediu Roberto, próximo ao motor.

Thomas debruçou-se sobre minha irmã e checou seu estado geral, enquanto fui para o meio da estrada, para ter uma visão completa do cenário. Corríamos algum perigo, mas naquele local, àquela hora e diante daquelas pessoas, eu não podia fraquejar ou demonstrar qualquer tipo de insegurança.

— Lucas, venha até aqui. — pediu Roberto, me chamando para ver o motor. — Sei que não é sua especialidade, mas está vendo esse tubo? Ele tinha de ser completamente vedado, porém, está apodrecido. Sem chance de sairmos daqui com essa peça nesse estado.

— Mas, cunhado, você não fez a tal revisão minuciosa?

— Claro que sim. Tudo foi checado diversas vezes. Eu trouxe algumas peças a mais, mas essa é cara e não apresentava a menor chance de estragar.

— E agora, primo? — perguntou Rodolfo, com a lanterna na mão.

— Creio que teremos de esperar amanhecer. — respondi. — Ou, então, torcer para alguém passar por aqui. Vamos todos voltar para o carro e aguardar, quando virmos faróis, saímos e acenamos.

— Igual àquela mulher na estrada? — ironizou Roberto.

— Aquilo não era uma mulher. — respondeu Thomas, intrometendo-se e me puxando pelo braço para longe do carro. — Ouça, Lucas, sua irmã manifestará Alus Mabus assim que o efeito do tranquilizante passar. Se o ataque tiver a força que imaginamos, todos morreremos. Lembre-se de que se trata de um general.

— Eu sei, Thomas, mas não quero der mais tranquilizante a ela. Não agora. — respondi.

— Então, sugiro que você e eu improvisemos uma cruz e realizemos o ritual aqui mesmo.

— Tem certeza, Thomas? Uma cruz improvisada terá o mesmo efeito?

— Lucas, muito me espanta essa sua pergunta. Tudo é ritual, tudo é simbólico. O importante não é a cruz, mas a fé, não se esqueça. Venha, procure uma madeira grande naquela direção. Nos encontraremos aqui em meia hora.

Concordei e informei aos demais da breve ausência minha e de Thomas. Dei um beijo na testa de minha irmã e sussurrei em seu ouvido:

— Deus está com você.

Confesso que pensei em argumentar com Thomas sobre a real necessidade de nos separarmos, porém, sabia que não nos afastaríamos muito e que Paula ainda ficaria adormecida por, pelo menos, uma hora.

No pedaço de mato que entrei, as árvores pareciam fechar o caminho à medida que eu passava. Não havia trilha visível e o silêncio sepulcral me incomodava demais. Apenas alguns metros mata a dentro bastaram para que eu percebesse que sem uma lanterna, poderia cair em um buraco ou, pior, me perder. Decidi voltar e pegar uma lamparina ou algo que me ajudasse a procurar a madeira que serviria de cruz improvisada. Foi quando tive a impressão de ver um movimento partindo por detrás de uma grossa árvore. Como se alguém estivesse me observando e, de repente, escondesse a cabeça.

– Tem alguém aí? – perguntei, em tom moderado. Pela solidez da possível visão, não se tratava de algo sobrenatural, imaginei.

Um choro baixinho começou.

– Quem está aí? – tornei a perguntar e o choro, acompanhado por soluços infantis, continuou.

Afastado da fonte do som, dei uma volta ampla para ver o que estava atrás da árvore e me espantei com o que os fraquíssimos raios da lua me mostraram.

Havia um menino de mais ou menos oito anos, moreno, magro e com cabelos escorridos e lisos. Chorava encostado na árvore, sentado próximo à grossa raiz. Fiz uma breve oração pedindo que, se fosse um ser das trevas, que se manifestasse por inteiro para que eu o combatesse, porém, nada ocorreu.

– Quem é você, garoto? – perguntei.

– O-o-o senhor viu a caveira?

– O quê?

– A caveira. Tem uma caveira aqui. O senhor viu a caveira? – saía vapor de sua respiração. Parecia ser um menino normal. Confiante, me aproximei.

– Como você se chama?

– Meu nome é Sandro. O senhor viu a caveira?

– Que caveira, Sandro? O que você faz aqui a essa hora?

– Eu-eu estava com-com minha mã-mãe procurando meu pai, aí apa-apareceu uma cave-caveira e nós saímos correndo. Eu me-me perdi da minha mã-mãe ago-gora.

- Entendi, Sandro. Faz tempo isso?
- Fo-foi ago-gora. O senhor vi-viu a caveira?
- Venha comigo. - pedi. - Estou de carro logo ali. Não há caveira alguma, venha.

Quando Sandro se levantou e olhou para mim, deu um grito assustado. Olhei para trás e vi um cadáver se arrastando em nossa direção. Era realmente um esqueleto com pouca carne, vestido com trapos e completamente sujo de terra.

Horrorizado, corri até Sandro que ainda gritava.

- Corre! - falei para ele que, seguindo meu conselho, disparou por entre as árvores. O estranho ser, provavelmente uma visão sobrenatural, como um demônio ou espírito maligno, nos perseguiu por alguns segundos, até que sumiu.

Ofegantes, paramos.

- A caveira, a caveira! Foi ela que eu e minha mãe vimos. Rápido, moço, me ajuda a achar minha mãe, a caveira tá vindo.

Concordei, mas, quando tentei continuar a fuga, dei de cara com a aparição que fedia a carne podre. Assustado, o menino gritou mais uma vez e eu dei meia volta.

- Venha, vamos fugir! - pedi, mas antes que saíssemos pelo outro lado, mais uma aparição surgiu em minha frente. Estávamos cercados.

- Caveiras, são as caveiras, moço, socorro!

Peguei um galho de árvore e balancei no ar, tentando manter as criaturas afastadas, mas descobri que elas eram intangíveis, como visões. Sandro tentava se esconder atrás de mim, mas, aparentemente, em vão. Os seres caminharam assertivamente até ele, ignorando minha presença ali, e o pegaram. O garoto gritou e eu tentei puxá-lo, mas uma das aparições atravessou por dentro de mim, o que me causou grande mal estar e me fez cair no chão com vertigem e enjoo.

Mesmo com a visão embaçada, vi os dois monstros segurando o menino e, pelo que me recordo, despelando-o com as próprias mãos. Lentamente arrancaram sua pele e, então, o menino passou a ser uma caveira também. O processo pareceu doloroso no início, mas próximo do fim, houve concordância do menino. Juntos, os três saíram de mãos dadas para o meio da mata, deixando-me ali sem crer se aquilo realmente havia ocorrido.

Recuperado, me ergui apoiado a uma árvore e pude ver, perto de uma pequena clareira, três cruzes de pau, indicando três covas de estrada. Não precisava, mas quis me aproximar dos mórbidos montes de terra já cobertos pela grama e por flores e, então confirmei. Pai, mãe e filho haviam morrido em um acidente de estrada há mais de cinco anos.

A cruz de Sandro era a do meio.

Voltei pelo caminho que fiz tentando entender a terrível e breve experiência. Já não bastavam os demônios que me assombravam desde a infância, agora meus olhos espirituais me mostrariam cenas assim? Ri de mim mesmo ao concluir que os Biaggio tinham suas razões para serem loucos. No caminho de retorno à estrada, passei novamente pela mesma árvore e lá estava ele, o menino Sandro, com sua pele morena, cabelo escorrido e liso. Chorava muito e, ao me ver, perguntou como se não me reconhecesse:

– O-o-o senhor viu a caveira?

Não respondi. Apenas passei por ele, rezando ao Senhor pelas almas daquela triste família. Ainda pude ouvir ele lamentar "Ninguém fala comigo. Onde está minha mãe? Cadê meu pai?". Senti muita pena daquele pobre garoto. Sei que até hoje eles ainda estão lá, naquele mesmo ponto da estrada, confusos e perdidos. Posso até indicar o local para quem tiver curiosidade mórbida e muita coragem.

Enquanto retornava, tive de acelerar meus passos por conta de um baque e um terrível grito que ouvi. Acabei me confundindo no caminho de volta e demorando dois minutos a mais para encontrar a estrada.

Quando cheguei, vi Thomas e Roberto debruçados sobre alguém e um dos vidros do carro quebrado.

– Paula? Meu Deus! – gritei, quase sem fôlego, à medida que me aproximava.

No chão, meu primo Rodolfo jazia sobre uma poça de sangue. Havia uma chave de fenda enterrada em sua clavícula, próxima ao pescoço. Estava desacordado.

– O que aconteceu?

– Foi a Paula. Parecia um monstro! Arrebentou o vidro do carro e voou em cima do Rodolfo. Eu nem...

– Onde ela está, Roberto?

– Não sei, não vi para onde ela foi e... ali! Vejam, deitada no acostamento!

Minha irmã estava virada de costas, com a cara na lama da estrada. Ainda sonolenta, Paula não manifestava possessão, mas também não adormecia completamente. Parecia estar emergindo de seu sono.

– Foi um espasmo do demônio. – avaliou Thomas. – Ele deve estar enfurecido por causa do medicamento e usou sua força para arrancar uma reação imediata de Paula. Quando ela acordar, se não fizermos nada, será uma carnificina.

– Vou pegar mais tranquilizante, então. – respondi.

Rodolfo perdia muito sangue e seu estado era grave. O carro não voltaria a funcionar e nossa única esperança residia em torcer para que alguém aparecesse na estrada e nos ajudasse.

A terrível situação parecia estar no limite, porém, minutos depois, piorou.

Eu sou Alus Mabus

> Sede sóbrios; vigiai; porque o diabo, vosso adversário, anda em derredor, bramando como leão, buscando a quem possa tragar.
>
> I Pedro 5:8

Não tínhamos certeza de como remediar a situação de Rodolfo, Thomas aproveitava a fraca luz do farol do carro para avaliar o ferimento, enquanto Roberto sentou-se no banco do motorista e baixou a cabeça, aparentemente preocupado. Com algum esforço, ergui Paula em meus braços e a levei para o banco de trás do carro, para ministrar o tranquilizante. No curto trajeto, minha irmã gemeu e ensaiou despertar.

Eu podia ver Thomas pedindo que Rodolfo aguentasse mais um pouco. Meu primo estava despertando lentamente e soprava palavras ao ar. Foi quando Paula, carregada por mim, perguntou, sonolenta:

– Po-por que vocêzzz vi-vizeram iiissso?

– Calma, Paulinha, você vai ficar boa logo. – respondi.

– Por que me levaram para a estrada? – insistiu minha irmã, aparentemente confusa.

– Nós estamos levando você para São Paulo.

– E-eu sei. Que-quero saber por que me lev-levou para o acost-a-costamento?

– Eu não levei você. Vou colocá-la no carro de novo.

– Nã-não...você...

Nesse mesmo instante, Rodolfo, deitado em frente ao carro, ferido e já desperto, disse ao padre Thomas Biaggio em voz alta:

– Foi Roberto!

– O quê? – perguntei, no mesmo instante em que meu cunhado ligou o carro. Depois de duas fortes aceleradas para firmar o motor, engatou a marcha e acelerou ao máximo, fazendo com que o automóvel disparasse à frente, passasse por cima das pernas de Rodolfo e atingisse em cheio Thomas, que foi lançado para o lado.

O carro continuou disparado até bater em uma árvore. Roberto saltou rindo:

– Fracos... fracos... – gritou com voz distorcida, partindo mata adentro.

Depois que certas coisas ocorrem, tudo nos parece muito óbvio e o peso de nossa própria ignorância esmaga o ego. Alus Mabus era um general e havia transitado para o corpo de meu cunhado no momento em que eu o exorcizava de Paula na primeira vez. Roberto, possuído, havia provocado alguns efeitos por detrás da porta, quando fingia ouvir os rituais que Thomas e eu tentávamos realizar em minha irmã que nem estava mais possessa.

Roberto não participara das orações feitas antes de viajarmos. Ele próprio fizera as marcas no corpo da minha irmã durante a madrugada, deixara peças defeituosas no motor e insistira para pararmos quando a misteriosa caronista acenara na estrada. Além disso, ferira Rodolfo e arrancara Paula do carro.

Deitei minha irmã no acostamento e fui tentar socorrer Thomas e Rodolfo. Meu primo estava com as duas pernas quebradas e a chave de fenda ainda presa à sua clavícula. Respirava, mas parecia em choque. Já meu amigo Thomas Biaggio estava consciente, apesar dos muitos arranhões por todo o rosto e braços. Tentei tocá-lo, mas ele me impediu:

– Não, não, Lucas... está doendo muito. Acho que quebrei a bacia e rompi algum órgão. – disse, vertendo sangue da boca.

– Alus Mabus está em Roberto, Thomas. Ele fugiu para o mato.

– Deixe, deixe. Fique aqui comigo, por favor. Preciso que você me dê a extrema unção dos enfermos.

– Não, Thomas. O que é isso? Você não vai morrer, meu velho. Você tem muito a me ensinar ainda.

– Será, filho? Só Deus sabe...

Assim que meu mestre concluiu sua frase, ouvi um som que parecia um grito, mas que logo revelou ser uma sirene. Longe, na estrada, um carro branco se aproximava com luzes vermelhas e azuis. Não me espantei, apenas fui para o meio da via e permaneci acenando, até que o veículo – uma ambulância – parou.

– Socorro! Sofremos um acidente!

– Fomos chamados para um acidente logo mais à frente, mas, pela descrição que recebemos, o seu parece pior – disse o paramédico. – O que ocorreu?

– Não sei, não sei. Por favor, vocês podem ajudá-los? Dentro do carro há uma garota, ela está bem. Pode levá-la com vocês?

– Sim, claro. Pediremos outro carro pelo rádio para socorrer o outro acidente. – respondeu o socorrista, descendo com um auxiliar para resgatar Rodolfo e Thomas.

– Lucas, venha conosco. – pediu o padre, enquanto era imobilizado pelos homens.

– Não posso, Thomas, você sabe. Tenho de terminar o que viemos fazer. Devemos isso a Roberto.

– Não, Lucas. Venha. Não há como vencer. Ele quase nos matou agora. Sozinho, nessa floresta, você será morto, venha, por favor.

Segurei a mão de Biaggio.

– Não, meu amigo. Não foi à toa que Deus enviou essa ambulância. Vou exorcizar Alus Mabus como fiz com Angélica na casa do padre Jaime, apesar de suas recomendações.

– Agora é diferente, Lucas. É um general... venha conosco, por favor.

Permaneci parado, enquanto a maca era colocada no veículo. Thomas ainda chamou por mim duas vezes. Seu olhar era de desespero real e despedida.

– O senhor vai conosco? – perguntou o homem da ambulância.

– Não. Podem ir.

Mesmo sem ter a mínima noção do que estava ocorrendo, aquele jovem socorrista pareceu compreender que estava diante de um condenado.

O CASEBRE

> Quem comete o pecado é do diabo; porque o diabo peca desde o princípio. Para isto o Filho de Deus se manifestou: para desfazer as obras do diabo.
>
> I JOÃO 3:8

Sozinho em plena madrugada, em meio a uma estrada fria e escura cercada pela mata, pensei: "Essa é a minha missão. Foi para isso que me preparei desde aquele dia na igreja. Que eu viva, então, minhas últimas horas de vida de acordo com os desígnios do Senhor".

Corri por entre as árvores na direção em que Roberto, possuído, entrara. A mala de exorcismo na mão balançava a cada passo largo que dava em busca de meu cunhado. Ouvia sua voz me chamando entre risos de escárnio e seguia com dificuldade, até que encontrei uma pequena trilha.

"Só pode ter ido por aqui", pensei, arregalando os olhos para captar o máximo da escassa luz à frente. Parei. Não poderia seguir, àquela hora, em um caminho desconhecido e provavelmente perigoso. Imaginei quantos animais poderiam sair dentre as árvores e o que aconteceria se houvesse buracos e valas fundas. Possuído, Roberto tinha a real intenção de matar, seus poderes eram enormes e a soma desses fatores o tornava extremamente perigoso. Se eu morresse ali, ninguém jamais me encontraria.

– Vem logo, cunhadinho. Estou esperando. – gritou Roberto, surgindo duzentos metros à frente. Seus olhos brilhavam de maneira sobrenatural.

Tornei a persegui-lo e ele, aparentemente sem medo, e divertindo-se com a brincadeira, voltou a correr. Seu destino era o casebre de estrada que eu havia visto um pouco antes de o carro quebrar. Não enxerguei como ele entrou, mas ouvi sua risada partindo de dentro do local abandonado.

Conforme suspeitei ao vê-lo pelo vidro do carro, aquela era a moradia sinistra presente em meu sonho. Passei pelo portão de madeira apodrecida e, na porta, vi Roberto, com os braços abertos.

– *Quasi lucernae lucenti in caliginoso loco donec dies inlucescat et Lucifer oriatur in cordibus vestris. Pode entrar, Lucas.* – convidou, desaparecendo no interior da casa escura e repetindo, com exatidão, a cena sonhada por mim.

A sala estava tão escura que só podia sentir, jamais ver, as centenas de baratas correndo sob e sobre meus pés. Mantive a porta aberta na ilusão de que alguma luz pudesse entrar. Há muito tempo abandonado, o casebre exalava odor de mofo. Estava apodrecido e esquecido, com suas quinquilharias velhas, desgastadas e empoeiradas.

Meu cunhado, possuído pelo terrível Alus Mabus, estava fisicamente transformado. Seu cabelo estava ralo; seus olhos, brancos; sua pele, azulada e seus dentes, animalescos. Parecia ter emagrecido em segundos, estava alto e esguio e seus braços exageradamente compridos. As mãos pareciam garras mortais, prontas para matar.

– Lucas, meu cunhado, a que devo a honra dessa visita? – perguntou.

– Alus Mabus, maldito, deixe minha família em paz!

– Paz? Não existe paz. Não existe descanso, eternidade, Deus, Jesus, fé, caridade... Só existe trevas.

– Mentira!

– Pergunte para seu cunhado...

– Roberto sabia que estava possuído? Era você, o tempo todo, agindo no lugar dele?

– Para que quer saber, Lucas? Que diferença faz? Às vezes era ele, às vezes era eu, mas, na maioria do tempo era um misto de nós dois. Eu influenciando ele e ele me obedecendo. Claro que ele não sabia que estava comigo. Ele apenas sentiu aquele ódio crescente em sua alma, aquela vontade maligna de destruir, mas achou que vinha dele mesmo. O que não é totalmente falso, porque há muito mal na alma humana... – disse e, em seguida, surgiu bem próximo a mim com grande velocidade. – Graças a Lúcifer!

Assustei-me e caí para trás. Ele riu e permaneceu em pé, em posição de desafio.

– Saiba que hoje você será destruído, demônio. Deus me colocou aqui, me aproximou de Biaggio, me manteve no caminho, me permitiu derrotar Angélica, tudo para que eu pudesse acabar com você.

Alus Mabus riu.

– Acho que você está confuso, padre. Não foi seu deus que fez tudo isso. Foi o meu. Foi Satã que preparou esse palco para atuarmos. Ele lhe deu Ben-Abaddon para desgraçar seu pai e sua família. Ele lhe enviou Angélica, liberou as sombras que lhe assustaram desde criança e que levaram você a se tornar exorcista e foi ele, meu mestre, quem forjou a ligação com os detestáveis Biaggio. Eu poderia matá-lo em casa, no carro, na floresta ou até agora, mas, como os felinos, acho divertido brincar com a comida antes de devorá-la.

– Eu penso o contrário, demônio. Se você pudesse, já teria me matado, mas é o próprio Deus quem me protege. Por isso, eu lhe expulso desse corpo, Alus Mabus, em nome de Jesus Cristo, o verbo encarnado! Vá agora ser das trevas!

Nada ocorreu, tentei novamente:

– A Cruz Sagrada é minha luz. O dragão não é meu guia. Retire-se desse corpo, Satanás. É o mal que você nos oferece? Então, que beba você mesmo o teu veneno, serpente infernal. Em nome de Jesus Cristo, Santa Maria e toda a milícia celeste, eu lhe exorcismo espírito sujo, verme maldito!

Alus Mabus ficou sério. Deu dois passos em minha direção e, em seguida, esbofeteou-me a face com força. Antes que eu me recuperasse do tapa, levei outro, outro e mais dois. Meu rosto queimava de dor.

– Ora, não sejamos idiotas, Lucas. Você pode mais que isso. Não fale essas nojeiras perto de mim.

Dei mais um passo para trás, peguei minha cruz, apontei a ele e, com o coração aquecido de fé, gritei:

– *Exorcizamus te, omnis immundus spiritus, omnis satanica potestas, omnis incursio infernalis adversarii, omnis legio, omnis congregatio et secta diabolica, in nomine et virtute Domini Nostri Jesu Christi!*

Alus Mabus começou a rir e, nesse instante, objetos começaram a voar em minha direção, vindos de todos os lados. Um prato quebrado atingiu minha testa e fez um profundo corte. Um candelabro acertou meu estômago, dezenas de lascas de madeira voaram em meu pescoço, mãos e rosto. Tentei me proteger, mas uma cadeira bateu em meu quadril, derrubando-me.

– Pausa para o padreco se levantar. – disse o demônio, virando-se de costas e admirando o vazio negro da noite por uma das janelas.

Eu estava com medo e completamente perdido. Nunca havia sido atacado fisicamente com tanta violência por um possesso. Nada parecia afetar aquele espírito imundo. Recorri à minha maleta e, com um vidro de água benta, gritei orações antigas de exorcismo evocando São Miguel

Arcanjo e seus exércitos. Lancei o líquido sagrado formando cruzes no ar e atingi o corpo de Roberto que fazia a água evaporar ao toque.

– Você quer mesmo continuar com isso? Ajoelhe-se agora e peça perdão, Lucas. Peça para fazer parte do exército das trevas, prostre-se diante do único e verdadeiro deus, senhor de todo o planeta terra: Lúcifer.

Ignorei suas palavras e continuei a lançar a água benta até o vidro secar. Com um pensamento, Alus Mabus estourou o pequeno volume em minhas mãos, cortando minha palma com os cacos. Gritei de dor.

– Lucas, seu pai está comigo no inferno. Ele já se acostumou a ser currado pelas hordas de Satã. Ele quer que você experimente isso também, assim como seu cunhado, sua irmã e, logo mais, sua mamãezinha. Todos serão cadelas de Lúcifer em breve.

– Cale a boca!

– Mas é verdade, filho. – disse, com a voz idêntica à de meu pai. – Sou mulher de diversos seres infernais e é muito bom. O inferno é uma fossa de prazeres e dor. Venha comigo, filho, não há esperança na igreja ou na fé. Só o que existe é o inferno, o diabo e nós, seus adoradores, venha.

– Pare com isso, desgraçado! – gritei, andando em direção a ele.

– Cuidado, Lucas...

Pisei em uma tábua podre e afundei minha perna. A lasca da madeira furou minha coxa e pude sentir as baratas entrando por dentro da minha calça e subindo pelo meu corpo.

– ... com a tábua. – completou, como se visse o futuro. – Acha ainda que pode comigo? Eu sou o que vocês chamam de general. Acima de mim, apenas o pai. Em breve, serei o senhor de grande parte da Terra, quando nosso reino finalmente se consolidar. Você é só o primeiro de muitos que destruiremos. Já estamos entre vocês em diversas frentes. Vamos dominar a televisão, o rádio, os jornais e outras formas de comunicação que você nem imagina que existirão. Será lindo, Lucas. Pena que você não verá.

Enquanto ele falava, ainda de costas para mim, retirei a perna do buraco com grande esforço e dor.

– Lucas, os homens serão egoístas e egocêntricos no futuro. Serão imediatistas e rasos. Preconceituosos e limitados. Viverão com medo, com insegurança, com ganância e desejo. Serão nivelados por baixo, quererão tudo mais rápido, mais intenso e menos verdadeiro. As aparências serão mais importantes do que a realidade. Não haverá amor.

Novamente em pé, enfiei a mão ferida dentro da mala de exorcismos, apanhei minha pequena torre de madeira – símbolo de meu início contra as trevas – e apontei para Alus Mabus.

– De-dei-deixe esse corpo em nome de Jesus Cristo. É Ele quem ordena.

Finalmente, percebi um abalo em Alus Mabus, mas foi como a coceira causada pela picada de um pequeno pernilongo. Ele apenas foi tocado por uma sutil brisa vinda de mim. O demônio, então, virou-se e deu um tapa em minha mão, lançando a peça de xadrez para o lado.

– Você só entende a carne, não é? Humanos... – disse, com desprezo para, em seguida, cabecear meu nariz, quebrando-o. A dor subiu aos meus olhos que começaram a arder e lacrimejar. Alus Mabus segurou fortemente o cabelo de minha nuca, quase arrancando-o, e – empurrando minha cabeça para baixo – desferiu duas fortes joelhadas na minha boca.

Eu apenas me contorcia de dor. Não conseguia mais pensar. O demônio empurrou-me para cima de um móvel e eu caí. Levei uma dúzia de chutes no estômago e na cara. Instintivamente, segurei em seu pé e até dei um soco desajeitado em sua perna, mas foi completamente inútil.

– Não aprende, não é? Não aprende! – gritou, pisando em minha canela e na ferida de minha perna.

– Para, por favor! – sussurrei.

– Nem sei mais quem está batendo, Lucas, se sou eu ou seu cunhado. Ele também tem um pouco de raiva de você, vamos extravasar! – brincou, entre chutes e pontapés.

Fechei meus olhos e tentei alcançar a fé serena que me permitiu derrotar Angélica. Concentrei-me ao máximo e respirei, distanciando minha atenção daquela violência. Não adiantou.

– Opa, acorda aí. Não vai conseguir nada contra mim. Vai morrer hoje. – sentenciou. – Antes, vai poder escolher: posso arrancar seu coração e você morrerá em um segundo ou posso currá-lo por horas e horas antes de quebrar seu pescoço. O que prefere? Morrer logo ou viver mais um pouco, mas com grande sofrimento e humilhação?

– C...c...k... – tentei falar, mas não encontrava fôlego.

– Currá-lo? Prefere ser estuprado por um demônio? Ou está tentando falar coração? Luuucaaas, fale mais alto. O que foi? O gato comeu sua língua?

Lembrei do gato de olhos satânicos que devorava outro, no parque, quando conheci Angélica na infância.
— Fala, Lucas! Está com a hóstia entalada na garganta?
— Cunhado! Fala comigo, Roberto! — gritei.
Alus Mabus negou com a cabeça.
— Vou lhe contar um segredo, Lucas. Esse é o curinga, o trunfo, o xis da questão: seu cunhado não consegue voltar. Ele não tem fé ou força. Eu determino quando e como ele vai aparecer, porque ele é fraco. — informou, voltando a olhar a janela, no lado oposto ao da porta.

Era hora de fugir. Não havia como enfrentar Alus Mabus e isso era verdade. Teria de sair do casebre, correr pela trilha, cruzar a mata, chegar à estrada e encontrar ajuda antes que ele, em plenas condições físicas, me pegasse e cumprisse suas promessas de morte ou pior. Thomas estava certo quando disse para eu ir com ele na ambulância. A batalha estava perdida.

Apoiei na parede e fiquei em pé. O silêncio era quebrado por minha tosse e passos feridos. O ambiente congelante formado pela presença da entidade amortecia um pouco os meus ferimentos e permitia que eu sentisse menos dor. Tinha certeza de que ele me ouvia e sabia de minha intenção de fuga, mas evitei olhá-lo, focalizando somente a porta escancarada que me levaria ao descampado e à liberdade.

Estava exausto e andava muito lentamente. A porta parecia se distanciar. Apoiei-me em alguns móveis e, com grande esforço e torturante dor, cheguei à soleira da porta. Era possível que meu plano de fuga funcionasse. Certo?

Errado.

Arrisquei uma pequena olhada à janela e, para meu espanto, Alus Mabus não estava mais lá. Quando voltei meu olhar à saída, dei de cara com o demônio. Seu rosto estava mais apavorante que antes e seu sorriso escancarado assemelhava-se ao do gato de Alice no País das Maravilhas.

— Aonde pensa que vai? — perguntou.

Foi a pior dor que senti em toda a minha vida. Olhei para baixo e vi apenas o cabo da faca que havia sido enfiada inteira em meu abdome. Alus Mabus girou o cabo e a lâmina fez um estrago maior em meus órgãos.

Caí de joelhos e senti o gosto metálico do sangue em minha boca. Tontura. Era o fim. Notei, no horizonte, o sol nascendo. Alus Mabus, em pé ao meu lado, colocou a mão em meu ombro e admirou a bela imagem. Tudo terminaria ali.

Como padre, sabia que deveria partir confesso e purificado, mas não daria tempo de lembrar de todos os meus pecados, por isso, me arrependi deles em um único lampejo de pensamento. Em seguida, agradeci a Deus por ter vivido e pedi que Ele abençoasse minha família e, principalmente, Thomas Biaggio, na luta que enfrentaria.

Pensei em minha mãe e em como ela receberia a notícia da minha morte. Quanto tempo demoraria para ela saber que morri? Quem encontraria meu corpo? Alus Mabus abandonaria, finalmente, Roberto ou seguiria usando esse corpo em sua missão?

Pensei na Virgem Maria e nos anjos e santos, na beleza das puras intenções e em minha infância com Paula em Santa Bárbara das Graças. À medida que tudo se apagava, pedi a Deus em um último pensamento:

"Senhor, se esse foi o maior de meus testes, perdoe-me por falhar, porém acredito ter feito o meu melhor dentro de minha ignorância e incapacidade. Se esse não for o meu teste maior, nem a minha mais importante batalha, peço, humildemente, que o Senhor me guie até o momento certo, permitindo que eu sobreviva. Eu tenho coragem e aceito, se meu teste verdadeiro for maior, pior e mais perigoso que a batalha que enfrentei hoje".

Talvez a debilidade na qual me encontrava fez com que eu achasse grande sentido e lógica naquele meu pedido. Eu estava dizendo a Deus que se eu havia passado por todo aquele aprendizado para aquele momento, então poderia partir, ainda que derrotado, mas se houvesse uma luta maior e mais perigosa que aquela que eu devesse enfrentar, que, então, eu fosse levado a ela.

Acho que o pedido fez sentido para Deus também, pois a mão de Alus Mabus que tocava meu ombro acendeu em chamas e ele começou a agitá-la freneticamente para apagar.

– O que é isso? Ai...

Logo todo o seu corpo começou a queimar, mas a chama era quase transparente. Na verdade, era um fogo espiritual.

– O que está acontecendo? – perguntou ao cair de joelhos e, em seguida, gritar alto. Começou com uma voz humana e terminou com um guincho bestial. Com as mãos no rosto, o demônio urrou de dor. A chama, então, sumiu e Alus Mabus abandonou o corpo de Roberto.

– O quê? Lucas? – perguntou, correndo até mim.

Antes de desmaiar, vi Roberto, desesperado, tentando estancar o sangue de minha barriga e, no descampado logo em frente ao casebre, alguns recém-chegados trabalhadores rurais com enxadas e ancinhos vieram em nossa direção para nos socorrer.

Breviário do Padre Bórgio Staverve sobre Exorcismos

✝ TOMO VI ✝

Quando alguém, estudioso ou não de religião, diz "Deus quer isso", "Deus odeia aquilo" etc. Revela publicamente sua mais alta ignorância. Não cabe a ninguém atribuir ações ou sentimentos ao Criador. Costumamos projetar Deus como queremos, esquecendo que nossas limitadas mentes jamais conceberiam uma mínima porcentagem da verdadeira Glória Divina.

Fórmulas, métodos, segredos e estudo. Nada se compara a verdadeira boa intenção.

O homem que polariza a vibração de sua mente em algo positivo, torna-se inatingível para qualquer tipo de demônio.

Deus fez o homem para brilhar. Deu a ele capacidades superiores, inteligência e emoções refinadas, além de senso de fé e de evolução. Não há espírito maligno de porte ou origem que possa influenciar, dominar ou possuir uma pessoa que vive com boas intenções, de caridade e bons pensamentos.

O homem que dedica sua vida à própria evolução e correção das próprias falhas é imbatível para qualquer ser inferior. Essa é a maior lição de todas e ela independe da religião professada.

Um oásis no deserto de perturbações

> Nisto são manifestos os filhos de Deus, e os filhos do diabo. Qualquer que não pratica a justiça, e não ama a seu irmão, não é de Deus.
>
> I João 3:10

— Fantástico. – disse Bruno ao velho padre Lucas. A câmera ligada na entrevista segue captando a reação dos dois garotos à história contada pelo idoso.

— Realmente, o senhor enfrentou uma batalha incrível. Como sobreviveu naquele dia? – questionou Renan.

— Bem, quando aquele terrível demônio deixou o corpo de meu cunhado, Roberto rapidamente conseguiu ajuda de pessoas da região e me levou a um hospital. Foram meses de tratamento até eu ficar bem, mas asseguro que os estados de Thomas Biaggio e de meu primo Rodolfo era bem piores.

— E aquela história da família na floresta? Eles eram fantasmas?

O velho Padre Lucas Vidal ri.

— Não sei o que eram, mas hoje, no local, há um enorme galpão de um atacadista do interior de São Paulo. Toda aquela mata foi destruída pela civilização. Ainda assim, já me contaram que não param vigias na empresa, por causa das assombrações.

— Uau! Isso é tema para outro filme. – vibrou Bruno.

— Bom, se vocês me derem licença eu...

— Claro, padre, iremos embora agora. – respondeu Renan, interrompendo o padre Lucas, que prosseguiu:

— Se vocês me derem licença, vou ao banheiro. São as dinâmicas exigentes de um corpo envelhecido, espero que entendam. Em dois minutos eu retorno para terminar a história.

Os meninos se espantam e o padre explica:

— Vocês não iam embora sem gravar a pior parte, o terror final, não é?

— Claro que não. Achei que havia acabado. – comentou Bruno.

Assim que o padre sai de cena, a câmera grava a conversa dos jovens:

– Estamos com azar mesmo. Além de o foco estar novamente indo automaticamente para a porta, também há um pequeno ruído no som. – diz Renan.

– Não são as lâmpadas fluorescentes que estão interferindo? – pergunta Bruno.

– Não, ouça. Parece que está vazando algo.

Bruno coloca os fones de ouvido e, em seguida conclui:

– Está sintonizando uma rádio amadora ou algo assim. Não entendi uma palavra.

– Bom, a gente limpa isso no estúdio.

– Mudando de assunto, o que Lúcia quis dizer sobre o sedativo, quando veio aqui falar com o padre? – pergunta Bruno.

– Eu entendi que eles sedaram alguém que está acordando, você não?

– Será que eles estão com alguma pessoa possuída aqui na casa hoje?

– Sei lá, Bruno. Não quero nem pensar nesse assunto. Você notou que ele ficou falando de uma velha com mancha, verruga, pinta, sei lá, igual a que você descreveu no posto?

– Aquela que eu conversei e que você disse que não viu? Ah, Renan, é só coincidência.

– É que hoje eu tive um sonho muito bizarro, Bruno. Eu sonhei que...

Nesse momento, o padre Lucas retorna à sala.

– Desculpem a demora. Está meio frio aqui, não? Vamos, agora, à melhor parte da história.

Final feliz

> Ele prendeu o dragão, a antiga serpente, que é o Diabo e Satanás, e amarrou-o por mil anos.
>
> APOCALIPSE 20:2

Seis meses depois, com o corpo e a alma recuperados de todos os traumas, minha vida parecia transcorrer bem. Fora do hospital, eu havia pedido umas férias à cúria para me dedicar à família. Estava completamente focado nas atividades práticas.

Thomas Biaggio, que passaria o resto da vida usando uma bengala como apoio, entendera minha necessidade de distanciamento temporário de todo aquele mundo de entidades e exorcismos. Havíamos combinado que em nove ou dez meses retomaríamos as palestras e a batalha espiritual.

Paula estava completamente saudável, bem como Roberto. Sentiam-se como sobreviventes de uma terrível guerra e estavam prontos para seguirem suas vidas. Nunca mais enfrentariam nenhum tipo de incidente demoníaco. Assim que soube que estava grávida, minha irmã convidou toda a família para uma festa em sua casa.

Como eu já estava em Santa Bárbara das Graças, ajudei meu cunhado, primos e tios a preparar os comes e bebes. O padre da cidade – um homem muito bondoso, porém atrapalhado, chamado Lino – também estava presente e havia trazido com ele os jornalistas do *Correio Matutino*, o periódico mais famoso da região. Sua ideia era dar uma cobertura social à festa. Havia um contagiante clima de alegria e ninguém mais tocava nos assuntos que nos amedrontaram há quase meio ano.

Na data marcada apareceu muito mais gente do que o previsto e tivemos que encomendar reforços de refrigerante e salgados. Paula e Roberto não cabiam em si, posando para as fotos com minha mãe, tia Clara e todos os demais.

Até que, em determinado momento, senti um cheiro estranho. Um odor que muito me incomodou.

– Esqueceu de me convidar, Lucas? – perguntou, Thomas Biaggio, sob a soleira da porta.

– Thomas! – exclamei, correndo para abraçar meu amigo e professor.

– Antes que você me pergunte, estou passando um unguento na perna que dá esse aroma especial ao ambiente. Por favor, não ache que eu não tomo banho.

– Imagine, meu amigo. Não esqueci de chamá-lo, não. Só não quis incomodar, sei que sua agenda é extremamente cheia.

Todos gostaram muito de reencontrar Thomas. Confesso que havia algo nele que me incomodava, mas, naquele momento, ainda não conseguira decifrar o que poderia ser. Lino, o padre atrapalhado e bonachão, fez jus à sua fama ao nos abordar em uma roda de conversa:

– E então, Lucas, não vai me apresentar o Padre Biazzi?

– É Biaggio, Lino. – corrigi.

– Ah, sim, desculpe. Padre Pedro Biaggio, não é?

Antes que eu respondesse, Thomas manifestou-se:

– Pedro era meu irmão. Sou Thomas. Prazer em conhecê-lo.

– Desculpem, não sei onde me esconder de tão envergonhado. – explicou-se Lino, com as bochechas vermelhas e olhos caídos.

– Não se preocupe. É uma honra ser confundido com meu irmão.

– Ele é que não gostaria de ser confundido com você, não é, Thomas? – brinquei, de maneira tão ou mais sem graça que a gafe de Lino.

– Bom, chega de papo, vamos tirar uma foto. Ei, fotógrafo... – chamou Lino.

– Outra? Já tirei uma com Paula e Roberto hoje, padre Lino. – comentei.

– É... eu também não gosto muito de tirar fotos e... – disse Thomas, sendo interrompido por Lino:

– Eu insisto, vamos! Se ficar boa, mandarei uma cópia para o senhor, padre Thomas.

O jovem profissional do jornal pediu-nos para mudar de posição, colocando-me ao centro, com Biaggio de um lado e Lino de outro. Na hora em que a foto ia ser tirada, tia Clara desfez o trio, puxando o Padre Lino para outro lado da sala:

– Venha, padre Lino, nos ajude nessa discussão sobre o nome do bebê que vai nascer. O senhor prefere nome de santo ou de anjo?

Muitas horas depois, como em toda festa, aos donos da casa sobram apenas os lixos e restos a serem recolhidos. Ajudei Paula e Roberto a recolherem os copos espalhados por toda a casa, até que Biaggio aproximou-se:

– Lucas, já estou indo. Vem comigo até a porta?

Concordei e o acompanhei.

– Sabe, Lucas, preciso que você retorne o mais rápido possível ao treinamento. Não está fácil combater possessos cada vez mais numerosos sem sua ajuda.

– Eu entendo, Thomas, mas você também precisa ver minha necessidade de estar ao lado da minha família.

– Claro, claro, mas não se esqueça de quem é o nosso verdadeiro Pai e qual é a nossa verdadeira família. Deus lhe deu uma missão.

– Acha que eu não me lembro disso todos os dias? O problema é que penso também na surra que levei e na maneira com que me livrei daquela coisa...

– Talvez você o tenha destruído, Lucas.

– Pode ser que meu desesperado pedido a Deus tenha dado cabo daquele demônio ou, provavelmente, em algumas décadas, reencontrarei Alus Mabus em algum lugar.

– Décadas, anos, meses, semanas, dias... Nunca se sabe quando e onde o mal estará.

O respeito e a admiração que eu mantinha por aquele homem não me impediram de estranhar seu jeito irônico e agressivo de agir.

– Até mais, Lucas. – disse, estendendo a mão.

– Até, Thomas. – respondi, cumprimentando-o.

Ao se afastar, Thomas passou debaixo de uma árvore cujo galho sustentava uma horrível coruja, muita parecida com a que eu havia visto na infância. Minha mão direita começou a arder e eu voltei para a casa esfregando-a em minha calça.

Antes de entrar na casa de Paula, olhei para trás novamente e flagrei o padre Thomas Biaggio me observando de longe. Havia ódio em seu olhar.

O DIABO ESTÁ NOS DETALHES

> E, acabando-se os mil anos, Satanás será solto da sua prisão.
> APOCALIPSE 20:7

Duas semanas depois da festa, não conseguia tirar Thomas de meu pensamento. Por que estava tão estranho, tão mudado? Seria apenas mágoa por eu estar afastado do ofício de exorcista ou havia algo a mais?

– Filho, por que você não come alguma coisa? Está magro. – comentou minha mãe, exercendo seu papel de sempre achar que o filho não se alimenta, enquanto passeávamos pela praça da cidade.

– Ah, mãe, estou bem. Você e a Paula me entopem de comida.

– Filho, sabe quem pergunta sempre por você?

– Não, mãe. Quem?

– O Padre Lino. Em todas as missas ele toca no seu nome.

Sorri ao lembrar do padre engraçado e confuso da paróquia da cidade.

Coincidentemente, assim que retornei à casa em que estava hospedado enquanto permanecia em Santa Bárbara das Graças, encontrei um envelope enviado pelo padre Lino. Sentei-me no sofá e, com uma pequena faca, abri para ver o conteúdo. De dentro, escorregou um bilhete:

"Lucas, acidentalmente, enviei ao Padre Thomas a foto em que você está com sua irmã e seu cunhado no lugar desta em que vocês dois aparecem juntos. Quando você voltar a vê-lo, entregue esta foto a ele e pegue aquela para você.

Você sabe como sou atrapalhado. Um grande abraço.

Pe. Lino"

Deleitei-me com a confusão do padre Lino e balancei o envelope, para derrubar a foto que caiu virada para baixo. Quando a desvirei, um arrepio sinistro tomou conta de mim. Na imagem, Thomas Biaggio e eu aparecíamos em primeiro plano e, logo atrás, uma sombra demoníaca, irônica, malévola envolvia a cena. Era Alus Mabus.

Concluí na hora: Thomas estava possuído pelo demônio general que o queria destruir. Isso explicava o modo estranho de agir, a coruja assustadora, o olhar de ódio, as respostas secas e até o seu toque causticante que ferira minha mão em um simples cumprimento de despedida. Tremi só de imaginar toda a inteligência e sagacidade de Thomas à serviço do ser das trevas que mais o odiava. Essa era a razão de sua insistência em querer me levar para São Paulo. Eu havia pedido a Deus uma prova maior, o desafio final, e agora a estava recebendo. Alus Mabus em Thomas Biaggio. Era o fim.

Se eu o avisasse, acabaria revelando minha descoberta e, possivelmente, perderia meu trunfo. Como poderia exorcizá-lo? Se eu não havia conseguido antes, com meu cunhado, como poderia em alguém tão sagaz quanto Thomas? O terrível demônio estava em posse da mais poderosa arma que um ser das trevas podia ter, um exorcista.

Pensei em todas as maneiras possíveis de derrotá-lo e amaldiçoei o tempo desperdiçado nos últimos meses, nos quais poderia ter me dedicado a estudar um jeito de expurgar aquele ser da Terra.

Depois de horas refletindo, tive a certeza de que Alus Mabus sentira que, mesmo distante em Santa Bárbara das Graças, eu tramava sua destruição, pois um garoto de recados foi até minha casa dizer que havia uma ligação para mim no telefone da mercearia. Corri até lá e atendi à ligação:

– Lucas, é Thomas, como vai? – perguntou a sinistra voz do outro lado da linha.

– Thomas? Estou-estou bem... E você?

– Estou ótimo. Preciso que você venha imediatamente para São Paulo, Lucas. Se possível agora.

Quase não havia sutilezas. Ele estava praticamente me convocando, abertamente, para o embate.

– Cla-claro, Thomas. Diga-me, há algo que necessite da minha urgência? Um exorcismo?

– Exatamente, Lucas. Venha para tentar realizar um exorcismo. – respondeu secamente, desligando.

Ele havia colocado ênfase na palavra "tentar". Estava confiante de que eu não conseguiria e eu entendia o motivo da certeza. Nesse instante, lembrei de Thomas como ele era, recordei-me também de Pedro e sua luta pela salvação das almas humanas e, por fim, pensei em meu pai. Esses homens dignos, íntegros e de fé não mereciam ser vítimas de demônios. Suas almas nobres ansiariam por uma libertação por mais radical que fosse.

Eu deveria matar Thomas Biaggio.

O INIMIGO

> Conheço as tuas obras, e onde habitas, que é onde está o trono de Satanás; e reténs o meu nome, e não negaste a minha fé, ainda nos dias de Antipas, minha fiel testemunha, o qual foi morto entre vós, onde Satanás habita.
>
> APOCALIPSE 2:13

Tive de mentir para meu cunhado.

Entrei em sua casa sob pretexto de procurar um objeto antigo nos pertences de minha irmã, mas, no fundo, fui para furtar, sorrateiramente, um revólver e algumas balas que ele guardava em cima do guarda-roupa. Thomas Biaggio deveria morrer para se ver livre do terrível Alus Mabus. Eu poderia ser preso, mas teria serenidade em meu espírito.

Aprontei-me o mais rápido possível, fiz as malas, barbeei-me e parti sem dizer a ninguém onde ia. Comprei a passagem de ônibus e segui para São Paulo mergulhado na apreensão do combate que viria em seguida.

Chegaria em São Paulo pela manhã, mas só visitaria Thomas Biaggio à noite, na hora em que o demônio menos esperava me encontrar. Ensaiei e visualizei mentalmente centenas de vezes a mesma cena durante a viagem. Eu entraria na casa de Thomas Biaggio e evitaria falar alto para não despertar Lúcia. Caso ela ainda estivesse viva, afinal, ela fora a primeira vítima de Alus Mabus e – graças a ela – a luta dos irmãos Biaggio contra Alus Mabus tornara-se pessoal.

Diria a Thomas que acabei de chegar e pediria um copo de água que, nada mais seria que um pretexto para que ele me desse as costas. Em seguida, dispararia um tiro certeiro bem no meio de suas costas. Fatal, limpo e definitivo.

Exorcizá-lo não era uma opção. Eu já tentara antes e quase havia morrido. Esse era o teste que Deus me impunha: sacrificar a vida de meu mentor em nome da fé na certeza de que sua alma seguiria para seu repouso à espera do Dia do Juízo Final em plena serenidade e gratidão.

Lembrei do olhar de ódio de Thomas, influenciado por Alus Mabus, na última vez que havíamos nos visto. Estaria ele consciente da possessão?

O que ele teria feito esse tempo todo em que dissera estar exorcizando necessitados, palestrando e orando? Jamais saberia, afinal, não daria tempo de ele conversar comigo.

Cheguei à São Paulo e aluguei um pequeno e fétido quarto em um hotel barato, próximo à casa de Thomas. Não poderia voltar para minha casa paulistana que, provavelmente, estava sob observação e vigilância de outros demônios a serviço do general. Deveria assegurar meu anonimato até a noite.

O tempo passou rápido e eu, andando de um lado para o outro sobre as tábuas velhas do quarto, ensaiava, com a arma nas mãos, como faria e para onde fugiria se decidisse fugir. Também pensei em planos alternativos para o caso de ele ler minhas intenções ou parar a bala do revólver no ar.

Onze e meia da noite. Olhei mais uma vez a foto da sinistra sombra obscura, coloquei-a no bolso e segui em direção à casa de meu professor. Era hora de acabar com Alus Mabus.

Caminhei meia quadra, passei em silêncio pelo portão, pelo corredor e cheguei até a porta de madeira. Ergui a mão para bater, mas a porta foi aberta antes que eu a tocasse com os nós de meus dedos.

– Padre Lucas? – perguntou Thomas Biaggio sem grande surpresa.

– Boa noite, meu amigo, tudo bem?

– Tudo está como deveria estar. Entre. Temos muito a fazer.

– Com certeza. – respondi, escorregando a mão direita para o bolso da calça, em busca do revólver.

– Venha, rápido, siga-me até o quarto de exorcismos.

– Espere, Thomas. Acabei de chegar em São Paulo. Você pode me dar um copo de água?

– Acabou a água no bairro, Lucas. Acho que há uma jarra dentro do quarto, entre. – disse ele. Sabia que estava mentindo, pois havia muita água no hotel em que eu me hospedara, muito próximo dali.

Caminhei até o quarto, atrás de Thomas, mas, para meu espanto, ele retornou rapidamente e passou para trás de mim, correndo de volta para a sala.

– Esqueci de pegar o *Rito Romano*, pode entrar no quarto, já alcanço você. – gritou, mexendo nas gavetas de uma cristaleira.

Dei mais alguns passos e empurrei a porta do quarto de exorcismos. Seu interior estava escuro, frio e vazio. Virei-me para questionar Thomas:

– Thomas, não há ninguém...

Nem cheguei a concluir a frase. O padre Thomas Biaggio, com uma barra de ferro, acertou-me na cabeça. Foi o único golpe que senti antes de desmaiar. Na queda, vi o fogo e o ódio no olhar do padre.

Não consigo precisar quanto tempo passou. Minutos, horas ou uma eternidade. Despertei lentamente. Mesmo com a visão embaçada, pude ver Thomas em pé, imponente, cercado de velas recém-acesas.

– Ora, ora, vejo que o padre Lucas despertou.

Tentei me mexer, mas estava com os quadris amarrados a uma espécie de maca.

– Thomas, preste atenção, você não está bem. É Alus Mabus, ele possuiu você!

– Cale a boca, imprestável!

– Padre Thomas, por favor, olhe para mim. Sou eu, seu pupilo, o padre Lucas, lembra-se? Você foi dominado por uma força maligna, mas eu sei que você é mais forte que isso. Eu posso ajudar, me solte, por favor.

– Me ajudar? Me ajudar? Como você ia fazer isso? Com esta arma? – perguntou, mostrando o pequeno revólver de meu cunhado.

– Saia desse corpo, Alus Mabus, eu lhe ordeno!

Thomas riu.

– Saia agora, eu te expulso...

Thomas gargalhou e perguntou:

– Expulsa? Em nome de quem?

Forcei as pernas ao máximo, mas estava completamente imobilizado. Era o fim.

– Diga-me, padre Lucas, quem me convidou para a festa da sua irmã?

– O quê?

– Quem me convidou?

– Não sei, não sei!

– Ninguém. Eu fui porque sonhei com você. Não se esqueça do poder dos sonhos, meu caro padre Lucas.

– Thomas me solte, ainda há tempo para...

– Não há mais tempo para nada. O tempo passou, você será derrotado Alus Mabus.

– Alus... o quê? Thomas, você está louco, o demônio está confundindo você!

— Eu vou expulsá-lo de vez!

— Acorde, Thomas, não sou eu que estou possuído, é você. Vamos!

— Eu, Lucas? Eu? Diga-me, quantas vezes você rezou nesses últimos meses?

— Como assim?

— Responda. Você foi à igreja? Estudou exorcismo? Tem se alimentado bem?

Lembrei de minha mãe reclamando da minha magreza e desleixo.

— Mas...

— Lembra-se de quando nos despedimos naquela tarde? Sua mão queimou, não foi? É o que a água benta faz com os possessos.

— Água benta? Impossível...

— E aquele comentário estranho que fez sobre meu irmão Pedro? E essa arma? Diga-me, Lucas, de onde você tirou a conclusão de que matar o possuído liberta a alma e destrói o demônio? Isso não existe! É Alus Mabus querendo que você cometa um assassinato!

— Não! Você quer me confundir. Você está possuído! Eu trouxe uma foto...

— Foto? Você diz, esta foto? — perguntou, mostrando o retrato que eu trouxera de Santa Bárbara das Graças. — Veja esta sombra profana. Ela está em você, Lucas, em você!

— Está em nós dois!

— É? Então veja esta outra foto que o padre Lino enviou por engano pelo correio. Aqui está você com Roberto, Paula e... opa, quem é esse aqui, apoiado em seu ombro?

Em sua costumeira confusão, padre Lino havia enviado a Thomas uma foto errada. Nela, Roberto e Paula apareciam abraçados com um homem evidentemente endemoninhado. Seus olhos brilhavam, o sorriso em sua boca era maligno e, contra quaisquer argumentos, uma sombra sinistra o abraçava, como se fossem grandes amigos.

Esse homem na foto era eu.

— Não pode ser! É mentira, Thomas! Sou eu mesmo, não estou possuído.

— Você pediu a Deus a maior das provações, Lucas, e Ele lhe deu. Você poderia ter morrido naquela madrugada no casebre, mas livrou seu cunhado, assumindo para si o pior dos fardos.

– Thomas, o que vai fazer?

– Não acabei de falar sobre o poder dos sonhos? Lembra-se do seu sonho com meu irmão Pedro? Ele o crucificava, não é? Bem, é isso que devo fazer.

– Não, você está louco.

– Lucas, lamento termos chegado a isso. Deveria ter resolvido tudo quando Lúcia foi possuída, há anos, mas garanto que esse tormento acaba hoje.

– Me tira daqui!

– Peça em nome de Deus, Lucas. Implore, jure, prometa algo em nome d'Ele, eu desafio. Você não vê que não consegue? Não vê? Responda!

Tentei cumprir o desafio de Thomas, mas – estranhamente – respondi:

– Ele já não pode mais responder, padre.

– Finalmente, a víbora saiu da toca.

– Eu não disse que voltaria, velho amigo? Desta vez, é para ficar.

– Criatura das trevas, inimigo pavoroso e inferior, em nome de Jesus Cristo, você encontrará sua destruição neste quarto agora.

– Sempre o velho sermão. Não aprendeu ainda, Thomas? Você vai morrer com o terrível peso de ter entregue a alma de seu pobre aprendiz ao inferno.

Não conseguia controlar as palavras que saíam da minha boca. Era real e terrível, eu estava possuído por Alus Mabus, o demônio general que há décadas tinha a missão de matar os Biaggio; a demoníaca entidade que quase me matara no casebre estava no comando e me restringira a apenas um fraco pensamento.

Tentei gritar a plenos pulmões, mas dos meus lábios saiu:

– Hoje, cumprirei minha missão.

No momento em que soube que caminhava com o demônio, percebi importantes diferenças entre ser perturbado por uma criatura e estar possuído. No primeiro caso, a vítima mantém a individualidade e sofre acometido por visões assombrosas; no segundo caso, da possessão, a presa não imagina o mal que traz em si. As cores do mundo ficam mais intensas, paramos do sonhar, não conseguimos comer, deixamos de ser nós mesmos e nos tornamos marionetes vazias e guiadas por pensamentos que não são nossos.

No meu caso, por ser um combatente, busquei desculpas para minhas atitudes estranhas. Menti para mim mesmo para justificar a ausência na igreja, a distância da religião, a falta de contato com Thomas e o desinteresse pelo exorcismo. Não havia restado um trauma real da violência sofrida na caverna, apenas apatia por temas ligados a Deus.

Ao perceber meu estado de possessão grave, rememorei pequenos incidentes irreais que considerei normal, por estar sendo controlado pelo demônio. Lembrei-me de ter permanecido em pé, acordado, olhando no espelho em um banheiro completamente escuro por madrugadas inteiras e, antes de amanhecer, ter admirado o brilho vermelho de meus olhos.

Lembro-me de ter feito cães de rua brigarem até a morte, apenas com o olhar e me regozijado com isso; inventara uma gripe para faltar à procissão; comera pequenos insetos e larvas enquanto mexia na terra do jardim da casa de minha mãe.

Eu não era mais eu. Odiei Thomas no momento em que o vi na casa de Paula. Senti nojo de seu cheiro, quis matá-lo com um revólver. A fronteira do que eu queria e o que Alus Mabus desejava era tênue e imperceptível. Eu queria muito fugir, acabar com Thomas e me suicidar. Sentia ter o poder necessário para essa tarefa, mas antes o faria sofrer infinitamente mais do que sofri no casebre.

Minha alma estava perdida.

– Vai morrer hoje, velho, vai morrer!

– Eu conheço você, Alus Mabus, não discutirei mais. Eu imploro à glória do Senhor Jesus Cristo, à armada dos arcanjos guerreiros, a Nossa Senhora, aos santos e mártires, heróis e caridosos leigos; imploro aos patriarcas da primeira igreja, aos evangelistas e apóstolos, ao Espírito Santo e ao próprio Deus: venham em meu auxílio nesta hora de aflição e batalha contra o maior inimigo da criação.

Thomas não pode ver o que presenciei com os olhos malignos que se sobrepunham à visão carnal. Naquele momento, considerei horrível e ameaçadora a luz que desceu do teto, acompanhada por orbes luminosos que flutuavam lentamente à minha volta. Eram globos de diversos tamanhos e nas cores branca, amarela e lilás. Um adocicado perfume invadiu a sala, e meus ouvidos se encheram das vibrações dos acordes celestiais.

Enojado daquele festival abençoado, vomitei.

Thomas não percebia nada de sobrenatural, assim como eu – quando realizava um exorcismo – também não via os efeitos das ações divinas. Em mim, Alus Mabus não sentia medo nenhum. Estava feliz porque aquele era o seu momento glorioso de vitória.

"É como o cão que ladra de atrás do portão", pensou Alus Mabus dentro de minha cabeça.

– Abandone agora o corpo desse filho de Deus, Alus Mabus. É Jesus quem lhe ordena! – gritou Thomas Biaggio, apontando uma cruz em minha direção. O objeto brilhava ameaçadoramente.

"Queime", pensou o demônio e a cruz inflamou-se, fazendo com que Thomas a largasse no chão.

Eu ri.

– Velho, nada pode me destruir. Eu sou o primeiro de muitos.

– É o que veremos! Livrai-nos, Senhor, de todo mal e todas as impurezas. Príncipe das milícias celestes ajudem-nos a expulsar este ser maligno. Ajudem-me a destruir esse ser maligno. Ajudem-me!

Os orbes iluminados transformaram-se em figuras humanas altivas e poderosas que se colocaram diante de mim, como soldados. Gritei e baixei a cabeça, como desmaiado. Thomas espargiu água benta em minha cabeça abundantemente. Queimou, doeu, mas eu não me mexi.

Thomas se aproximou, ajoelhou-se próximo ao meu rosto e, nesse instante, ouvi uma risada em minha cabeça. Rapidamente, soltei minhas mãos e agarrei o pescoço do padre. Apertei com toda a força. Quis muito matá-lo.

No chão, embaixo de mim, uma sombra negra circular começou a crescer – somente visível com os olhos espirituais – e expandiu-se por toda a sala. Não havia mais luz, orbes ou anjos. Alus Mabus dominava.

– Morra! – o demônio falou, com voz distorcida e multiplicada, através de mim. Senti minha pele ressecar e rachar, meus olhos enegreceram.

Thomas não conseguia respirar. Meus polegares juntos pressionavam impiedosamente sua garganta, vi sua pele se arroxear e seus olhos encherem-se de sangue. Em breve ele morreria.

Foi quando percebi, possuído, que estive ausente de mim mesmo muito tempo. Que o verdadeiro padre Lucas Vidal ainda existia e que aquele prazer na iminente morte de Thomas não pertencia a mim. Não era meu sentimento. Eu não o odiava, eu não tinha repulsa a objetos sagrados, eu não queria ter me afastado da igreja e dos exorcismos. Aquilo era Alus Mabus e sua influência nefasta.

"Nãããoˮ, gritei em minha mente e, por segundos, retomei o controle de meu corpo. Uma dilacerante dor subiu por minha espinha no momento em que eu forcei os dedos e soltei Thomas que caiu para trás.

– Ahhh, para, sai do meu corpo, me deixa em paaaz! – gritei.

– Lucas, é você? Tenha fé, filho, vamos vencê-lo e... – disse Thomas, com a voz fraca e sufocada.

Estava em plena guerra interna contra a entidade que me possuía, e isso permitiu que Thomas se recuperasse e me amarrasse novamente, desta vez, na cruz benta, especialmente preparada o Ritual da Cruz.

"Você não devia ter se metido, vermeˮ, disse Alus Mabus em minha mente.

Ainda consegui ouvir o demônio dizer a Thomas:

– O padre não vai mais interferir, garanto.

Tudo escureceu e eu perdi contato com meu corpo. O exorcismo prosseguiu, mas, de alguma maneira, a criatura dedicara parte de sua energia a suprimir quaisquer tentativas de manifestações minhas. Fui ejetado de meu próprio ser.

Meu espírito foi lançado em um corredor escuro, fora do mundo. Segui até uma estranha porta de pesada madeira colonial escura. Senti que não devia abri-la, voltei-me para trás e tentei retornar pelo corredor que, certamente, me levaria de volta ao meu corpo. Não consegui. Quanto mais tentava seguir de volta, mais era repelido. O chão parecia agarrar meus pés, uma espécie de vento contrário me empurrava e, à frente, uma gigantesca sombra impunha-se, ameaçadora, como um guarda das trevas colocado por Alus Mabus para impedir meu retorno. Atrás do sentinela, um espinheiro denso era o último dos obstáculos entre mim e qualquer apoio que pudesse dar a Thomas.

Soltei o corpo em desistência e fui levado à porta pela inércia. Ao tocar as costas na madeira, virei-me e abri.

Havia um belíssimo campo verde cercado por árvores e flores. Em bancos parecidos com os de praça, pessoas vestidas de branco conversavam sob o céu azul e o dia ensolarado. Ao fundo, próximas a um lago com cisnes, crianças corriam atrás de uma bola.

Sentado no banco mais próximo, um homem sorria para mim. Era meu pai.

– Lucas, como você cresceu. – disse, vindo até mim de braços abertos.

– Pare aí mesmo. Você não é meu pai. Onde estou?
– Eu sei, filho. É estranho mesmo. Não se preocupe, sou eu mesmo.
– Onde estou? Aqui é o céu?
– Não, filho. Infelizmente, não. Eu me suicidei, você se lembra. Não posso entrar no céu.
– É o purgatório, então?
– Eles chamam esse lugar de Campos Elíseos. Sei que o nome é errado, mas isso não me importa.
– Por que você está aqui, pai?
– Não fui realmente um homem ruim, você se lembra. Errei em muita coisa, principalmente no final, com o maldito Ben-Abaddon e com o suicídio, mas não merecia o inferno. Por isso vim para cá.
– E eu? Estou morto?
– Ainda não, Lucas, mas em breve.
– Mas, Thomas, ele...
– Eu sei, filho. Isso agora é passado. São assuntos da Terra e do homem. Infelizmente, aquela criatura suja é imbatível. Eles serão derrotados no fim, porque o bem sempre vence, mas, agora, o padre Thomas Biaggio tentará realizar o Ritual da Cruz e não conseguirá como da outra vez. O ser não fugirá, mas o possuirá e, então, dará fim à vida de vocês dois.
– Mas...
– Os dias se seguirão com a notícia que dois padres morreram em um ritual estranho. Os generais terão acesso à Terra e possuirão homens importantes e influentes. Em mais ou menos trinta anos, Lúcifer encarnará no planeta e não se saberá mais quem está ou não possuído, pois muitos demônios caminharão entre os homens.
– Pai, não posso deixar isso acontecer.
– O que podemos fazer, filho? Além do mais, não se preocupe. O bem sempre vence. Venha, quero lhe mostrar algo.
Afastamo-nos da colina e seguimos para perto do lago. Lá, uma bicicleta linda esperava por mim. Era idêntica à que eu usava na infância.
– Meu presente para você, filhão. Uma prova de que estaremos sempre juntos.
Uma explosão de felicidade tomou conta de mim. Senti a nostalgia dos tempos felizes e inocentes voltando com ímpeto e desejei, de coração, que Paula estivesse lá comigo, para brincar também. Foi um desejo egoísta, eu sei, mas como meu pai havia dito, as coisas dos homens

pertencem à Terra, são assuntos mundanos. Estava livre da vida e das preocupações e nada parecia diferente.

– Pai, essa bicicleta é de criança.

– Aqui, você pode ser o que quiser, filho.

Caminhei até aquele lindo brinquedo e, a cada passo, via tudo aumentar de tamanho. Fui diminuindo e infantilizando-me, até que voltei a ser aquele menino de doze anos, de Santa Bárbara das Graças.

– Lucas, que saudade! – disse meu pai, abraçando-me forte.

Retribuí seu abraço e desejei que aquele momento nunca terminasse.

– Pai, quer ver em quanto tempo dou uma volta em todo esse lago? – perguntei com voz infantil.

– Eu ia dizer isso. Será que é rápido?

Ri e comecei a pedalar. Passei por uma menina de vestido que me lembrou Angélica. Claro que não havia esquecido da real natureza demoníaca da garota, mas o que veio à minha memória foram aquelas primeiras tardes da infância, sem preocupações, só alegrias em cada dia que parecia infinito.

– Dê uma volta! – gritou meu pai.

Parei a bicicleta. Ver as crianças e lembrar de Angélica já havia sido estranho, mas ao ouvir meu pai pronunciar a palavra "volta", trouxe à minha mente a última frase que ouvi dele, quando vivo, a frase que salvara minha vida contra Angélica:

"Filho, não perca o entusiasmo, o importante não é para onde a alma vai, mas como ela volta".

– Como a alma volta? – perguntei a mim mesmo e, então, larguei a bicicleta.

– O que foi, Lucas?

Enquanto andava, lembrei de outra frase, dita pela estranha mulher com mancha no rosto e repetida por Angélica na casa do padre Jaime:

"Um corpo é como um castelo. Imagine que seu pai havia deixado outro rei sentar-se no trono"

Acelerei meus passos e fui, aos poucos, voltando a ser adulto. Quando cheguei até meu pai, lembrei-me, por fim, do que o próprio Alus Mabus havia me dito no casebre, enquanto possuía meu cunhado:

"Vou lhe contar um segredo, Lucas. Esse é o curinga, o trunfo, o xis da questão: seu cunhado não consegue voltar. Ele não tem fé ou força. Eu determino quando e como ele vai aparecer, porque ele é fraco".

Eu havia pedido a Deus o grande desafio, a grande prova. Não havia prova maior que aquela.

– Espere! Lucas, onde vai? – perguntou meu pai, segurando meu braço.

– Vou voltar, pai. Vou salvar o padre Thomas. Eu tenho fé e sou forte.

– Lucas, não vai dar certo, não adianta mais. Fique comigo.

– Você não é meu pai!

– Filho, não diga isso...

– Eu sei o seu nome e posso expulsá-lo da minha frente.

Papai riu e segurou meu pulso com uma força imensa.

– Está blefando!

– Eu lhe reconheço, espírito maligno, criador da agonia e da destruição, anjo caído e derrotado, renegado do paraíso por São Miguel. Eu lhe expulso, Lúcifer!

Meu pai e todo o cenário se transfigurou no verdadeiro demônio e no inferno. O chão tornou-se de pedra e lava. Fumaça, fuligem e estranhas criaturas aladas percorriam o céu e as demais pessoas se tornaram criaturas monstruosas, deformadas e sofredoras.

Em toda a sua glória e poder, o Demônio encheu o peito de ar e disse com a voz mais alta que um trovão:

– Eu sou Lúci...

– Tá, tá, você não é nada. – interrompi, livrando-me da garra fétida que segurava meu pulso, torcendo o seu braço e jogando-o para longe. Subi a colina correndo. Os seres que estavam no caminho não ousaram me segurar. Choquei-me com a porta de madeira escura que desfez-se como papel.

Meu brilho iluminou o corredor escuro e, ao me aproximar da sentinela sombria, ela ajoelhou-se à minha frente, com medo. Empurrei-a e desfiz o espinheiro como se os espinhos fossem serpentinas de carnaval.

À medida que segui, emergia luz de meu corpo, mas ainda sem controle de mim mesmo. A cena que encontrei foi horrível: Thomas Biaggio estava preso à parede por uma força invisível e eu estava na cruz, com os pés amarrados e as mãos livres. Eu apontava a mão esquerda ao padre e impunha, além da imobilidade, muita dor.

– Agora é o fim, Thomas, implore para o inferno lhe trazer uma morte rápida. – disse, Alus Mabus, com sua voz horrenda, através de meus lábios.

Foi quando, com um esforço dilacerante, reassumi o controle do meu corpo. Nesse instante, o poder que prendia Thomas à parede cessou e ele caiu ao chão, exausto, e sem entender.

– Thomas, sou eu, Lucas. Venha, acabe o ritual de uma vez, não sei quanto tempo poderei segurá-lo. – falei, abrindo os braços e os posicionando-os na cruz.

"O quê? Como é possível?", Alus Mabus gritou em minha mente.

"O importante não é para onde a alma vai, mas como ela volta", respondi, também mentalmente.

Thomas, em pé novamente, pegou os dois pesados pregos sagrados e uma pesada marreta.

"Para me manter preso, você sentirá toda a dor da crucificação, padre", pensou Alus Mabus.

"Eu sei, criatura. Eu sei, eu quero e eu vou passar por essa dilacerante dor que não será nada perto do que meu Senhor, filho do Deus, passou pelo bem de toda a humanidade", respondi.

Enquanto Thomas se aproximava e posicionava o prego na palma de minha mão, emiti outro pensamento ao demônio: "O melhor de tudo é que você sentirá toda a dor comigo e perceberá a alegria da minha alma na mortificação do corpo. Será um passeio incrível".

Percebi o medo da criatura e o desejo de deixar meu corpo. Seriam mais algumas décadas de fuga até um novo ataque.

"Como é possível?", perguntou, quando notou que não conseguia abandonar meu corpo.

"Estou no controle. Aceitei com alegria a crucificação e também aceito essa possessão. Ficaremos juntos até o fim, criatura".

"Deixe-me ir agora, Lucas!".

"Não".

"Agora!".

"Não".

"Eu imploro. Livre, prometo lhe dar tudo o que você quiser. Deixarei sua família em paz, derrubarei seus inimigos, proporcionarei fortuna e fama. Derrotarei os demônios menores por você, para que sua fama de exorcista corra o mundo. Por favor, me liberte".

"Prepare-se para a dor, ser imundo. Sentiremos e gritaremos juntos".

Veio então, a primeira martelada. A dor lancinante nos fez urrar.

– Meu Senhor, meu Deus, que com este sacrifício da cruz redimistes o mundo, libertando-nos do poder de Satanás. Peço-te, pela intercessão de Maria Santíssima e do Arcanjo Miguel, que tenhamos forças suficientes para expulsar agora esta presença maléfica para sempre. Em nome do Pai, do Filho e do Espírito Santo. Amém. – orou Thomas, enquanto batia forte no prego.

Totalmente impotente, Alus Mabus tentava desesperadamente assumir o controle ou, então, fugir. Permiti que ele falasse por minha boca:

– Maldito, seu deus é imundo, velho nojento, seu Jesus está morto, sua fé não é nada!

– Como eu disse antes, termina hoje. – respondeu Thomas. Como havia certa piedade no olhar do meu mentor, permiti propositalmente que Alus Mabus falasse seus impropérios, para que o padre soubesse que não era somente o padre Lucas que estava ali.

As marteladas seguiram vigorosas e eu podia sentir o grosso metal romper pele, gordura, músculos, nervos e ossos. O peso de meu braço forçava a ferida, abrindo-a mais e meus dedos não respondiam.

– Pai, que o senhor nos envie o seu Santo Espírito sobre o pão e o vinho, para que se tornem, pelo seu poder, o corpo e o sangue de seu filho, Jesus Cristo. Que sejam um só corpo e um só espírito. Eu consagro este alimento espiritual em nome do Pai, do Filho e do Espírito Santo. Amém.

Thomas falou como se consagrasse uma hóstia à eucaristia. Tentei balbuciar as palavras com ele, mas minha boca expelia apenas um grosso e fétido líquido gosmento. A dor se espalhava por todo o meu corpo enquanto meu mentor segurava o segundo prego na outra palma.

"Chega, chega, eu imploro".

"Falta pouco, agora".

Novas marteladas. Doeu muito mais que a outra mão. Lembrei-me dos garotos que me amarraram a um portão, em Santa Bárbara das Graças, quando tentei salvar Gilson. Um deles disse premonitoriamente: "Estão vendo aquele portão de ferro em forma de cruz? Vamos amarrá-lo lá. Ele não quer ser o mártir da rua?".

– Pelo ser humano que caminha na Terra, pelos anjos que voam no Paraíso, pelo sorriso da criança, amor da mãe, sabedoria do pai, pelos milagres da criação e pela caridade, eu conheço você, criatura, eu sei seu nome.

Dei gritos monstruosos e inumanos, enquanto contorcia a face e girava a cabeça. Alus Mabus, o demônio general que havia possuído

Lúcia, Paula e Roberto, que havia recebido a missão de destruir os irmãos Biaggio, que apresentava poderes e capacidades muito superiores às entidades vulgares, não estava sendo exorcizado, expulso e enviado de volta ao inferno. Dessa vez, não.

– Eu conheço você, eu sei seu nome. – repetiu Thomas ao terminar de prender-me na cruz. – Eu destruo você para sempre, Alus Mabus!

Uma chama branca, sem calor, acendeu-se sobre mim e sobre a cruz. Toda a sala se iluminou e o coral dos anjos soou alto. Um raio invisível aos olhos carnais desceu do céu, diretamente das mãos do Senhor e, por meu sacrifício e pelo esforço de Thomas, queimou completamente Alus Mabus, que foi dolorosamente destruído.

O cenário mágico se desfez e eu estava novamente sozinho em meu corpo. Minha mente apagou-se lentamente enquanto grande quantidade de sangue escorreu de minhas mãos. Thomas caiu sentado em uma cadeira, exausto e satisfeito, com a marreta em suas mãos.

Pensei na última frase do sermão dado pelo padre no dia em que decidi me tornar sacerdote, há anos, na minha cidade, na missa de meu pai: "mas os homens incomuns, estes terão um destino glorioso".

Havíamos vencido.

Mistérios revelados

> E foi precipitado o grande dragão, a antiga serpente, chamada o Diabo, e Satanás, que engana todo o mundo; ele foi precipitado na terra, e os seus anjos foram lançados com ele.
>
> APOCALIPSE 12:9

Nos dias que se seguiram à destruição de Alus Mabus, voltei a me alimentar e a me interessar pelos assuntos da Igreja. Foi como despertar de um pesadelo que me deixara de torpor nos últimos meses.

Retomei imediatamente os meus estudos e treinamento. Contatei a cúria e pedi afastamento definitivo da paróquia em São Paulo para operar exclusivamente com exorcismos. Passei a ter reuniões semanais com o bispo para solicitar autorizações. Nunca um padre realizou tantos rituais na história da igreja em nenhum país.

A ligação entre mim e Biaggio que, inicialmente, se dava por conta dos ataques de Ben-Abaddon e Alus Mabus, passou a ser um elo entre dois homens experientes, que haviam enfrentado o pior e sobrevivido, apesar das cicatrizes.

Thomas ficou satisfeito quando eu o informei que senti o medo que Alus Mabus tinha dele e que Angélica, ainda que manipuladora, estava certa ao dizer que apenas o "abençoado padre Thomas Biaggio" seria a salvação contra o ataque. Que Deus não errava e que se Ele havia nos aproximado, era por uma razão.

Thomas, por sua vez, sempre deixou claro que o erro do diabo foi achar que eu ainda não estava preparado, menosprezando, assim, a capacidade humana de evolução e adaptação, o maior presente de Deus, depois da vida. Meu sacrifício maior, no Ritual da Cruz, mostrou ao mal que o homem pode, sim, doar-se por Deus e que aquele desafio era muito maior do que a surra que levei no casebre.

O tempo passou e Thomas nunca mais retornou à Itália. Juntos, realizamos incontáveis exorcismos, alguns muito mais assustadores e difíceis do que o de Alus Mabus, mas nenhum tão marcante, literalmente. Ainda guardo a figurinha do Capitão 7 e a desgastada torre de xadrez, como lembranças saudosas daquelas épocas douradas, quando até o mal parecia inocente.

Mamãe morreu anos depois, já bem velhinha, de maneira serena e cercada de familiares. Paula ainda vive em Santa Bárbara das Graças com seus filhos e netos. Virou comerciante após a morte de Roberto e, hoje, tem uma rede grande de supermercados na região. Santa Bárbara das Graças cresceu, perdeu a inocência e se verticalizou. Não há mais campinho, coreto ou praça. Em compensação, recebe um grande rodeio interiorano e serve de dormitório para alunos de uma universidade. Às vezes, aparece nos noticiários nacionais quando algum crime ocorre por lá.

Meu amigo e mentor, o padre Thomas Biaggio, teve um ataque cardíaco durante uma palestra, há alguns anos. Ensinou-me tudo o que sabia e, juntos, também aprendemos alguns truques novos. De vez em quando, temos longas conversas em sonhos, geralmente esses encontros acabam em discussão ou risos.

Foi naquele mesmo ano de 1969, quando vencemos nosso primeiro general e o Brasil já seguia, há cinco anos, por uma era comandada por generais humanos, que peguei meu pequeno livro preto chamado de "Diário de um padre" e rasurei o título para "Diário de um exorcista".

Sigo agora esta batalha sozinho e já me preparo para encontrar um aprendiz. Desta vez, terá de ser alguém diferente, jovem e adaptado completamente a esse novo mundo tecnológico.

Ainda hoje, sempre que realizo um exorcismo, me recordo do que a criatura que me possuiu disse:

"Os generais terão acesso à Terra e possuirão homens importantes e influentes. Em mais ou menos trinta anos, Lúcifer encarnará no planeta e não se saberá mais quem está ou não possuído, pois muitos demônios caminharão entre os homens."

Breviário do Padre Bórgio Staverve sobre Exorcismos

☦ Tomo VII ☦

O Rito da Cruz só dá certo se o crucificado aceitar, de bom grado, os martírios verdadeiros da crucificação. Dessa maneira, ele obrigará a entidade que o possui a submeter-se às mesmas provações que Nosso Senhor Jesus Cristo e isso, para qualquer demônio, é inaceitável.

O futuro trará homens que não precisarão de ritos exteriores para exorcizarem demônios. Esses homens poderão, apenas com sua mente serena e sua paz de espírito, levar a criatura a experimentar um estado mental semelhante ao de Cristo, algo que pulverizará instantaneamente o espírito maligno.

Infelizmente, antes disso ocorrer, teremos de passar alguns anos pelo Reino de Lúcifer na Terra. Nesse futuro, esperamos, distante, haverá grande promoção da violência, do egoísmo, do egocentrismo e da cultura da vantagem pessoal. Os crimes serão corriqueiros e grandes mudanças sociais serão discutidas de maneira errada por homens intolerantes e desviados em suas próprias vidas pessoais.

Quando isso ocorrer, teremos certeza de que os demônios generais caminham sobre a Terra e que, em breve, Lúcifer fará o mesmo.

Em contrapartida, todos os cidadãos, de todas as fés e crenças, cujo espírito seja elevado, desprendido e altruísta será um exorcista em potencial. A guerra ocorrerá nas ruas, nos palácios dos governos, nas escolas, nos ambientes de trabalho e através dos meios de comunicação que serão utilizados no futuro.

Chave para o inferno

> E o diabo, que os enganava, foi lançado no lago de fogo e enxofre, onde está a besta e o falso profeta; e de dia e de noite serão atormentados para todo o sempre.
>
> Apocalipse 20:10

A gravação mostra Bruno e Renan boquiabertos com a história do velho padre.

– Então o senhor acha que o mundo vai acabar? – pergunta Renan.

Padre Lucas ri.

– Não, não. A Bíblia nos diz sobre a volta do anticristo e o início do Reino da Besta. Mas vocês não têm nada a temer.

– Esta, então, era a casa do padre Thomas Biaggio, não é?

– Exatamente. Assim como a irmã Lúcia que vocês conheceram é a garotinha apresentada na história. Percebam que tanto ela quanto eu temos essas marcas da cruz nas mãos. Todo aquele exorcismo ocorreu naquele quarto atrás de nós. Que fique bem claro que o Ritual da Cruz não é nem nunca foi autorizado pela Igreja, está bem?

– Fantástico, padre. Renan, confere aí se tudo foi gravado direitinho.

Renan passa para trás da câmera, há um corte. Em seguida, a câmera parece ter sido encostada em outro canto da sala, permanecendo apontada para a porta trancada do quarto dos exorcismos. Renan liga uma pequena câmera de mão.

– É só para dar um charme na produção, padre, como um making of. – explicou Bruno.

– Muito obrigado pela entrevista, padre Lucas Vidal. – disse Bruno, falando à câmera e apontando o velho padre.

– Isso foi só o começo, viu? Tenho mais uns quarenta anos de exorcismo para contar, histórias incríveis contra criaturas que não se veem nem nesses filmes que vocês gostam hoje em dia. Desde os anos setenta, se fala sobre o tema "Exorcismos no cinema e na literatura", mas notem que, nos últimos anos, isso aumentou muito.

– Isso é um bom ou um mal sinal?

– Boa pergunta. Vocês são os cineastas. – respondeu o Padre Lucas e todos riem.

A irmã Lúcia interrompeu o clima amistoso e alertou:

– Padre Lucas, ela já está despertando. Deixarei as chaves aqui no pratinho.

– Antes, vou fazer uma ligação à cúria, preciso atualizá-los de minhas ações e faz tempo que não faço meu relatório.

– Bem, padre, nós vamos embora, então.

A dupla se despede do padre e sai. Aparentemente, eles esquecem da câmera que permanece filmando a sala vazia por alguns minutos, até que retornam à cena de Bruno e Renan, com a pequena câmera nas mãos. Bruno está sorridente e Renan tenta dissuadi-lo de algo.

O pequeno quarto de exorcismos

> Nada temas das coisas que hás de padecer. Eis que o diabo lançará alguns de vós na prisão, para que sejais tentados; e tereis uma tribulação de dez dias. Sê fiel até à morte, e dar-te-ei a coroa da vida.
>
> APOCALIPSE 2:10

As imagens da câmera de mão mostram Bruno e Renan discutindo assim que deixam a casa do padre Lucas.

– Desliga isso, Bruno, vamos embora que estou com pressa.

– Embora? Está maluco? Vamos voltar e filmar o que quer que esteja despertando dentro daquele quarto. Vai ser a cereja do bolo do nosso filme.

– Invadir? Quem está louco é você. Invasão é crime, além do mais, já gravamos a entrevista.

– Eu quero mais que se dane essa entrevista desse velho gagá. A gente precisa filmar o que tem no quarto. Vamos ficar famosos. Vão ser mais de um milhão de acessos de nosso vídeo na internet em dois dias, pode apostar.

– Tá, mas como você pretende voltar lá?

A resposta não é gravada. Há um corte seco e ambos já se encontram dentro da sala. Renan filma Bruno pegando o molho de chaves no prato. Renan parece indeciso. Bruno, então, toma a câmera de Renan e passa a filmar.

O jovem abre a porta devagar e adentra no quarto escuro. Pelas gravações da câmera encostada na parede, é possível ver Renan aguardando, apreensivo, do lado de fora. Bruno acende a luz por um precário interruptor.

É um quarto pequeno de paredes escuras. Há dezenas de cruzes fixadas em todos os lugares e uma grande e escura cruz encostada em um canto, cujas extremidades da madeira horizontal apresentam manchas de sangue.

Há uma cama no centro do quarto, onde alguém está deitado sob um lençol.

– Aqui, neste quarto, muitas pessoas foram exorcizadas. Dizem que estavam realmente possuídas por espíritos malignos. Será? Eu sou Bruno Silva e vou lhes mostrar em primeira mão a verdade por trás do quarto de exorcismos.

Bruno puxa o lençol, revelando uma garota de pijama, deitada. A luz a desperta e, assim que nota Bruno, aproxima-se do jovem em desespero:

– Moço, por favor, me tira daqui. Essa gente é louca. Tem um padre que fica me dando remédios e me chamando de uns nomes estranhos. A velha que mora com ele, acho que é a esposa, falou que nem padre de verdade ele é. Você tem um celular para me emprestar? Preciso ligar para minha madrinha e para a polícia...

Bruno dá alguns passos para trás e responde:

– Vem comigo, meu amigo e eu estamos de carro. Bem que desconfiei da lorota desse velho. Esse papinho de demônio já me encheu, se eles aparecerem, eu imobilizo. Sou lutador de MMA.

Estranhamente, a luz do quarto se apaga. Bruno mexe na câmera e a cena fica esverdeada, denotando o acionamento da luz noturna. O rapaz filma a parede do quarto e sussurra:

– Mas, que merd...

As cruzes da parede estão todas de cabeça para baixo. Bruno busca a garota com a câmera e não a encontra. Em seguida, uma voz estranha, masculina e grave diz:

– O Renan é muito mais esperto.

– O quê? Quem?

As cenas, então, são entrecortadas e excessivamente movimentadas. A garota aparece com o corpo todo torto, o rosto pálido e os olhos negros. Aparentemente, há uma luta e, em seguida, a câmera para de gravar.

A câmera maior, deixada na sala, mostra Renan aguardando, apreensivo, o amigo voltar. Em seguida, a porta se abre e Bruno sai. Juntos, os jovens deixam a casa do padre Lucas Vidal. Atrás de Renan, Bruno olha para a câmera e seus olhos estão brancos.

Tema pela humanidade

> E os outros homens, que não foram mortos por estas pragas, não se arrependeram das obras de suas mãos, para não adorarem os demônios, e os ídolos de ouro, e de prata, e de bronze, e de pedra, e de madeira, que nem podem ver, nem ouvir, nem andar.
>
> APOCALIPSE 9:20

A câmera esquecida na casa do padre Lucas, minutos após captar a fuga dos dois garotos, revela irmã Lúcia chegando à sala e notando a porta do quarto de exorcismos aberta. Rapidamente, a idosa sai de cena e retorna com o padre que resgata, no quarto, a garota.

– Ela está bem, padre Lucas?

– Sim, sim, irmã Lúcia. Está livre de qualquer possessão.

– Graças a Deus, está curada.

– Ela sim, mas a entidade caminha por aí.

A menina toma fôlego e diz:

– Menino, menino... um menino com uma câmera ele...

– Irmã, eles deixaram aquela câmera aqui, veja. – diz o padre Lucas, apontando.

Lúcia aproxima-se e informa:

– Acho que ficou gravando.

– Ótimo, traga aqui.

Enquanto a freira tenta entender como fará para levar o complicado aparelho até o padre, a garota diz:

– Padre Lucas, aquele espírito maligno, aquele ser, ele deixou um recado, ele pediu que eu dissesse ao senhor...

– Calma, relaxe. Depois conversamos.

– Não, não... ele disse que era para eu lhe avisar que teria sido muito melhor se o senhor tivesse ficado com ele, anos atrás, nos Campos Elíseos...

Irmã Lúcia desiste de trazer a câmera e pergunta:

– Padre Lucas, isso significa algo? Aconteceu alguma coisa?

Padre Lucas Vidal ajeita a garota no sofá e vai até a câmera.

– Ainda não aconteceu, Lúcia. Mas vai acontecer. Temo dizer, mas acho que o pior já começou.

E desliga a câmera.

Epílogo

> E muitos deles diziam: Tem demônio, e está fora de si; por que o ouvis.
>
> João 10:20

A câmera de mão dos garotos volta a filmar. É Renan, olhando diretamente para a lente, que diz:

– Acabamos de chegar da casa do padre Lucas Vidal, o exorcista. Troquei o cartão de memória para assistir o que o Bruno gravou no quarto de exorcismos. Ele está no banheiro desde a hora que chegamos. Ei, cagão, não vai mais sair daí?

Renan deposita a câmera de mão em uma mesa de centro e ficam no mesmo quadro, o garoto, a tela do computador e a enorme janela ao fundo.

– Vou mostrar para vocês minha reação diante das cenas que meu amigo gravou. Tomara que seja coisa boa, porque ele ficou quietão o caminho todo.

Renan começa a assistir a cena de seu amigo entrando no quarto de exorcismos. Enquanto isso, Bruno caminha silenciosamente pela lateral e encosta na janela. Renan não nota a presença do amigo e não vê o martelo em sua mão. A cena do quarto de exorcismos é rápida, e, assim que termina, Renan nota a presença do amigo, mas não olha para ele, apenas diz:

– Cara, olha que incrível! Quando você derrubou a câmera, ela filmou aquele cantinho do quarto, certo? Se a gente clarear o monitor, veja, que estranho, um cavalinho de pau, daqueles antigos de brinquedo. Não é bizarro?

Bruno não responde. Renan estranha e olha para o amigo. Nesse exato instante, um enorme e brilhante balão vermelho passa fora do apartamento, pela janela, subindo ao céu.

– Nossa, esse cavalinho, esse balão... vi isso no meu sonho!

– Eu também. – responde Bruno, golpeando a cabeça do amigo com o martelo. Assim que Renan caiu, são desferidos muitos outros golpes seguidos, até que o sangue tinge toda a lente de vermelho. Bruno sorri para a câmera e vai embora.

A câmera segue gravando até a bateria acabar.

Notas finais

> Não deis lugar ao diabo.
>
> Efésios 4:27

A irmã Lúcia faleceu dias após o ocorrido, de causas naturais. Ela já estava enferma há algum tempo e partiu em paz.

Não há mais cópias disponíveis do *Breviário do Padre Bórgio Staverve*. Dos três últimos exemplares restantes, apenas um permanece no Brasil. Outro se encontra no museu de Roma e é usado como base para o curso oficial preparatório de exorcistas. A terceira cópia foi comprada por um anônimo da Romênia por mais de doze mil reais.

O jovem Bruno segue desaparecido. O caso foi alvo de matérias sensacionalistas na mídia impressa e televisiva há dois anos. Testemunhas anônimas dizem terem avistado o garoto perambulando pelos centros das capitais de todo o país em diferentes madrugadas e em grupos cada vez maiores. Nada ainda foi confirmado.

O padre Lucas Vidal prossegue em seus exorcismos na casa que, outrora, pertenceu ao famoso padre Thomas Biaggio. Segundo ele, há necessidade urgente da preparação de um novo aprendiz e ele espera que este livro ajude-o no recrutamento.

Ele nunca mais realizou o Ritual da Cruz, ainda que, segundo ele, já seja possível para demônios de castas inferiores trocarem de corpos com a facilidade com que Alus Mabus fez há quarenta e três anos. Lucas Vidal afirma, com base em suas pesquisas, que o próprio Lúcifer já caminha pela Terra.

O Vaticano nega todos os fatos citados neste livro.

Filme "Diário de um Exorcista"

Produção Executiva: **Renato Siqueira, Wagner Dalboni e Edu Hentschel**
Direção Geral, Roteiro e Edição: **Renato Siqueira**
Direção de Elenco: **Renato Siqueira e Ruben Espinoza**
Direção de Fotografia: **Beto Perocini e Renato Siqueira**
Assistente de Produção: **Leonardo Granado**
Operador de Câmera: **Beto Perocini, Cleber Amorim e Marcelo Scano**
Trilha Sonora: **Rick Drakul Mystic**
Sound Designer e Locutor: **Rubens R. Macedo**
Efeitos Especiais: **Renato Siqueira e Ricardo Arroyo**
Maquiagem de Efeito: **Ivandro Gore Godoy**
Direção de Arte: **Tatiana Zolezi Pelussi Siqueira**
Imagens e Ilustrações: **Fabio Vido & Claudio André**
Webmaster: **Mário Valney**

Uma História De Renato Siqueira e Luciano Milici.

Elenco

Renato Siqueira, Ewerton de Castro, Lisa Negri, Fábio Tomasini, Ruben Espinoza, Cibelle Martin, Olivia Camargo, Manoel Lima, Cibelle Martin, Vininha de Moraes, Marcela Pignatari, Silvana Farina, Edson Rocha, Mari Nogueria, Celso Batista, Waldemar Dias, Adriano Arbol, Fabio Hilst, Glauber Leme, Vynni Takahashi, Silmara Túrmina, Chris Fernandes, Tales Jaloretto, Priscilla Avelar, Diego Andrade, Fábio Cadôr, Hélio Aguirra Laureano, Marco Minetto, Katiane Castro Reeves e grande elenco.

Dados Técnicos

A captação do longa-metragem foi feita por câmeras profissionais DSLR no formato FULL-HD / 1080-24p.

Lentes:50mm Af-s F/1.4g
Zoom 18-200mm Af-s Dx F/3.5-5.6g
Grande Angular Af-s Nikkor 35mm F/1.6g

Programas de edição e efeitos: Sony Vegas 12, Adobe premiere CS5, After Effects CS5, Photoshop CS5, Mocha V2.

Tratamento de imagem: Pacote Magic Bullet / Soft Contrast.

APOIO

Curiosidades

– Em uma das cenas de exorcismo, um abajur começou a balançar misteriosamente. Não havia vento ou contato físico. Essa perturbação só foi percebida dias depois, durante a edição. A lâmpada desse mesmo abajur explodiu dias depois.

– Durante uma das entrevistas com um padre exorcista, Luciano e Renato captaram um sussurro que, segundo o técnico de som da equipe, foi um vazamento causado pela interferência de uma rádio próxima.

– Enquanto Renato Siqueira explicava uma cena a um dos atores, um vaso do cenário foi misteriosamente arremessado ao chão e espirrou cacos de vidro em todo o elenco.

– Uma das ex-possessas é funcionária do Serviço Funerário Municipal de São Paulo. Para entrevistá-la, Luciano e Renato precisaram encontrá-la após o horário de seu expediente, às 22h, no Cemitério da Consolação. A montagem do equipamento e a preparação dos materiais fizeram com que os rapazes saíssem do local às 2h.

– No único dia em que realizaram uma entrevista não gravada, Luciano e Renato levaram um assistente para anotar os pontos discutidos. Dias após a entrevista, o assistente voltou à casa do entrevistado para alinhar algumas informações e perguntou sobre uma incômoda estátua de coruja de olhos totalmente brancos que havia em cima de um móvel, atrás do entrevistado. "Aquela estátua me assustou durante toda a entrevista", disse o assistente. O entrevistado, homem sério e renomado, jurou que nunca houve estátua no local indicado pelo rapaz. Luciano e Renato também não se recordam de terem visto estátua nenhuma durante a entrevista.

– No quarto dia de gravação, duas quedas de energia quase impediram a filmagem de duas cenas cruciais. Não foi detectado no bairro nenhum incidente pela companhia elétrica.

– Por duas vezes, o escritor e o cineasta receberam ligações não identificadas de pessoas anônimas pedindo para que o livro e o filme não fossem realizados.

– Nos testes, uma jovem atriz teve de representar uma mulher possuída. Assim que Renato Siqueira gritou "Ação", a garota começou a se debater, xingar e gritar. Sua voz parecia modulada, pois estava realmente grave. A equipe, de início, gostou, mas, de repente, a euforia da jovem tornou-se grotesca. Apesar dos pedidos de Renato Siqueira para que ela parasse, a atuação durou alguns minutos. Estranhamente, as luzes do estúdio se apagaram e, sem se intimidar, a jovem prosseguiu em seus espasmos e gritos. Membros da produção começaram a correr e a gritar com medo, enquanto os urros da menina aumentavam. Assim que as luzes voltaram, a atriz cessou sua cena e perguntou como havia sido seu desempenho. Renato Siqueira agradeceu e disse que a contataria em breve, mas nunca mais a contatou. Sua equipe agradeceu.

Contatos dos autores
Luciano Milici

www.lucianomilici.com
luciano@lucianomilici.com
luciano_milici@hotmail.com
@lucianomilici (twitter)

Renato Siqueira

www.diariodeumexorcista.com.br
www.facebook.com/diariodeumexorcista
www.jrstudiosactors.com
renatosiqueira101@yahoo.com.br

Assista o trailer do filme

http://youtu.be/99Z1M-qvGvE

Este livro foi impresso pela Intergraf em papel *Lux cream* 70 g.

DIÁRIO DE UM EXORCISTA

DE RENATO SIQUEIRA
BASEADO EM FATOS REAIS

ILUSTRAÇÃO - FABIO VIDO

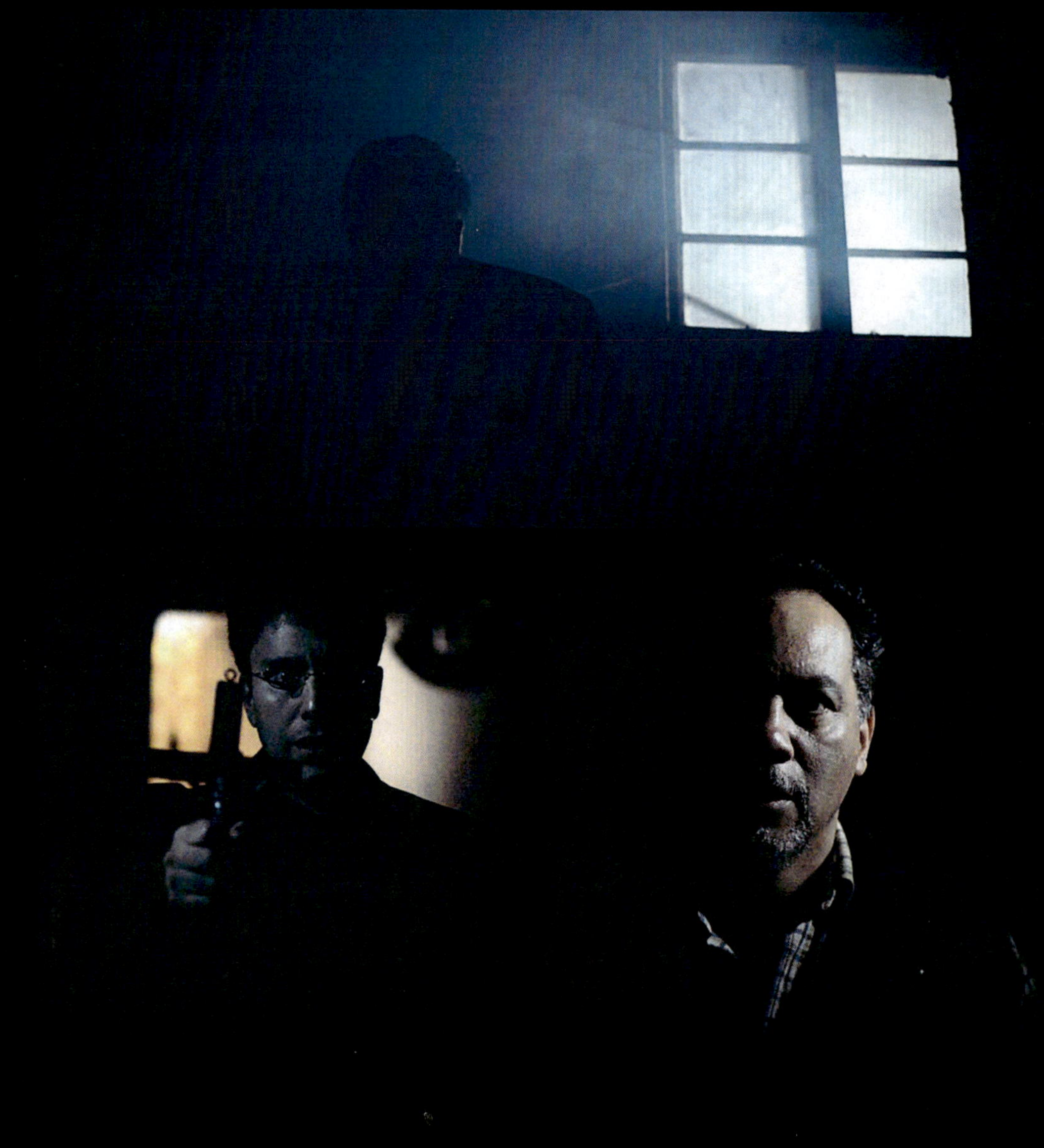

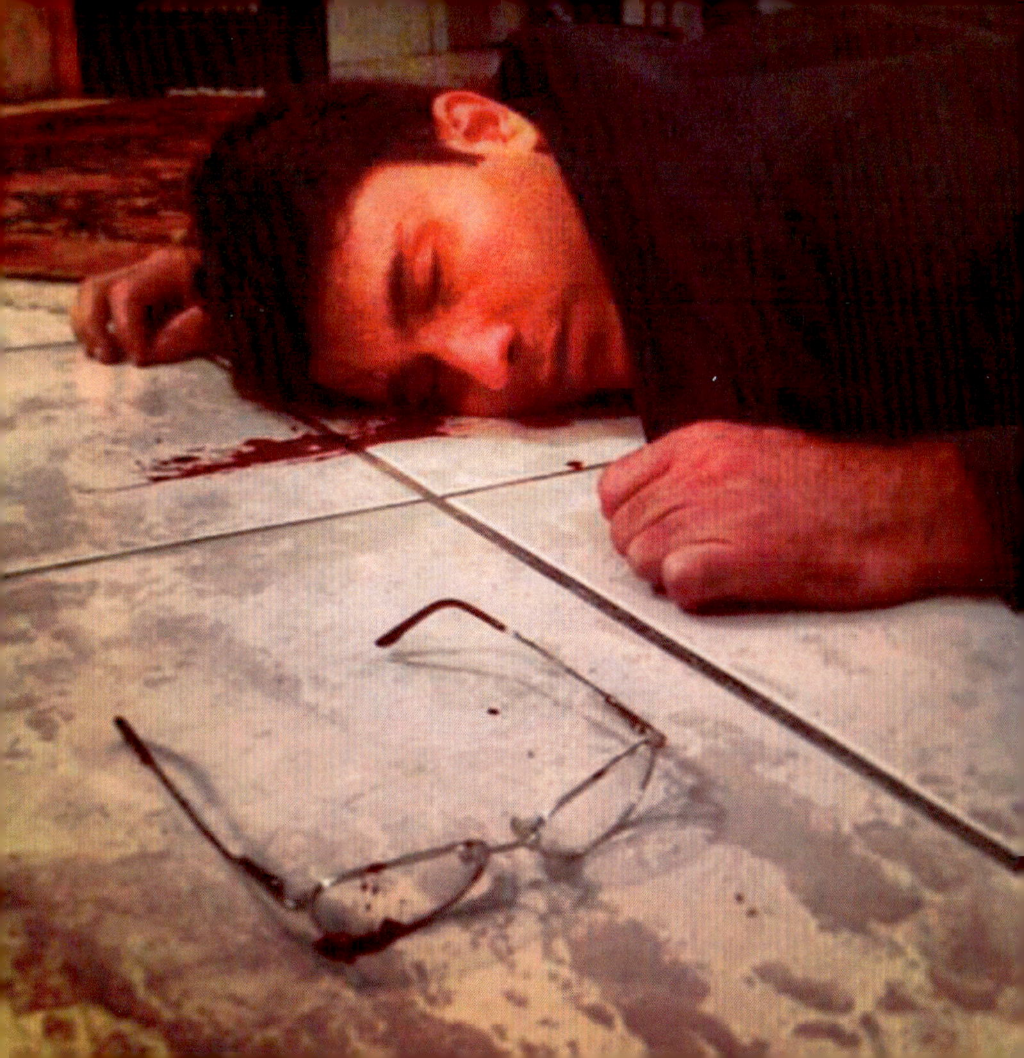

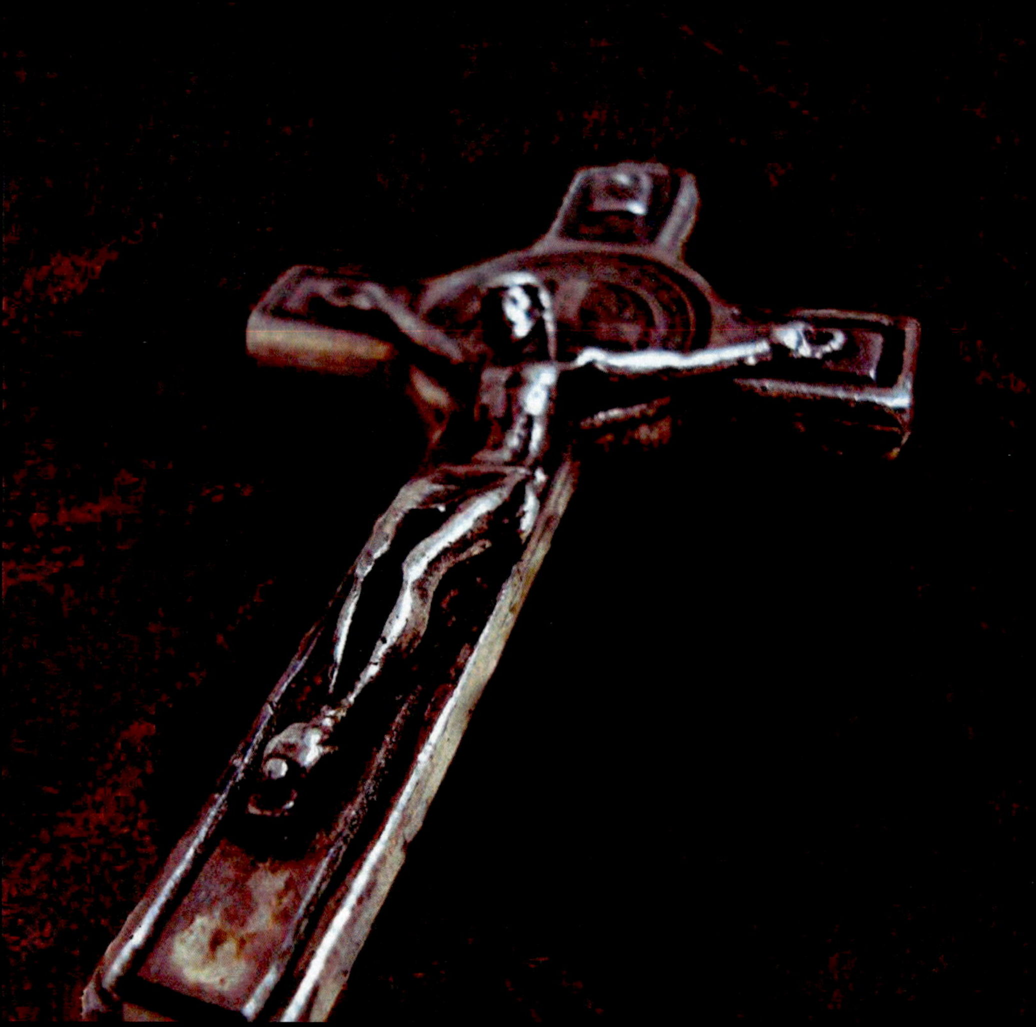

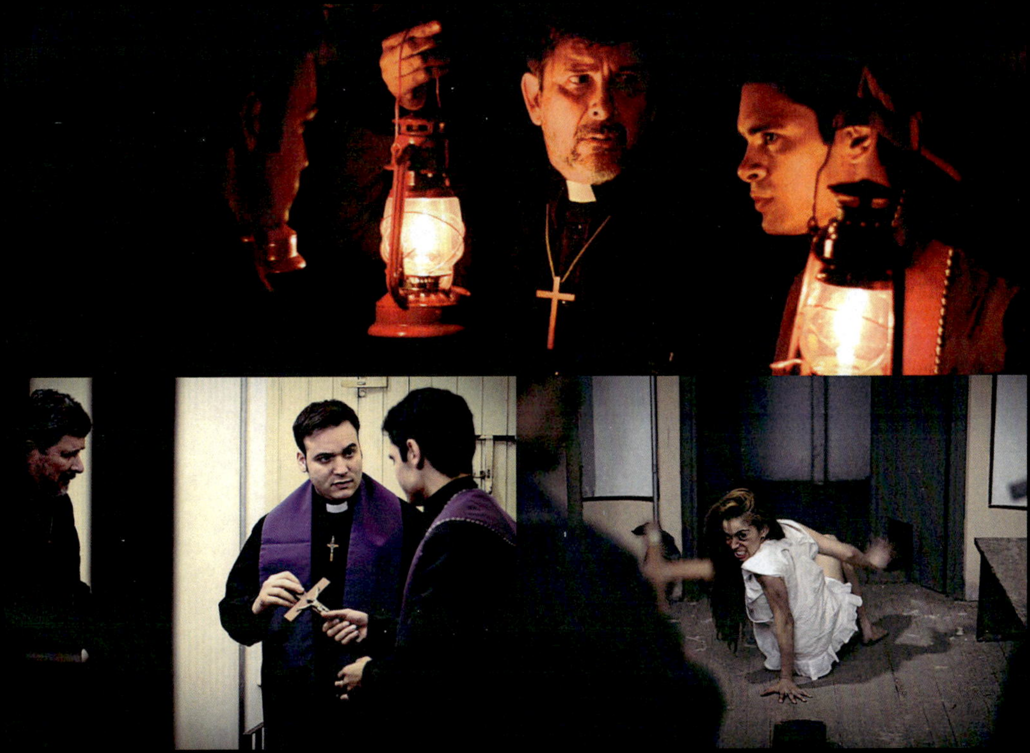

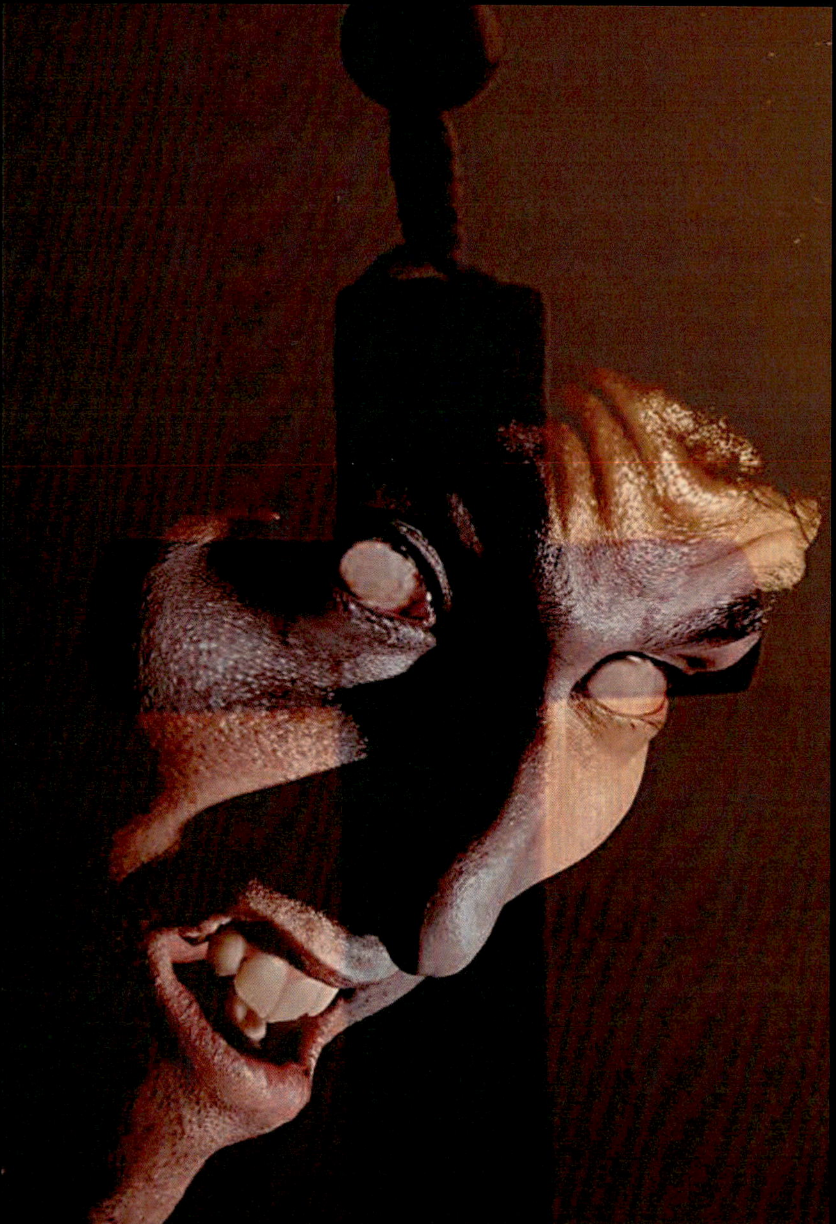

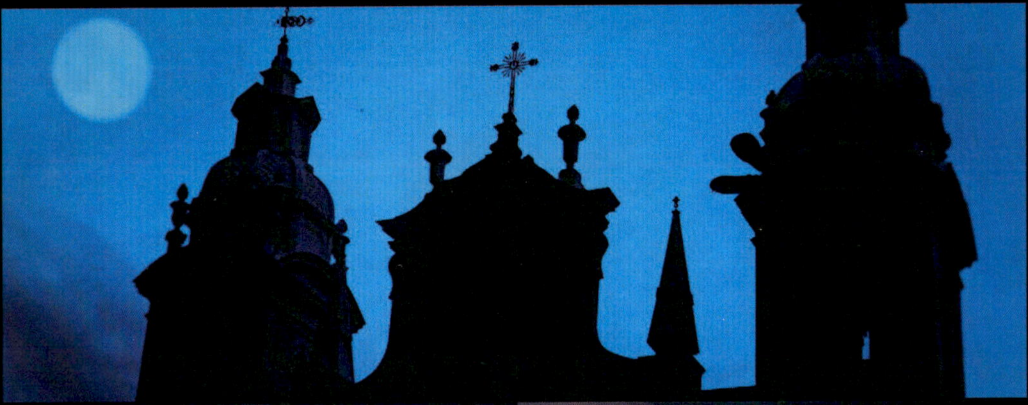

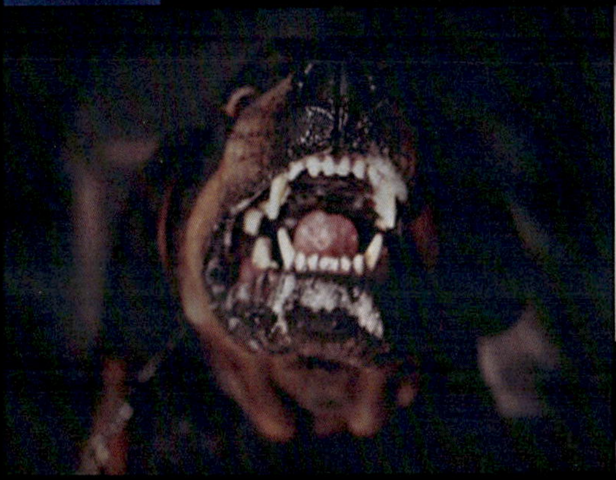

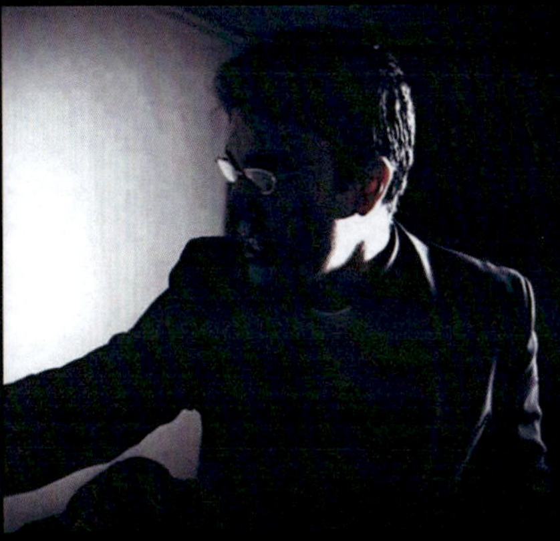

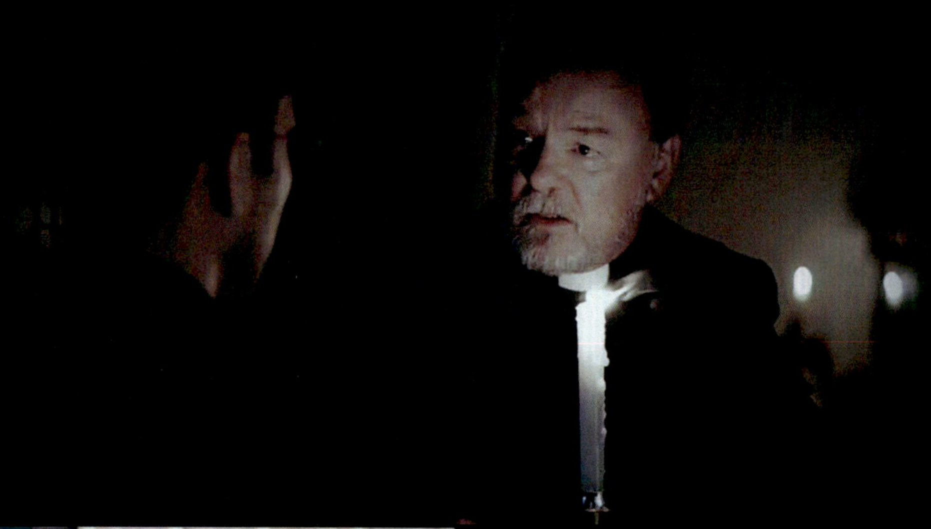
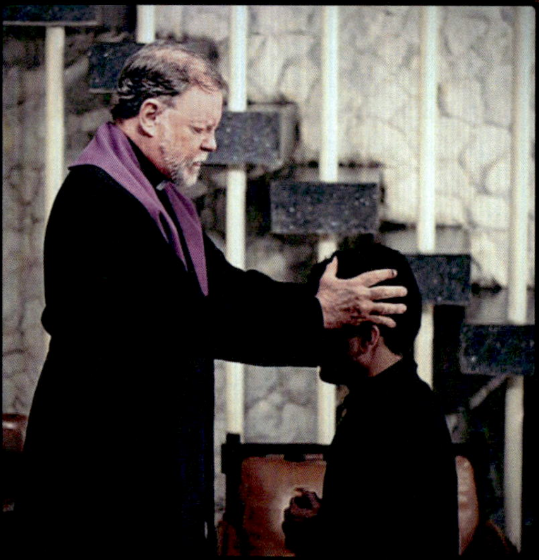
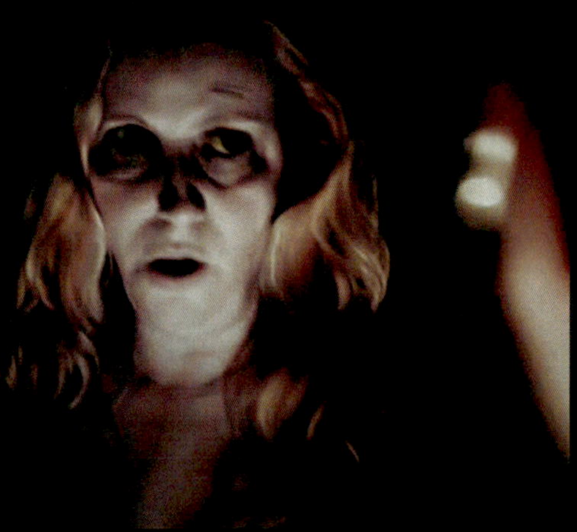

DIÁRIO DE UM EXORCISTA

UM FILME DE RENATO SIQUEIRA
EM 2013

WWW.DIARIODEUMEXORCISTA.COM.BR

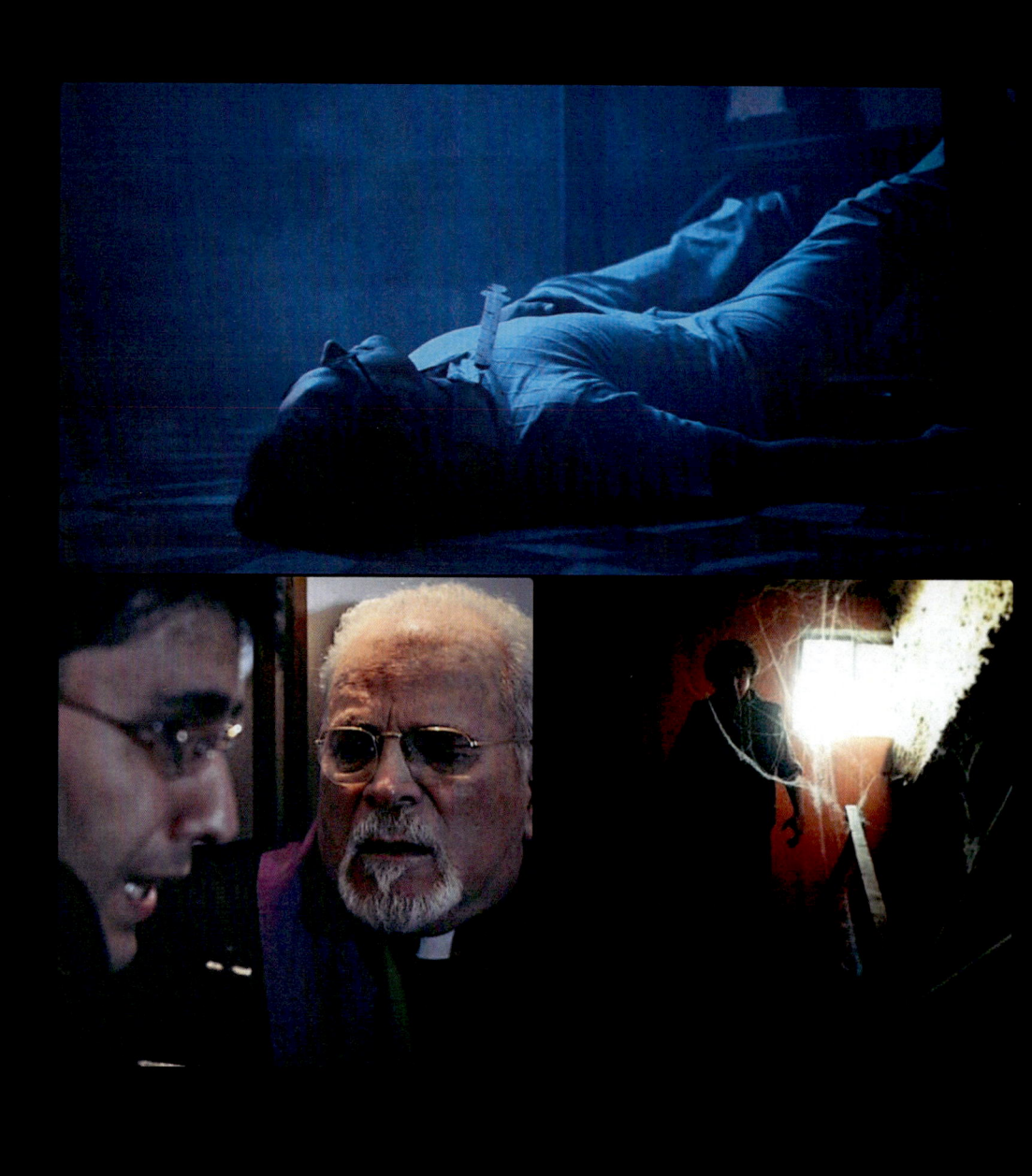

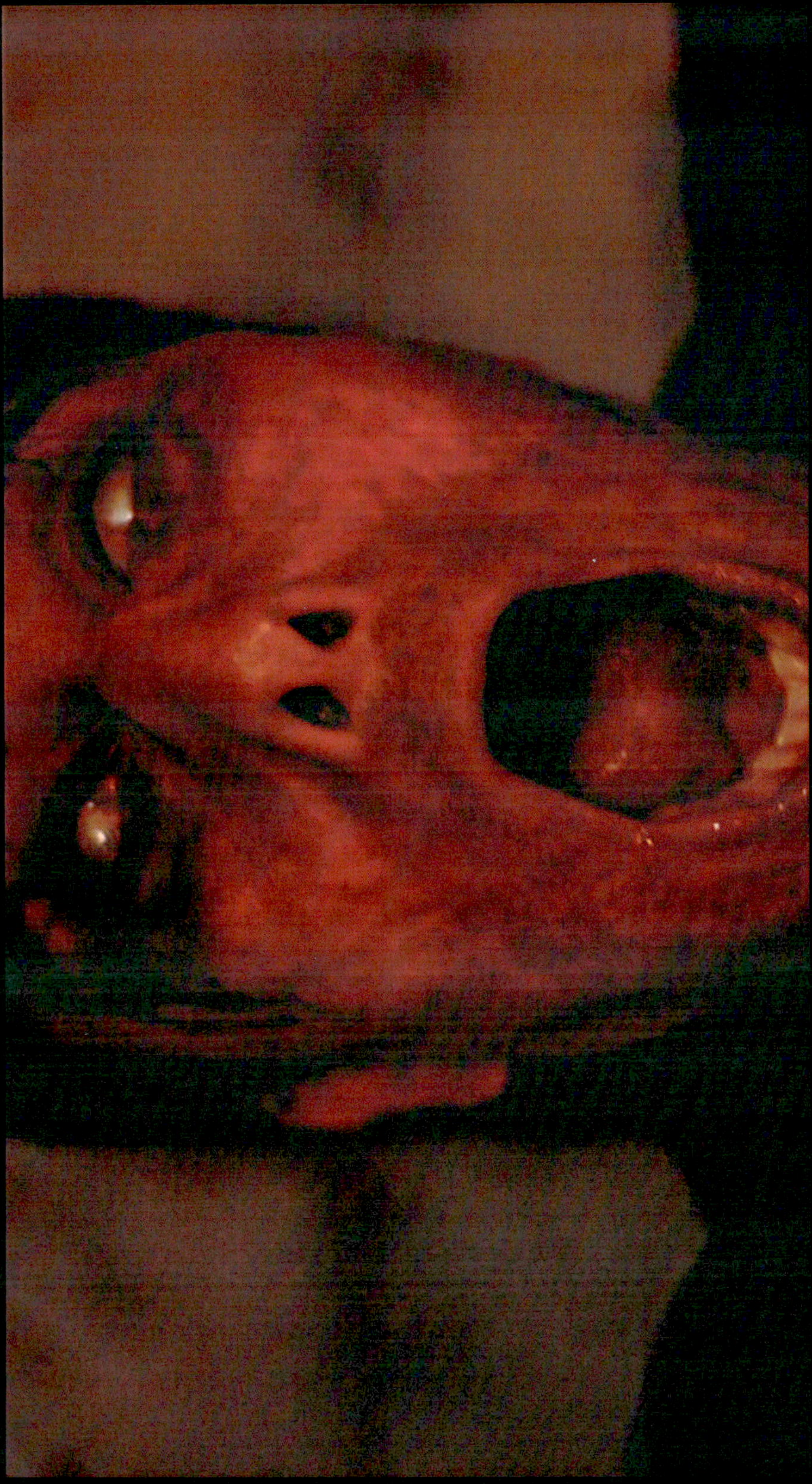

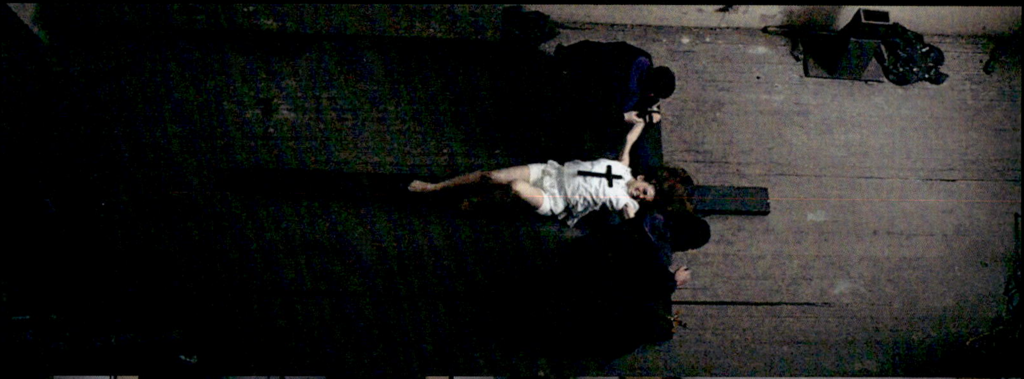

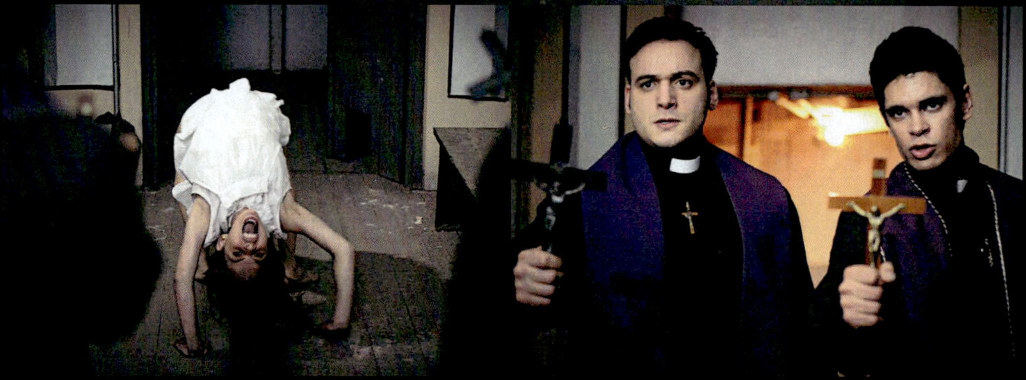

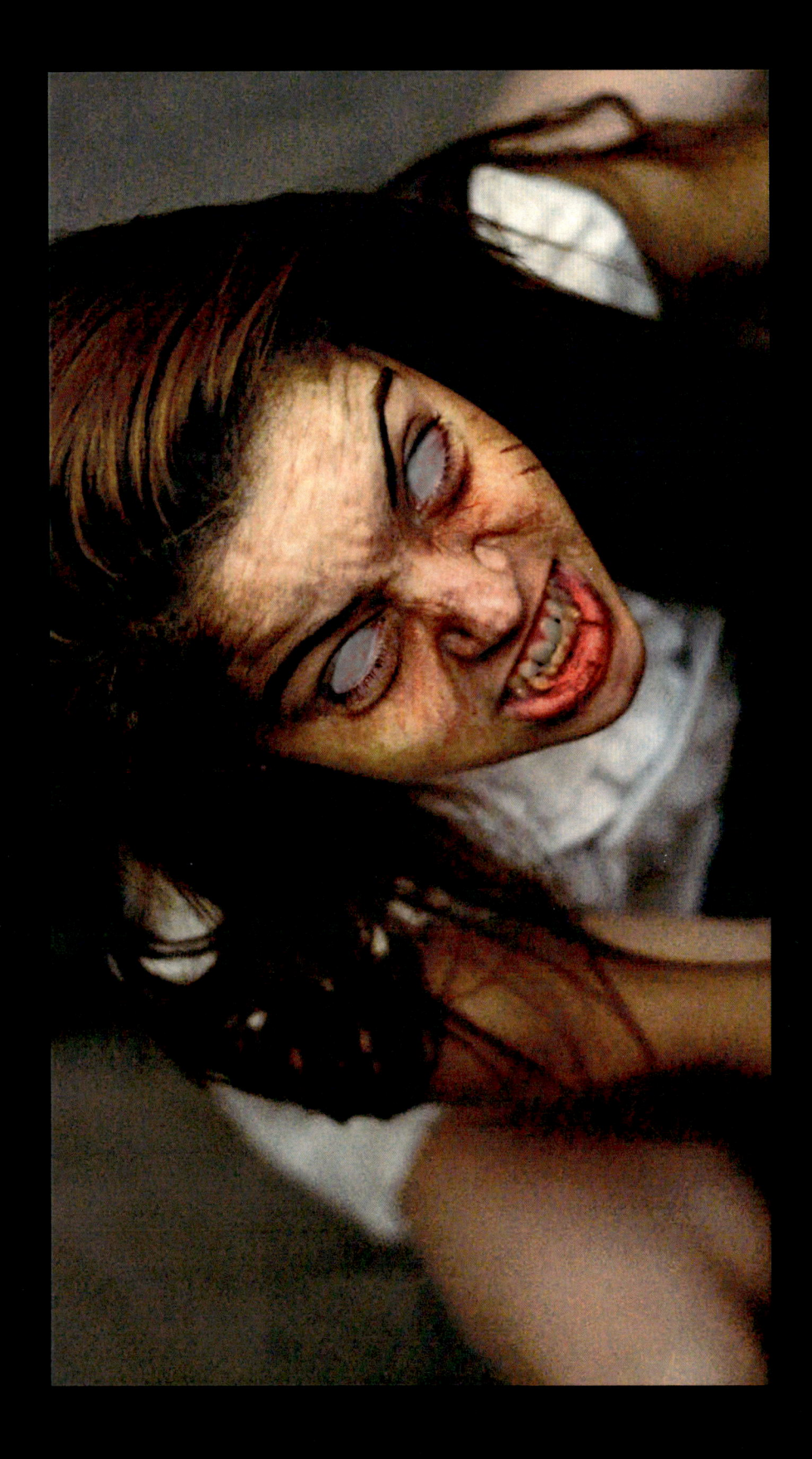

DIÁRIO DE UM EXORCISTA

DEUS EX MACHINA CINEMA GROUP

BASEADO EM FATOS REAIS

DEUS EX MACHINA CINEMA GROUP apresenta RENATO SIQUEIRA, EWERTON DE CASTRO, LISA NEGRI, RUBEN ESPINOZA E GRANDE ELENCO. produçãcao executiva EDU HENTSCHEL um filme de RENATO SIQUEIRA em parceria com DEUS EX MACHINA CINEMA GROUP direção RENATO SIQUEIRA E RUBEN ESPINOZA produção WAGNER DALBONI e RENATO SIQUEIRA direçãcao de fotografia MARCELO SCANO E BETO PEROCINI direção de arte TATIANA PELUSSI roteiro RENATO SIQUEIRA efeitos especiais RICARDO ARROYO edição RENATO SIQUEIRA maquiagem de efeito IVANDRO GORE GODOY designer gráfico FABIO VIDO E CLAUDIO ANDRÉ.